퀘벡 시인과
언어, 예술, 자연

퀘벡 시인과
언어, 예술, 자연

이신자

지음

이 책에 실린 모든 글은 국내·외 프랑스어문학 관련 학술지들에 게재되었던 논문들을 수정, 보완한 것이다.

제1장. 퀘벡 시인, 질 에노(1920-1996)의 『투시자들을 위한 표지; 1941년-1962년의 시 *Signaux pour les voyants; poèmes 1941-1962*』를 통해 본 언어의 사회적 기능(『일본 퀘벡 연구지』, 일본퀘벡학회, 5호, 2013년 9월 15일. 이 논문은 2012년 10월 6일 일본퀘벡학회의 정기학술대회에서 프랑스어로 발제한 것을 수정, 보완하여 일본퀘벡학회 학술지에 프랑스어로 게재되었다. *Revue Japonaise des Études Québécoises*, n.5, Assoiciation japonaise des études québécoises, 2013.09.15.)

제2장. 퀘벡 시인 롤랑 지게르에게서 시와 그래픽 아트의 이중주(『프랑스학연구』, 프랑스학회, 제68집, 2014년 5월 15일)

제3장. 퀘벡 시인 질 에노의 작품들에 나타나는 문학, 예술에 대한 관점 – 시, 예술비평, 예술경영을 중심으로(『불어불문학연구』, 한국불어불문학회, 제101집, 2015년 3월 15일)

제4장. 장 기 필롱의 작품에 표현된 생태학적 자연의 이미지 – 시집 『억류된 물처럼; 1954-1963년의 시』를 중심으로(『한국프랑스학논집』, 한국프랑스학회, 제92집, 2015년 11월 25일)

제5장. 퀘벡의 가시엥 라포엥트 시 작품에 표현된 몸의 무용술과 언어의 몸짓(『프랑스학연구』, 프랑스학회, 제79집, 2017년 2월 15일)

제6장. 퀘벡 작가 생 드니 가르노의 시와 그림에 표현된 '사이'의 미학(『한국프랑스학논집』, 한국프랑스학회, 제104집, 2018년 11월 25일)

머리말

    프랑스 탐험가 자크 카르티에(Jacques Cartier, 1491-1557)가 1534년 현재 캐나다 동부 지역의 퀘벡 지방을 발견한 이래로 캐나다 땅에서 퀘벡의 역사가 시작되었다. 1763년 프랑스와 영국, 스페인 간에 체결된 파리조약에 따라, 프랑스는 그동안 차지하던 퀘벡 등 캐나다 영토를 영국에 내어주게 되었고, 그래서 프랑스인들은 일부만 퀘벡 땅에 남고 일부는 본국으로 돌아갔다. 퀘벡에 남은 프랑스 사람들은 영어를 사용하는 영국인들 앞에서 프랑스 언어와 프랑스 문화를 간직하기 위하여 모든 노력을 했다. 퀘벡의 프랑스어가 17세기와 18세기의 근대 프랑스어에 근간을 두고 있음을 알 수 있다.

    현대 퀘벡의 시인들은 프랑스인의 후손이라는 자부심으로 민족주의 정신을 고취하는 시, 또는 그림이나 조각, 건축물, 무용 등 다양한 장르의 예술에 관련되는 시를 프랑스 언어로 쓴다. 퀘벡의 시인들은 또 우주 자연과 인간의 관계를 노래하는 프랑스어 시를 쓰며 시적 영감의 영역을 확장한다.

    프랑스 시의 역사는 장대하고 화려하여 유럽 대륙의 시문학 전체를 지배한다고 해도 과언이 아니다. 퀘벡의 시는 프랑스 시의 장구한 시간을 아메리카 대륙에서 이어가며 프랑스어권 시문학의 꽃을 피우고 있다. 20세기 또는 21세기를 통과하는 퀘벡의 시인들은 같은 시대의 프랑스 시인들과 아주 크게 다른 경향의 작품을 쓰지는 않는다. 그러나 프랑스 언어에 대한 그들의 자부심은 프랑스 시인들보다 훨씬 높아, 프랑스 언어는 신대륙에서 절정기를 누리고 있다.

이 책은 퀘벡 시인들의 자존심 그 자체인 프랑스 언어로 구성된 퀘벡의 시를 소개한다. 20세기부터 21세기 현재까지 퀘벡을 대표하는 시인들은 1960년대 '조용한 혁명' 시기의 민족시인 가스통 미롱(Gaston Miron, 1928-1996), 그리고 퀘벡의 정치, 사회적 자유를 기원하며 잡지 『자유 퀘벡 Le Québec libre』을 창간(1959)하는 데 참여한 이브 프레퐁텐(Yves Préfontaine, 1937-2019) 등 많이 있다. 그러나 이 책은 생 드니 가르노(Hector de Saint-Denys Garneau, 1912-1943), 질 에노(Gilles Hénault, 1920-1996), 롤랑 지게르(Roland Giguère, 1929-2003), 장 기 필롱(Jean-Guy Pilon, 1930-2021), 가시엥 라포엥트(Gatien Lapointe, 1931-1983) 등 시인 다섯 명의 작품들을 소개한다. 이 시인들은 퀘벡 시의 문학적 진가를 보여주는 데 부족함이 없는 퀘벡의 대표 작가들이다. 이 퀘벡 시인들의 작품들이 프랑스 시가 전개되는 프랑스 땅을 넘어 먼 대륙의 프랑스어권에서 어떻게 풍부한 시적 정서를 펼치는지를 한국의 독자들과 함께 알아보는 것이 이 책의 목표이다.

2022년 여름
이신자

차례

퀘벡 시인, 질 에노(1920-1996)의
『투시자들을 위한 표지; 1941년-1962년의 시
*Signaux pour les voyants; poèmes
1941-1962*』를 통해 본 언어의 사회적 기능

질 에노(Gilles Hénault, 1920-1996)는 1940년대부터 1990년대까지, 특히 1977년에 확립된 101호법('프랑스어 헌장')이 적용되던 시기에 활동했던 퀘벡 시인이다(1977년은 퀘벡 사람들이 프랑스어와 영어 문제로 연방제의 캐나다 사람들과 대립을 하던 시기였다). 에노는 1960년대에 정치적 철학 이념에 따라 민족문학을 정립하려 했던 현대 퀘벡 시인들의 선구자이다. 그래서 그의 시 작품들에서는 퀘벡 공동체의 캐나다 연방 공동체와의 사회, 정치적 분리를 갈망하는 시 주체들의 목소리가 들린다. 에노의 시 작품들은 일종의 참여문학의 특징을 보여주는데, 사실, 그가 활동하던 시기에 퀘벡 시는 시인들의 정치의식을 자주 드러낸다. "프랑스어로 쓰인 캐나다 시는 뒤플레시스 감독으로부터 해방되고(1958) 성직자를 지지하는 지방의 하나밖에 없는 퀘벡의 변화와 함께, 즉, 드골 장군의 여행(1967)으로 명백해졌을 그런 변모와 함께 비약을 했다."[1]

참여적 특성에도 불구하고, 그의 작품들은 그 분리를 격렬하게 주장하는 작품들에는 속하지 않는다. 반대로, 그의 작품들은 그 두 공동체끼리 사회, 정치적 갈등이 한창 심할 때 오히려 조화로운 삶

---

1) Pierre de Boisdeffre, *Les Poètes français d'aujourd'hui*, Paris, Presses Universitaires de France (Que sais-je?), 1973, p.101.

을 위한 체험의 의미를 추구한다. 즉, "사회 정치적 혁명에 곧 참여하여, 그의 외침은 의미의 지평을 바꾼다. 역사를 가로지르는 시대의 추억을 간직하고 있음에도 불구하고, 그 외침은 그 후로 일상의 체험을 동반하고 더 이상 허공 속에서 울리지 않는다. 그 외침은 이제 담화의, 그러니까 집단적이고 위협하는 담화의, 의미로 가득한 담화의 위치에 세워져 있다."[2]

그의 다양한 글쓰기는 기법상의 수사학적 형상을 거부하면서, 또는 침묵이나 즉흥적인 말을 통해 때로 문장을 시행들로 세분화하면서, 시의 모든 방향을 나타낸다. 에노가 그러한 즉흥적 글쓰기를 통해, 특히 자동기술법을 통해 시도하는 것은 아마도 인간 공동체에 거대한 초현실적인 자유를 주는 것일 것이다. 완전한 자유를 추구하는 그의 글쓰기는 아르튀르 랭보의 글쓰기를 다소 상기시킨다. 다음 담화에서 랭보는 이렇게 언급된다. "«나는 체계를 찾아냈다»라고 그는 말한다. 이 말은 자동기술과 콜라주의 성격을 지니는 글쓰기 방법에, 또 동시에 개인적인 사실이나 우연히 쓴 작품에 대한 비명시적인 언급의 성격을 지니는 글쓰기 방법에 적용될 수 있고, 또한 그의 시대와 그의 환경과 무관한 실존적이고 형이상학적인 은밀한 개념에도 적용될 수 있다."[3]

랭보적이고 조금은 초현실주의적인 요인들 이외에, 에노의 글쓰기는 특히 언어에 관하여, 영어권 캐나다인들과 반대 입장을 취하는 프랑스어권 캐나다인들의 관점을 따른다. 이러한 글쓰기에 근거

---

2) Michel Biron, 'Distances du poème ; Gilles Hénault et *Refus global*, *Études françaises*, vol.34, n.2-3, 1998, p.117 (pp.113-124).

3) Jean Rousselot, *Histoire de la poésie française*, Paris, Presses Universitaires de France (Que sais-je?), 1976, p.87. 인용문에서 "그"는 랭보를 지칭한다.

해서, 프랑스어로 구성된 그의 시가 어떻게 퀘벡 사람들의 민족정신에 토대를 두는지 아는 것이 중요하고, 또 그의 프랑스어 시가 어떻게 퀘벡 밖에서 대부분의 캐나다인이 사용하는 영어와 대립 상태에 있으면서도 보다 긍정적인 삶의 의미로 구성되는지 아는 것이 중요하다. 이 연구는 그의 시집 『투시자들을 위한 표지; 1941년-1962년의 시 *Signaux pour les voyants; poèmes 1941-1962*』의 작품들이 상기시키는 상황들을 언어의 사회적 기능 측면에서 조명하는 것을 목표로 한다.[4)

1. 글쓰기의 특징

1.1. 살아있는 언어의 부재와 사회

에노에게 있어서는, 목소리가 사라져버린 인간의 언어가 문제 된다. "목소리가 나지 않는" 인간은 자기의 생각을 표현할 수 없어 사회 속에서 의사소통 불능의 상황에 처한다. "목소리가 나지 않는" 인간의 언어는 동물의 "외침"처럼 어떤 상황들을 표현할 수 없다.

단 한 번의 외침

---

4) 에노의 그 시집은 1941년부터 1962년까지 쓰였고 1972년에 출판되었다. 따라서 이 시집은 퀘벡 주 안에서 프랑스어의 사용을 강화하기 위하여 101호법이 제정되었던 1977년 이전에 태어났다 (퀘벡으로 이주한 영어 사용자들은 이 법을 따르기 위하여 그들의 자녀들을 프랑스어 학교에 보내야 했다). 민족정신에 충실한 퀘벡인들의 프랑스어로만 글을 쓰려는 시인의 의지에 따라 그 시집은 그 법이 나오기 전에 쓰였고, 그래서 그 시집은 바로 그 법의 출현을 알렸다. 그 시집은 그 법이 공포된 연도와의 시간적 거리에도 불구하고 중요하다. 실제로, 퀘벡 언어의 역사에서 중요한 그 법의 시대적 언어 상황은 그 시집이 출판될 때 에노가 통과한 언어 상황과 같다.

그리고 그의 백성은 귀를 쫑긋 세운다, 날개가 펄럭인다,
둥근 장식들이 일어서고, 말들의 질주가 평원의
북을 치고, 경주가 온갖 수단을
누리고, 공포가 낭떠러지를 향해 하얗게 인다,

단 한 번의 외침

그리고 그것은 발정기의 정다운 사람에 의해 모인 수컷들의
전투로의 부름이고, 그것은 이미 우두머리들의
콧구멍에서 반짝이고 있는 샘물을 향한
방향이고, 그것은 코끼리가 마지막 울음소리를 지르는
묘지를 향한 천년의 노정이다. 그러나 우리는 목소리가 없다.

un seul cri

et son peuple dresse l'oreille, les ailes s'affolent,
les échines se cabrent, les galops battent le
tambour des plaines, les courses font flèche de
tout bois, les paniques moutonnent vers les précipices,

un seul cri

et c'est l'appel au combat des mâles agglomérés par l'aimant
du rut, c'est l'orientation vers
les sources qui luisent déjà aux naseaux des
chefs de files, c'est l'acheminement millénaire
vers le cimetière où l'éléphant lance le barrissement final. Mais nous
sommes aphones.[5]

이 시에서, "마지막 울음소리를 지르는 코끼리 l'éléphant lance le
barrissement final" 같은 동물들, 그리고 그 "질주가 평원의 북을 치
는 말들 les galops battent le tambour des plaines" 같은 동물들은

5) Gilles Hénault, 'Bestiaire', dans 'Voyage au pays de mémoire', *Signaux pour les voyants; poèmes 1941-1962*, Ottawa, L'Hexagone, 1972, p.129.

"단 한 번의 외침 un seul cri"으로 그들의 '의도'를 표현할 수 있다. "발정기의 정다운 사람에 의해 모인 수컷들이 서로 싸우기 le combat des mâles agglomérés par l'aimant du rut" 위하여 그들의 적수를 오도록 하듯이, 동물들은 "서로 부르고" 서로 연락한다.

　그러나 동물의 "외침"과 반대로, 인간의 언어는 살아있지도 않고 어떤 의미를 만들어낼 수도 없다. "우리", 즉, 인간은 "목소리가 없고", 그래서 목소리로 발음되지 않는 언어(langage)는 그 언어를 구성하는 상호작용 요소들인 랑그(langue)도 파롤(parole)도 될 수 없다. 자신의 나라에 고유한 랑그를 개인적으로 사용하는 주체에게서 랑그는 그가 발음하는 파롤로부터 분리될 수 없다. 즉, "파롤이 이해하기 쉽고 모든 효과를 내도록 하기 위하여 랑그가 필요하다. 그러나 파롤은 랑그가 확립되도록 하기 위하여 필요하다. 역사적으로 보면, 파롤 행위가 항상 선행한다."[6] 파롤이 랑그를 작동하게 하도록 말하는 주체의 발성기관으로부터 나올 때, 발음된 파롤에 포함된 각각의 낱말은 청각요소인 기표를 지니고, 또 어떤 의미작용이나 의미로 열리는 기의를 지닌다. "기의들은 직접 감각을 통해 알 수 있는 것인가? 아니다. 기의들은 필연적으로 의미작용을 하는 형태로 통과하기 때문이다."[7]라고 말할 수 있다. 위에서 언급된 시의 "목소리 없는" 인간에게 있어, 랑그는 그래서 기표도 기의도 갖지 못한다. 기표와 기의는 발음되는 파롤을 통해 어떤 의미를 만들어내는 데 동시에 필요하다. 기표와 기의는 서로 분리될 수 없다. 따라서 인간의 랑그는 큰 의미를 지니는 어떤 가치들을 만들어낼 수

6) Ferdinand de Saussure, *Cours de linguistique générale*, Paris, Payot, 1969, p.37.

7) Irène Tamba-mecz, *La Sémantique*, Paris, Presses Universitaires de France (Que sais-je?), 1988, p.40.

없다. 랑그와 파롤로 구성되는 인간의 언어(langage)도 마찬가지다.

그런데 랑그는 원칙적으로 한 나라의 사회그룹에 공통되는 표현 수단이다. 인용된 그 시에서 "목소리가 나지 않는" 인간을 지칭하는 "우리"의 랑그는 사회 속에서 의미를 만들어내지 못한다. "우리"는, 프랑스인 조상 때부터 프랑스어를 사용하나 지금은 실어증에 걸려 있는 퀘벡 사회의 언어 공동체를 지칭하기도 한다. 그래서 마비된 프랑스어는 언어 공동체 내에서 퀘벡 사람들의 의사소통에 필요한 사회적 역할을 할 수 없다.

퀘벡 사회에서 무력한 프랑스어의 이미지는 다음 시에서, 하늘에 맴도는 글쓰기의 이미지에 이른다.

> 기호, 침묵, 연기
> 무미건조한 몽상, 하얀 페이지
> 응고된 고독으로 갑자기 가득 찬 구형
> 상아처럼 흰 별표들이
> 소용돌이치는 유리 공들에서
> 가로등의 후광 아래 극도의 노출 순간
> 인간적인 염려에서 멀리 유일한 기호들이 보이듯이
> 울부짖는 소리는 오래전부터 기진맥진한 개들의
> 목소리일 뿐 광풍의 소리에
> 잃어버린 오랜 세월의 무리가
> 규칙적으로 미친 듯 날뛰는 몸짓에서 일어날 때
> 모든 영지가 서리로 덮이고 지속시간, 지속시간이 응고된다
> 기억의 호수에서

> Signes, silence, fumées
> Songe désert, page blanche
> Sphère soudain pleine d'une solitude grumeleuse
> comme on voit aux boules de verre où tourbillonnent
> des astérisques d'ivoire
> Moment d'extrême nudité sous le halo des réverbères

퀘벡 시인과 언어, 예술, 자연

seuls signes au loin d'une humaine sollicitude
Les hurlements ne sont que les voix de chiens crevés
depuis longtemps quand au claquement d'une rafale
se lève la meute des longues années perdues
au jour le jour des gestes éperdus
Toute mouvance se givre et la durée, la durée se fige
au lac de mémoire[8]

　이 시는 멈춘 시간 속에서 "잃어버린 오랜 세월 longues années perdues" 속으로 "연기"처럼 사라지는 "하얀 페이지 page blanche" 의 "침묵의 기호들 signes, silence"을 상기시킨다. "침묵의 기호들" 로 구성되는 이 "하얀 페이지"는 퀘벡 사회의 고통스러운 현실에 서 더 이상 기능을 할 수 없는 시 쓰기를 상징할 수 있다. 부정적 인 의미로 파악되는 이 글쓰기는 프랑스어에 대하여 사랑의 강박 관념을 가진 주민들의 집단의식에 따라 퀘벡 사회가 영어권 캐나 다 사회에 반항하는 것을 나타낸다. 실제로, 문학 글쓰기는 경우에 따라, 한 사회의 여러 특수한 현상들을 반영하거나 사회그룹들의 다양한 관계들을 정립하는 데 유익한 사회적 가치들을 창설할 수 있다. 글쓰기에 의해서 제기된 사회적 가치나 의미는 이때 그 자체 에서 구성원들의 사회적 관계를 나타낸다. 즉, "사회적 의미는 우 주 생성론이 표현하는 결과와도 또는 사회 이론과도 동일시될 수 없고, 또 어떤 정보자가 그 목록을 제공하는 게임 규칙과도 동일시 될 수 없다. 사회적 의미는 사회생활의 여러 다른 파트너들 간의 관계를 명시하는 특별한 진술들에서만 구체화된다."[9]

---

8) Gilles Hénault, 'Sémaphore', II, dans 'Sémaphore', *Signaux pour les voyants; poèmes 1941-1962*, *op.cit.*, p.150.

9) Marc Augé, *Le Sens des autres; actuaité de l'anthropologie*, Paris, Fayard, 1994, p.49.

영어권 캐나다인들의 언어에 대항하여 프랑스어를 보호하고자 하는 퀘벡 사회 성원들의 의식에 따라 부정적인 또는 반항적인 의미를 지니는 글쓰기에서는 그 구조가 문제 된다. 앞에 소개된 시의 구조는 이미 부정적 이미지의 글쓰기를 보여준다. 이 시는 각 시행이 행을 바꾸어 시작되는 운문 형식으로 되어 있고, 동시에 각 시행의 첫음절이 대문자나 소문자로 된 산문 형식으로 되어 있다. 그리고 시 전체에는 사회 속에서 의식의 자유 또는 글쓰기의 자유를 추구하는 초현실주의 시들에서처럼 구두점이 별로 없다. 구두점이 생략되어 있으나 문장들의 의미는 그렇게 애매하지 않다. 그러나 그 시의 형식은 모호하다. 이러한 모호성은 퀘벡 사람들의 정신적 위기를 표현하는 어떤 부정적 경향의 시 쓰기에 의한다. 퀘벡 사람들은 프랑스인 종족의 신분과 프랑스 언어의 정체성을 공고히 하기 위하여 연방정부에 강력하게 항거할 때 그들의 정신적 위기를 겪는다.

반항적이고 모호한 글쓰기의 구조는 프랑스어권의 퀘벡 사회가 영어권의 캐나다 사회와 양립 불가능하다는 것을 암시한다. 이 두 사회에서는 언어도 다르고 정치제도도 다르다. 위에서 언급된 그 시는 사실 분리된 두 사회의 정치구조가 반항적 글쓰기를 유발했음을 상기시킨다. 글쓰기의 모호한 형식이 독립을 주장하는 퀘벡인들의 정신적 불안을 상징한다. 따라서 문학과 사회와 정치가 서로 소통한다.

그런데 글쓰기의 고유 구조로부터 오고, 또 퀘벡의 사회, 정치적 상황과 뗄 수 없는 글쓰기의 부정성은 역설적으로 어떤 긍정적 희망의 신호일 수 있다. 글쓰기의 부정성은 퀘벡 사회와 연방 캐나다 사회의 융합을 원하고 또, 그들의 새로운 사회의 건설을 원하는 시 주체의 욕망에 의한 긍정적 희망의 신호일 수 있다. 한 인용문에 따르면, 어떤 부정적인 양상은 어떤 새로움을 창조하는 데 필요한 긍정적인 힘이 될 수 있다고 한다. "중요한 것, 그것은 창조 중심에, 구조화 중심에 부정적인 것을 품는 것이다. 그것은 실재하는 것을 부식시키고 일시적인 것에 바치며 그렇게 해서 새로운 것을 창조하는 생성적인 변화를 잉태하는 것이다. 그래서 부정적인 것이 실제로 '긍정적인' 창시자이다."[10]

에노의 시에서 글쓰기는 결국 두 의미를 지닌다. 한편으로, 퀘벡 사회가 프랑스어 사용에 대하여 강박관념에 사로잡혀 실어증에 걸린 부정적인 의미가 있고, 다른 한편으로, 퀘벡 사회와 캐나다 연방 사회가 언어 문제 외에 정치 면에서 융합될 수 있는 창조적인 긍정적 의미가 있다. 에노의 다른 시들도 글쓰기의 이 두 방향에 따라, 프랑스어와 영어의 관계에 관하여 한 번 더 생각하게 한다.

1.2. 프랑스어와 영어

퀘벡 사람들의 프랑스어는 에노의 글쓰기를 통해, 캐나다 전체 사회에서 조화롭지 못한 모든 분야를 조화롭게 하는 창조적 요소가 될 수 있다. 그런데 에노에 의하면, 이 언어는 언어 측면에서 때로 "순수하지" 못하다. 다음의 시는 "순수한" 프랑스어를 사용함으로써 그 사명을 다하고자 한다.

명확한 말은 가지를 뻗음에 따라

---

10) Henri Lefebvre, 'De la littérature et de l'art modernes considérés comme processus de destruction et d'auto-destruction de l'art', dans *Littérature et Société; Problèmes de méthodologie en sociologie de la littérature*, Henri Lefebvre et al., Bruxelles, Editions de l'Institut de Sociologie de l'Université Libre de Bruxelles, 1967, p.111 (pp.111-126).

말라간다. 너무 많은 아라베스크 장식들이 낱말들의 숨겨진
의미에 대해 우리를 속이고, 너무 많은 수사학의 꽃들이
가장 가식 없는 감정에 인공 왕관을 엮는다.
내게는 벌거벗은 말이 필요하다.

관통하는 순수한 외침과 총알 같은
낱말들이 내게 필요하다. 시는 영혼을 달래려
애쓰고, 반면에 시는 사물들을 주무르고, 종교적,
철학적, 도덕적, 정치적 불협화음 위로
개별적이고 부화뇌동하는 자신의 존재를 긍정하는 인간의
가식 없는 외침을 듣게 해야 할 것이다.

La parole articulée sèche à mesure qu'elle étend ses
rameaux. Trop d'arabesques nous trompent sur le sens
caché des mots, trop de fleurs de rhétorique tressent
des couronnes artificielles aux plus dévêtus sentiments.
Il me faut la parole nue.

Il me faut des mots comme des balles et des cris
purs qui transpercent. La poésie cherche à bercer
l'âme, alors qu'elle devrait pétrir les choses, faire
entendre au-dessus des cacophonies religieuses,
philosophiques, morales et politiques le cri nu
de l'homme qui affirme son existence singulière et grégaire.[11]

이 시에 의하면, 시는 "인위적인" 개념들로 덮인 "말"에 의해 확
장된, 그리고 "종교적, 철학적, 도덕적, 정치적 불협화음 cacophonies
religieuses, philosophiques, morales et politiques" 속에서 확장된 "수
사학적" 표현을 버리며 현실을 장식하지 않고 "가식 없는" 언어로
이루어져야 한다. "시"는 현실 자체를 표현하면서 그 과업을 완수
해야 한다. 에노에게서, 이 "가식 없는" 언어는 연방제의 캐나다인

---

11) Gilles Hénault, 'Bestiaire', dans 'Voyage au pays de mémoire', *Signaux pour les voyants; poèmes 1941-1962, op.cit.,* p.130.

들이 주로 사용하는 영어에 대항하여 창조를 향한 추진력이 될 수 있는 퀘벡의 프랑스어여야 한다. 퀘벡의 시인들은 능력 있는 프랑스어권 작가들로서 프랑스어를 그와 같이 사용할 수 있다. 프랑스어권 작가들은 이렇게 평가받는다. "프랑스어권 작가들의 언어 발명의 놀라운 힘은 귀찮고(여기서는 영어) 또는 이국적인(예를 들면, 열대의 동물상과 식물상) 외부 환경 안에서 외적인 힘에 대항하여 일종의 내생적인 언어 적응을 통해 설명된다."[12] "가식 없는 외침 le cri nu"으로 자연스럽게 발음된 프랑스어를 사용하면서 그 사명을 실천해야 하는 "시"는 그래서 운문의 문장들로 이루어지는 퀘벡 시를 정의한다.

퀘벡 시는 퀘벡 사람들이 프랑스어로 쓰는 것이다. 이 퀘벡 시는 두 민족의 사회들을 결합하기 위하여, 영어권의 캐나다인들이 쓰는 캐나다 시와 상호작용해야 한다. 이것이 퀘벡 시의 사명이다. 같은 사명으로, 프랑스어도 퀘벡 시를 구현하는 데만 집착하지 않고, 캐나다 시를 구성하는 영어와 가까이 지내야 한다. 따라서 퀘벡 시인들은 캐나다 전체의 사회적 상황을 파악하고 결국은 퀘벡 시의 정체성을 강화하기 위하여, 동시에 프랑스어와 영어와 대결해야 한다. 두 언어와 두 시는 캐나다 전체 사회의 다양한 현상에 영향을 주거나 그로부터 영향을 받는다.

프랑스어와 퀘벡 시가 영어와 캐나다 시와 가지는 상호작용은 언어(프랑스어든 영어든)와 문학작품은 사회를 통과하지 않을 수 없음을 설명한다(문학과 사회가 서로 연결됨은 앞 항목[1.1]에서도

---

12) Antoine Spacagna, 'Dé-lire les "délires" de À l'inconnue nue de Gilles Hénault', *Voix et Images*, vol.21, n.2, 1996, p.308 (pp.300-311).

언급되었다). 즉, 이렇게 말할 수 있다. "그렇게 해서, 어떤 한 언어의 정체성에 대한 정의와 어떤 한 문학의 존재 간에는, 넓은 의미로, 심미적으로 견고해지고 가치를 가지게 되어 사회가 기초가 되는 것으로 인정하는 언표들 문집의 존재 간에는 어떤 본질적인 관계가 있다. 이는 자연 언어의 정체성을 순수하게 언어적 토대 위에서 정의할 수 없음으로부터 온다."[13] 에노에게 있어, 시인이 특히 언어와 사회의 관계를 관찰하는 것은 당연하다. 언어와 사회는 각각 사회의 주축으로 또 언어 사용자로, 대중의 일상생활에서 상호작용하기 때문이다. 위에 인용된 시에서 보듯이, 언어가 "수사학적 표현"이 없는 "가식 없는 말 la parole nue"로 실현이 될 때, 언어와 사회의 관계는 그 투명성을 확보한다. 이는 바로 그 시가 원하는 글쓰기의 목표이다.

프랑스어와 영어는 에노에게 퀘벡인들과 연방제 캐나다인들의 민족적 정체성에 관해 생각하도록 하여, 그는 두 언어를 중요시한다. 그래도 에노는 프랑스어로 시를 쓴다. 그에게서는, 퀘벡 사람들과 프랑스 사람들의 삶으로부터 분리되지 않는 하나의 같은 프랑스 언어로 구성되는 퀘벡 시와 프랑스 시를 구분하는 것이 또한 필요하다.

---

13) Dominique Maingueneau, *Le Contexte de l'œuvre littéraire; Énonciation, écrivain, société*, Paris, Dunod, 1993, p.102.

2. 퀘벡 시와 프랑스 시

2.1. 언어, 그리고 퀘벡인들과 프랑스인들의 삶

프랑스어는 에노처럼 퀘벡인으로서 퀘벡에 사는 퀘벡 시인의 시를 구성하고, 동시에 프랑스인으로서 프랑스에 사는 프랑스 시인의 시를 구성한다. 퀘벡 시인인 에노는 지리적으로 멀리 떨어진 퀘벡과 프랑스에서 사용되는 프랑스어로 글을 쓴다. 그러나 그는 퀘벡 시와 프랑스 시를 혼동하지 않는다. 그가 옳다. 실제로, 언어는 인간의 삶을 이끌고 반영한다. 그래서 당연한 결과로, 퀘벡인들의 민족정신을 간직하는 프랑스어는 프랑스인들의 민족의식을 간직하는 프랑스어와 다르다. 마찬가지로, 이 두 민족의 시 작품들은 그들의 민족적 자존심에 따라 필연적으로 서로 구분된다. 이 관점에서 다음의 두 시가 파악될 수 있다.

> 오고 가는 글쓰기, 도시의 바둑판무늬의 길 위에
> 서로 얽힌 발걸음들의 글쓰기는 내 존재의 구성에 대해
> 모든 시보다 더 많이 잘 말해준다.

> L'écriture des allées et venues, des pas entrelacés
> sur le quadrillé des rues métropolitaines en dit
> plus long que tous les poèmes sur la texture de mon être.[14]

> 사랑은 말하는 것보다 더 단순하고
> 낮은 생각하는 것보다 더 밝고
> 생명은 바다보다 더 강하고
> 시는 민중이 물을 마시는 평원에서 흐른다.

---

14) Gilles Hénault, 'Exil', dans 'Voyage au pays de mémoire', *Signaux pour les voyants; poèmes 1941-1962, op.cit.*, p.137.

L'amour est plus simple qu'on le dit

Le jour est plus clair qu'on le croit

La vie est plus forte que la mer

La poésie coule dans la plaine où s'abreuvent les peuples.[15]

위의 첫 번째 시에서, "글쓰기 écriture"는 주체 "나 je"에게 있어, 그의 "존재" 또는 그의 실제 실존적 이미지를 구성하는 데 필요한 주축이다. 글 쓰는 방법은 한 작가에게 있어서는, 그의 존재를 추구하는 그의 사고방식으로부터 뗄 수 없다. 즉, "작가는 잉태된 것처럼 또는 미리 계획된 것처럼 나타날 것을 체험한다. 실제로 작가의 심리적인 단순함과 그의 문체의 형식적 간결함 간에는 밀접한 관계가 있다. 이는, 그리스 사람들은 그들 스스로 단순하고 심오하고 순진하기 때문에만 단순함과 깊이에 도달할 수 있다는 것을 니체가 주장하면서 말한 것이다."[16] "글쓰기"가 그처럼 "존재"의 실존적 의식을 반영하는 것과 마찬가지로, "글쓰기"의 토대가 되는 언어도 인간의 실존 정신을 함축한다.

위에 소개된 두 번째 시에서, "시는 민중이 물을 마시는 평원에서 흐른다. La poésie coule dans la plaine où s'abreuvent les peuples". 이때 "시"는 그들의 길을 제시하면서 "민중"을 인도할 수 있다. 또는 반대로, "민중"이 그 길을 보여주면서 "시"를 안내할 수 있다. 따라서 "시"는 항상, 예를 들면, 퀘벡 사회와 프랑스 사회의 구성원들인 "민중"의 정신과 함께 존재한다.

---

15) Gilles Hénault, 'Miroir transparent', I, dans 'Sémaphore', *Signaux pour les voyants; poèmes 1941-1962, ibid.*, p.199.

16) Max Bilen, *Le Sujet de l'écriture*, Paris, Édition Gréco, 1989, pp.67-68.

퀘벡 시인과 언어, 예술, 자연

그 두 시는 결국, "시"와 시적 "글쓰기"와 언어(예를 들면, 프랑스어)가 그 자체에서 퀘벡 민족과 프랑스 민족의 "삶"이 된다는 것을 보여준다.

그런데 퀘벡과 프랑스의 정치, 역사적 거리 때문에, 퀘벡 사람들의 프랑스어와 시 또는 삶은 (이미 말했듯이) 프랑스 사람들의 언어와 시와 삶과는 다르다.

실제로, 두 국민은 같은 조상에 뿌리를 두었음에도, 그들의 민족사는 다르게 전개되었다. (현재 퀘벡의 영토가 위치한) 캐나다의 동쪽 지역은 16세기와 17세기경에 이 지역을 개척하고자 했던 프랑스인들과 영국인들에 의해 점령당했다. 프랑스인들은 특히, 결혼 또는 교육의 형태로, 아메리카 토착 인디언들과 융합되려고 했다. 이는 프랑스 사회에 인디언들을 통합하고 그들에게 프랑스 문화를 전달하는 것을 목표로 했다. 이러한 프랑스화 정책은 17세기 동안 지속되었다. 그러나 1763년 2월의 파리협정 때에, 프랑스인들은 영국인들에게 그 동쪽 지역을 양도했다. 그때, 프랑스 사람들 일부가 그곳을 떠나 프랑스로 돌아갔고, 나머지 사람들은 그곳에 머물렀다. 그 후, 캐나다는 영연방에 속하게 되었다. 퀘벡 사람들(동쪽 지역에 남아 있던 프랑스인들과 그들의 후손)과 프랑스 사람들(프랑스에 사는 사람들)이 겪은 역사적으로 또 정치적으로 동일하지 않은 이러한 상황 때문에, 퀘벡의 프랑스어와 시는 프랑스의 언어와 시와 다를 수밖에 없다. 에노의 시 세계의 큰 특징은 바로 그 점들을 상기시키는 데 있다. 즉, "시 체험이 여기서 매우 다르고, 그 결과, 시의 기능이 프랑스에서와 같은 기능일 수 없다는 것을 질 에노는 처음으로 인정한 사람이다. 바로 문학사 측면에서는, 삶의 국

지적 조건을 고려하는 다른 계통이 존재한다."[17] 따라서 그의 시 창조는 언어를 위시하여 두 민족의 삶에서 전개된 체험들과 밀접한 관계를 갖는 것이 확실하다.

특히 다음의 시는 언어에 관련해서, 더 정확히 말하면, "크레올어 créole"에 관련해서, 퀘벡 사람들과 프랑스 사람들의 정치, 역사적 관계를 상기시킨다.

> 그녀는 고함을 지르기에 아름다웠고, 어린 고양이처럼 눈앞에서 뛰어오르는 조금의 그 유년시절과 함께 아름다웠다. 바로 너를 미개인이라고들 하고, 바로 너를 야만인이라고들 하며, 바로 너로부터 아프리카 또는 오세아니아주의 황혼의 시선이 갑자기 떨어져 나를 나의 밤 속에 맡긴다! 내가 너를 사랑하고 있음을 너는 알아야 했다. 기차와 전차의 소음 너머로 시끄러운 나의 핏소리가 들리고 있었다.

> Elle était belle à crier, belle avec ce rien d'enfance
> qui saute aux yeux comme un jeune chat. C'est toi qu'on dit
> sauvage, toi qu'on dit barbare,
> toi dont le regard de crépuscule d'Afrique ou
> d'Océanie tombait brusquement pour me laisser
> dans ma nuit! Tu as dû savoir que je t'aimais. Par-dessus
> le tintamarre des trains et des trams
> s'entendait le tam-tam de mon sang.[18]

이 시는 "아프리카 Afrique" 또는 "오세아니아주 Océanie"(또는 아마도 카리브해)의 민족들을 지배하려 했던 유럽인들의 식민정책

---

17) Michel Biron, 'Au-delà de la rupture : "Bestiaire" de Gilles Hénault', *Voix et Images*, vol.24, n.2, 1999, p.317.

18) Gilles Hénault, 'Créole', dans 'Voyage au pays de mémoire', *Signaux pour les voyants; poèmes 1941-1962, op.cit.*, p.141. 이 시에서 "그녀 Elle"는 "크레올 Créole"을 지칭한다.

의 결과로 이 지역들에서 원주민들의 언어와 식민지 지배자들의 언어의 결합으로 태어난 "크레올어"[19)에 대해 말한다. "크레올어"를 사용하면서 유럽인들의 지배를 받았던 그 지역 작은 나라들의 역사적 상황은 프랑스인들과 영국인들이 16세기와 17세기경에 개척하기 위해 온 현재 퀘벡 영토의 역사적 상황과 다소 유사하다. 그 작은 나라들의 민족들이 느끼는 것과 거의 유사하게, 프랑스인들의 후손인 퀘벡인들도 오래전부터 그들의 마음 깊숙이에서 그들 조상의 격렬한 "피"를 느낄 것이다. "기차와 전차의 소음 너머로 시끄러운 나의 핏소리가 들리고 있었다 par-dessus le tintamarre des trains et des trams s'entendait le tam-tam de mon sang"라고 말하는 시의 주체가 그것을 상기시킨다. 퀘벡인들의 조상은 현재 퀘벡주 정부의 영토 위에서 영국인들과 대치했었고, 그래서 많은 현대 퀘벡 사람들은 영어 사용자들이 거의 전적으로 관리하는 캐나다 연방정부로부터 분리되기를 원한다. 시는 퀘벡 사람들의 마음속에 간직된 퀘벡의 지리적 정체성을 간접적으로 확인하려고 한다. 바로 이것이 에노에게서 시의 개념이다. 즉, "시는 보증이 되는 것으로 실제 나라를 요구하는, 명확하고 확고부동한 지정학을 요구하는 또 하나의 다른 땅이고 특수한 나라이다."[20)

위의 시에서 언급된 "크레올어"가 원주민들 언어와 식민지 지배자들 언어의 융합으로부터 태어난 것과 거의 같은 방식으로, 현대

---

19) 낱말 "그녀", 즉, "크레올"은 시에 포함된 낱말들, '아름다운 belle, 눈 yeux, 너 toi, 너는 tu, 너를 te'에 입각해서, 주어 "나 je"에 의해 "사랑받는" 한 "아름다운" 여자의 상징으로 고려될 수 있다. 그러나 상징적인 여인 "크레올"로부터 나오는 환상적 이미지로부터 멀리 떨어져서, 언어 문제에 중점을 두기 위하여, 낱말 "크레올"은 "크레올어 créole"로 간주될 것이다.

20) Laurent Mailhot, 'La Poésie de Gilles Hénault', *Voix et images du pays*, vol.8, n.1, 1974, p.159 (pp.149-161).

퀘벡의 프랑스어는 현대 프랑스인들의 옛날 언어에 토대를 두고, 동시에, 영어의 영향으로 퀘벡 사람들의 새로운 표현법에 따라 다소 변형된 언어에 토대를 둔다. 그런데 현대 퀘벡 사람들의 프랑스어가 현대 프랑스 사람들의 프랑스어와 완전히 동일하지는 않다고 해도, 이 두 프랑스어는 같은 어원을 갖는다. 이 점에서 보면, 현대 퀘벡의 프랑스어는 프랑스의 백과전서파 계몽주의 철학자인 드니 디드로(Denis Diderot, 1713-1784)가 18세기에 내린 프랑스어에 대한 평가를 똑같이 받을 수도 있을 것이다. "언어들은 다음과 같이 비유가 되곤 했다. 즉, «상류사회와 철학파에서는 프랑스어를 말해야 하고, 설교와 연극에서는 그리스어와 라틴어, 영어를 말해야 한다. 우리의 언어는 언젠가 현실로 돌아온다면 진리의 언어가 될 것이다. 그리스어와 라틴어, 다른 언어들은 우화의 언어, 그리고 허구의 언어가 될 것이다. 프랑스어는 교육하고, 밝히고, 설득하기 위해 만들어졌고, 그리스어와 라틴어, 이탈리아어, 영어는 납득시키고, 감동시키고, 속이기 위해 만들어졌다. 그러니 대중에게는 그리스어, 라틴어, 이탈리아어, 영어를 말하고, 그러나 현자에게는 프랑스어를 말하시오.»"21)

그와 같이 두 민족의 프랑스어들의 유사점으로 인하여, 퀘벡 사람들의 프랑스어도 디드로가 칭찬한 프랑스 사람들의 프랑스어처럼, 충분히 사회성과 철학적 특성, 진리성, 명료함을 가진다. 그러나 앞에서도 설명했듯이, (그들 조상의 나라인 프랑스로부터 멀리 떨어진 현재 퀘벡의 영토에서 역사적으로, 정치적으로 다양한 상황

---

21) 인용 부호(« ») 속에 놓인 말이 디드로의 표현이다. *De la langue française; Essai sur une clarté obscure*, Henri Meschonnic, Paris, Hachette, 1997, p.163.

퀘벡 시인과 언어, 예술, 자연

을 통과한) 퀘벡인들의 삶은 (프랑스에 사는) 프랑스인들의 삶과
다르다. 그리고 이 두 민족의 프랑스어로 구성된 그들의 시도 서로
완전히 동일하지 않다. 이 점들을 인정하며 에노는 글쓰기의 소명
에 따라 퀘벡 시에 고유한 민족 정체성을 확고하게 하기 위하여
퀘벡 시와 프랑스 시를 구분한다.

퀘벡의 프랑스어는 프랑스 사람들의 언어처럼 사회그룹들 사이에
광범위하게 전달될 수 있는 교신언어이기 때문에, 퀘벡 시는 프랑
스 시처럼 독자와의 대화를 추구한다. 에노는 이 대화를 강조한다.

2.2. 독자와의 대화

에노에 의하면, 퀘벡 시는 언어의 사회적 기능을 통하여 독자들
과 융합될 수 있다. 이때, 시는 독자들 사이에 또는 사회그룹들 사
이에 말 교환을 통하여, 즉, 그들의 표현하는 방식을 통하여 퀘벡
시를 거행하는 하나의 행동이 된다.

> 발견된 길들이 그 올가미 속에 우리를 잡아두고
> 수천 년의 나무들이 창백한 하늘을 아프게 한다
> 어근들 침묵의 낱말들, 대지 가득히
> 무수히 반복되는 어근들
> 평야의 평온한 침묵과 함께 귀먹은 대화
> 그러니 우리는 바다의 아우성치는 길과
> 해변의 입술에서 꾸르륵거리는 이 무수한 조약돌들을 잊었는가!
> 둥근 낱말들, 반들반들한 낱말들, 천둥 치는 낱말들
> 밀려오는 파도의 잎들에 휘파람 소리 내는 낱말들
> 아 그대들이 마침내 낭랑한 샘물에
> 경이로운 기억 속에
> 시의 근원에 굴러다니기를.

> Les pistes reconnues nous tiennent dans leurs rets

Des millénaires d'arbres blessent un ciel exsangue
Racines mots muets, racines
Cent millions de fois répétées à pleine terre
Dialogue sourd avec le silence étale de la plaine
Avons-nous donc oublié les chemins de clameurs de la mer
Et ces milliards de galets gargouillant aux lèvres des plages!
Mots ronds, mots polis, mots tonnants
Mots sifflant aux frondes des ressacs
Ah que vous rouliez enfin aux sonores fontaines
Aux mémoires percutantes
Aux sources du poème.[22]

이 시는 "둥근 낱말들, 반들반들한 낱말들, 천둥 치는 낱말들, 밀려오는 파도의 잎들에 휘파람 소리 내는 낱말들 mots ronds, mots polis, mots tonnants / mots sifflant aux frondes des ressacs"이 무수히 반복되는 침묵의 대화를 깨뜨리기를 원한다. 이러한 깨뜨림은 필요하다. 이유는 사회그룹들과 또는 독자들과 단절된 "대화"를 그들과 시의 관계 속에서 회복시키기 위해서이고, 또 퀘벡 사회의 현실을 왜곡하지 않고 말의 구체적인 실현에 따라 정말로 존재할 수 있는 언어를 만들기 위해서이다. 한 비평가에 따르면, 언어에 관련된 이러한 점은 에노의 시에서 특히 강조된다. 즉, "현실을 왜곡하든지, 현실에 대한 어떠한 변형도 없든지 간에 그처럼 중대한 결과를 가져오기 때문에, 에노의 시는 시가 여러 번 드러내는 비극, 즉, 존재하는 것이 아닌 겉으로 나타나는 것에만 바쳐지는 언어의 비극과 싸우는 것 같다(비극의 영향력은 사회적으로, 또 실존과 관련해서 읽힐 수 있다)."[23]

---

22) Gilles Hénault, 'Le temps s'arborise', II, dans 'Sémaphore', *Signaux pour les voyants; poèmes 1941-1962, op.cit.,* p.175.

23) Lucie Bourassa, 'Transports du signe : rime et allégorie dans 'Sémaphore'', *Voix et Images,*

퀘벡 시인과 언어, 예술, 자연

정말로 존재하는 언어를 만들며, "해변의 입술에서 꾸르륵거리는 무수한 조약돌들 milliards de galets gargouillant aux lèvres des plages"처럼 독자들과 대화하기 위하여, 시는 공통된 민족의식에 입각해서 연방제 캐나다인들의 영어와 마주하여 프랑스어를 영원히 간직하려는 퀘벡 사회의 의지를 표현해야 한다. 시가 추구하는 독자들과의 관계는 시 쓰기가 사회와 개인의 다양한 요구에 매 순간 부응하며 그 가치를 항상 새롭게 하는 것을 전제로 한다. 에노에게 있어, 시 행위와 시 작품들은 결국 독자들과의 거리를 매번 최대한 줄이는 것을 항구적인 목표로 한다. 사실, 문학작품은 결정판이 나와도 독자들의 역할로 인하여 계속해서 쓰고 읽고 또는 다시 생각해야 하는 더 많은 것을 항상 암시한다. 즉, "글쓰기와 독서에 관련하여, 작품은, 즉, 그 자체에서 정확하고 완전하게 결정될 수 있는 작품은 – 여백에 대한 가정은 따라서 불가피한 가정이 아니다 – 포괄적 선언으로 나타난다. 즉, 작품은 분리된 글쓰기이고 지각작용이지만, 써야 하고 보아야 할 그 밖의 것이 항상 있다는 것을 알고 있는 글쓰기이고 지각작용인 것이다."[24]

그처럼 독자들에게 다가가면서, 에노의 시 작품들은 연방제 캐나다인들의 영어 너머로 퀘벡 사회에서 사용되는 프랑스어의 현실을 상기시킨다. 독자들은 에노의 시 작품들이 드러내는 언어적 상황을 항상 그들의 뜻대로 재해석하기 때문에, 프랑스어를 통해서 퀘벡 시, 독자 그리고 사회가 매번 새로운 상호관계를 갖는다.

---

vol.21, n.1, 1995, p.87 (pp.74-91).

24) Jean Bessière, *Dire le littéraire; Points de vue théoriques*, Liège et Bruxelles, Éditeur Pierre Mardaga, sans année, p.88.

*　　　*　　　*

퀘벡은 프랑스어를 사용하는 프랑스 조상을 둔 국민으로 이루어
지고, 반면에 캐나다의 나머지 지역은 영어를 사용하는 영국 조상
을 둔 국민으로 이루어져 있다. 그래서 에노는 영어권 캐나다인들
이 사용하는 영어와 마주하며 그의 시 작품들의 프랑스어에 대하
여 생각한다. 프랑스어는 17세기경부터 현재 퀘벡 땅에 자리잡은
퀘벡인들이 그들 공동체 안에서 오랫동안 체험한 여러 다른 경험
들에 뿌리를 박고 있다. 그의 시 작품들에서처럼 퀘벡 시의 사회적
기능은 이러한 프랑스어, 즉, 영어권 캐나다인들의 민족정신과 다
른 민족정신을 소유한 퀘벡인들의 의사소통 언어에 토대를 둔다.

서로 뗄 수 없는 프랑스어와 퀘벡 시는 퀘벡 사람들에게 퀘벡
사회 속에서 소속감과 동질성을 느끼게 하고, 동시에 캐나다 연방
사회 앞에서 이타적인 감정을 느끼도록 한다. 그들의 이중 감정은
퀘벡 시를 프랑스어로 쓰는 에노의 글쓰기에 의하여, 캐나다 연방
사회 앞에서 항상 긴장되는 퀘벡 사회의 현실에 어떤 긍정적인 미
래를 가져오는 다양한 가치들을 정립하는 데 기여할 것이다. 그들
의 이중 감정은 두 사회의 반대되는 도덕적 관념들을 완화하면서
두 사회의 조화로운 공존을 유지하게 할 것이다. 에노의 시 작품들
은 운문 형식과 산문 형식이 결합한 이중의 형식으로부터 솟아나
는 어떤 의미작용을 통해 퀘벡의 독자들을 바로 그러한 방향으로
인도할 것이다.

에노가 시적 요소와 산문적 요소를 자주 결합하면서 퀘벡 시의
형식을 혁신하려고 하는 것처럼, 그의 시 작품들은 연방제 캐나다
인들과 화해하지 않을 수 없는 퀘벡 사람들의 의식의 변화를 목표

로 한다. 이는 에노 시의 현대성을 말해준다. 퀘벡의 다른 시인들의 작품에서는 이러한 특징이 덜 나타난다. 그래서 에노는 퀘벡 현대시의 아버지라고 불릴 만하다.

제2장

퀘벡 시인 롤랑 지게르에게서
시와 그래픽 아트의 이중주

20세기 퀘벡의 대표 시인들 가운데 한 사람으로 롤랑 지게르
(Roland Giguère, 1929-2003)가 있다. 이 작가는 몬트리올(Montréal)
에서 태어나 프랑스 파리에 잠시 머문 것을 제외하고 거의 자기
고향에서 시인으로, 화가로, 타이포그래퍼로, 그리고 출판업자로 활
동했다. 17세부터 시를 쓰기 시작한 이래로 그는 "책에 대한 사랑"
에 빠져 고교 졸업 후 1947년부터 1951년까지 몬트리올에 있는 그
래픽아트학교(École des Arts graphiques)[1]에서 인쇄술을 배웠다. 활
판인쇄술(typographie)[2]과 스크린인쇄술(sérigraphie)[3]을 집중적으로
배우며 그는 학업 중인 1949년에 출판사 에르타(Erta)를 창설하기
도 했다. 그의 첫 시집 『태어나게 하기 Faire naître』는 이때 출간
되었다. 출판업과 학업을 병행하는 동안 그는 여러 시인과 화가를
만날 수 있는 다양한 기회를 갖게 되었고 이것이 그의 문학 활동
과 예술 활동에 큰 도움이 되었다.

---

1) 그래픽 아트는 회화나 글씨, 판화, 인쇄 등 평면 위에 도형을 만드는 모든 기술 또는 그 작품을
지칭한다. 펜이나 붓으로 선을 그어 문자나 도표 또는 사물의 형체를 그리는 것은 모두 유사한
표현 방식으로, 이와 같은 서법(calligraphie)이나 선을 사용해서 하는 모든 예술 표현을 그래픽
아트라고 한다.

2) 활판인쇄술은 활자의 서체 배열 등 활판 기호를 사용하여 조판하는 인쇄술을 말한다.

3) 스크린인쇄술은 실크 스크린인쇄술이라고도 불리는데, 나일론 등 올이 촘촘한 망사나 금속제
등을 팽팽한 스크린으로 만들고서 상이 없는 부분을 아교재로 덮은 후 잉크를 스크린을 통해
투과시키면 잉크가 상이 있는 곳에만 들어가 인쇄되는 방법이다.

1950년대부터 전문 영역으로 등장한 그래픽 디자인 분야에서 활동하며 지게르는 인쇄술을 그래픽 아트로 격상시켰다. 다른 문학 작가들의 작품 표지에 특이한 문자 장식을 활판인쇄술로 도안해 넣거나 책을 스크린인쇄술로 인쇄하여 그는 인쇄되는 글자의 시각적인 면에 조형예술성을 부여했고, 또 다른 화가들의 그림이나 본인의 그림을 석판화(lithographie)[4]로 만들며 인쇄술과 판화술을 접목했다.

　지게르는 판화작업과 인쇄작업에 모두 일가견이 있어서 그의 시 작품들은 거의 선 예술기법과의 관련 속에서 고려된다. 따라서 본 논문은 시 쓰기에 관한 그의 관점을 보고 또 판화나 데생 등 그림과 인쇄 영역을 모두 아우르는 시각예술에 관한 그의 관점을 보면서 언어요소와 조형요소 그리고 인쇄요소가 그의 작품들에서 어떻게 서로 상관관계를 갖는지 살펴본다. 이는 시와 그림과 인쇄라는 서로 분리될 수 없는 세 장르의 정체성을 밝히기 위한 것이기도 하다. 시와 데생이 어떻게 서로 만나는지, 또 활판인쇄용 활자의 조형성을 살리며 언어와 그림을 조합하는 타이포그래픽 아트와 시 창작이 어떤 관련성을 갖는지, 그리고 이와 같은 작업의 기본 영역인 시와 회화가 결국 어떤 관계를 갖는지 알아보는 것을 본 연구의 목표로 한다.

---

[4] 기름을 섞어 만든 크레용으로 석판(석판석이 무거워 가벼운 아연판을 사용하기도 함)의 표면에 그림을 그리고 그 표면 위에 물을 적신 후 롤러에 기름이 섞인 잉크를 묻혀 판 위에서 굴리면 그림이 그려진 부분에만 잉크가 묻게 된다. 이때 판 위에 종이를 올려놓고 석판화 인쇄기로 찍으면 그림이 만들어진다.

1. 인쇄 지면의 공간 디자인 요소들

1.1. 시의 낱말과 데생의 선

지게르에게서 시를 쓴다는 것은 낱말들이 선을 따라 종이 위에 새겨지도록 일종의 디자인을 하는 작업이다. 손에 의해 써지거나 타이프라이터로 찍히는 낱말들은 문장을 이루며 시 주체가 펼치는 상상의 시간을 시각화한다.

> 타이프라이터의 선들은 모두 같은 소실점으로 향하며 시의 전망을 데생한다.
>
> Les lignes de machine à écrire, toutes dirigées vers le même point de fuite, dessinent la perspective du poème.[5]

지게르에게서 그와 같은 상황은 마치 투시도법에 따라 시의 여백에 그려지는 데생의 선들이 어느 한 지점에서 서로 만나며 그림의 이미지를 만들어내는 상황과 유사하다. 그래서 그는 시인으로 또 화가로 시와 데생, 두 분야를 넘나드는 개방적인 작업을 하며 본인의 시 텍스트 여백에 데생(때로는 낙서와 비슷하게)을 그려 넣는다. 그에 따르면, 활판인쇄로 원고 내용을 인쇄할 때 문장들이 인쇄물질을 흡수하는 것처럼, 인쇄된 텍스트 위에서 활자의 선들은 여백에 그려진 데생의 선들을 흡수하는 듯하다. 데생이 선들의 조합에 의한 이미지 집합체이듯이 시도 낱말들의 선을 따라 그려진 문장 이미지의 집단이기 때문에, 이 모든 선이 공명하여 두 장르는 공동의 이미지를 발산한다.

---

5) Roland Giguère, 'Hors cadre', *Temps et lieux*, Montréal, Éditions de l'Hexagone, 1988, p.57.

지게르가 시와 데생을 유사한 작업의 결정체로 보고 그들의 이미지가 공명한다고 하는 것은 시의 언어요소와 데생의 조형요소가 상호작용한다는 생각에 의한다. 하지만 이 관점은 타당하지 않을 수 있다. 데생은 언어로 구성된 시와 화합할 수 없기 때문이다. 예술과 언어의 관계를 연구하는 한 이론가에 의하면, 데생의 이미지 그 자체는 어떠한 언어적 표현의 의미도 지닐 수 없다. "[화가의] 스케치는 언어나 기호체계 속에서 절대로 직능을 하지 않고 통사적인 구분이나 의미적인 구분이 없는 체계 속에서 직능을 한다."[6) 데생은 언어요소로 구성되지 않고 또 색상도 입지 않은 일종의 스케치이기 때문에 화가가 생각하는 작품의 어떤 의미를 충분히 구체적으로 드러낼 수 없다. 그래서 데생 또는 소묘의 이미지 그 자체는 무엇인가를 명확히 나타낸다 또는 나타내지 않는다 등 어떤 의미하는 내용으로 말해질 수 없다는 뜻이다. 따라서 시와 데생을 접목하려는 지게르의 시도는 무모하다.

그런데 언어 이론가인 벤베니스트가 언어의 특성에 관해 한 설명을 참고하면 시의 언어요소와 데생의 조형요소를 만나게 하려는 지게르의 작업은 오히려 타당하다. 벤베니스트에 따르면, 언어는 단순히 활용 차원에서 무엇인가를 표현할 수 있어 그 힘을 갖는다기보다 오히려 임의적인 기호체계로서 상황에 따라 모든 것을 의미하고 해석할 수 있어서 그 힘을 갖는다. 언어는 인간이 사용할 수 있는 그 어떤 표현 체계들보다 훨씬 더 특수한 방법으로 무엇인가를 의미할 수 있는 우월성을 지닌다. "실용 면에서 언어의 특권적인 이

---

6) Nelson Goodman, *Langage de l'art; une approche de la théorie des symboles*, traduit de l'anglais par Jacques Morizot, Nimes, Éditions Jacqueline Chambon, 1990, pp.231-232.

퀘벡 시인과 언어, 예술, 자연

상황은 의미하는 체계로서 나타나는 그 우월성의 결과이지 원인은 아니다. 이 우월성에 대해서는 기호학 원리만이 그 이유를 설명할 수 있다. 우리는 그 점을 발견하게 될 것이다. 특수한 방법으로 그래서 언어에만 있고 어떠한 다른 체계도 만들어내지 못하는 방법으로 언어는 의미한다는 그러한 사실을 의식하면서다."[7] 따라서 지게르의 시 여백에 그려진 데생의 조형요소들은 시 언어의 그와 같은 특수한 해석 능력에 결부되어 비로소 언어의 의미 체계를 모방할 수 있다. 데생의 시각적인 선들이 말하는 시의 낱말들로부터 언어 기능을 부여받아 일종의 그려진 '낱말들'의 기능을 함으로써 두 장르는 지게르의 시도대로 합치의 길로 간다.

그와 같은 방식으로 시와 만나며 데생은 화가의 무의식 세계 등이 포함된 심리 상태 또는 상상의 세계를 풍요롭게 표현한다. 데생의 시각적인 선들의 예술은 작품을 보는 사람의 인지 구조 속에서 언어 기호화 과정을 거치며 화가의 마음이나 정서를 생각하게 한다. 데생하는 그 자체를 시를 쓰는 글쓰기라고 보는 지게르의 다음 정의들은 바로 그러한 방향에서 이해될 수 있을 것이다.

> 나는 새로운 글쓰기에 사로잡혔다. 나는 말의 시대로부터 이미지의 시대로 갔는데 나에게 있어서는 그 어떤 포기도 단절도 없었다. 같은 것들을 다르게 나는 말했고 - 아직도 나는 말하고 있다.

> J'étais possédé par une nouvelle écriture. De l'âge de la parole, je passais à l'âge de l'image et pour moi il n'y avait là nulle abdication, nulle rupture ; je disais - et je dis encore - les mêmes choses, autrement.[8]

---

7) Émile Benveniste, *Problèmes de linguistique général*, II, Paris, Gallimard, 1974, p.63.

8) L'expression de Roland Giguère (*Forêt vierge folle*, Montréal, Éditions de l'Hexagone, 1978), citée par Michel Lemaire, 'Multiple Giguère', *Lettres québécoises : la revue de l'actualité littéraire*, n.13, 1979, p.18 (pp.17-18). 인용문에서 "나"는 롤랑 지게르를 지칭한다.

데생은 언제나 나에게 있어서 글쓰기만큼이나 자연스러운 표현이다. 데생은 글쓰기이고 틀림없이 그 때문에 나는 그렇게 큰 중요성을 거기에 부여한다. 데생에는 어떤 은밀한 어조가 있고 그래서 어떤 화가의 데생들을 본다는 것은 그의 사적인 일기를 좀 대강 훑어보는 것이다... 데생 그것은 장식 없이 적나라하게 우리에게 나타난다.

Le dessin a toujours été pour moi une expression aussi naturelle que l'écriture ; le dessin est une écriture et c'est sans doute pourquoi j'y attache une si grande importance. Il y a dans le dessin un ton confidentiel, regarder les dessins d'un peintre c'est un peu feuilleter son journal personnel... Le dessin lui, se présente à nous dans toute sa nudité, sans parure.[9]

지게르가 그처럼 데생, 즉 "새로운 글쓰기"를 시의 여백에 시도함으로써, 하나의 같은 표현인 두 장르에서 조형요소적인 보이는 선들과 낱말들의 융합에 따라 보이는 문장의 선들이 하얀 종이 화폭 위에서 서로 만나고, 또 이 선들의 교류로 두 장르가 함께 화가에 관련되는 인지심리학이나 정신분석학에 바탕을 두는 어떤 구체적인 현실성을 창조한다.

시의 낱말들과 데생의 선들을 접목하기 위해 지게르가 본인의 시 텍스트 여백에 직접 데생을 하는 것으로 보아 알 수 있듯이, 그는 종이 위에 시를 먼저 쓰고 그다음에 데생을 한다. 그는 시인이 먼저 되고 그다음에 화가가 되어 새로운 글쓰기, 즉, 데생과 새로운 그림 그리기인 시 쓰기를 한 곳에서 보여준다.

어떤 충동적인 현상이 나를 그림으로 이끌어갔다. 물론 나는 내 텍스트들 여백에 데생을 많이 하고 있었다. 이미지가 펼쳐져 여백을 넓혀 나갔고 종이 위에서 공간을 정복해 텍스트에 변화를 주었다. 화가 롤랑 지게르는 시인 롤랑 지

---

9) L'expression de Roland Giguère (*Forêt vierge folle, ibid.*), citée par Roger Chamberland, 'L'écriture iconique. Sur deux 'Mirors' de Roland Giguère', *Voix et Images*, vol.9, n.2, 1984, p.50 (pp. 47-58). 인용문에서 "나"는 롤랑 지게르를 지칭한다.

게르의 실험작업으로부터 태어났다.

C'est un phénomène d'entraînement qui m'a conduit à la peinture. Certes, je
dessinais beaucoup dans les marges de mes textes. L'image s'est développée, a
élargi la marge, a conquis de l'espace sur le papier, a donné le change au texte.
Roland Giguère peintre est né des expérimentations de Roland Giguère poète.[10]

그런데 하나의 종이 화폭 위에 시와 데생을 함께 표현하는 지게
르의 창작 방식은 순전히 화가의 입장에서만 보면 다소 이치에 맞
지 않을 수 있다. 예를 들면, 화가 앙리 마티스(Henri Matisse)에 의
하면, 화가는 오직 화폭 위에서 자신의 예술적인 방법으로만 작업
을 할 때 가장 좋은 표현을 할 수 있다고 한다. 화가는 그림을 그
릴 때 예술가의 관점에서만 자신의 감성이나 이상을 표출시켜야
하고 문인들의 어떤 문학적인 생각이나 글쓰기에 결부되어서는 안
된다. "우선, 많은 사람이 그림을 문학에 종속되는 것으로 보고 그
림으로 하여금 그 수단에 합당한 보편적인 어떤 생각들이 아닌 전
형적으로 문학에 관련된 어떤 생각들을 표현하게 하려 한다는 것
을 알게 될 때, 나는 화가가 문학인의 영역을 감히 침범하는 것을
사람들이 너무도 당연히 알지 못할까 염려한다."[11] 문학 작가와 화
가가 같은 사람이 아닌 경우를 겨냥하는 듯한 마티스의 이러한 염
려는 시인으로서 또 화가로서 본인이 직접 쓰고 그린 작품들을 시
텍스트 위에 또는 화폭 위에, 즉, 한 곳에 놓는 지게르의 경우에
꼭 해당이 되지 않을 수도 있다. 하지만, 지게르가 시 텍스트의 여

---

10) L'expression de Roland Giguère, par Interview *Vie des Arts*, 'Roland Giguère : profil d'une
démarche surréaliste', *Vie des Arts*, vol.20, n.80, 1975, p.44 (pp.42-46). 인용문에서 "나"는 롤랑
지게르를 지칭한다.

11) Henri Matisse, *Ecrits et propos sur l'art*, Paris, Hermann, 1992, p.40. 인용문에서 "나"는 앙리
마티스이다.

백에 데생을 할 때 그가 과연 시를 구성하는 시적인 주제나 사고에 전혀 지배당하지 않고 데생을 하는지는 사실 확인이 되지 않는다. 지게르는 마티스처럼 화가이면서도 그와는 달리 또 시인이고 더구나 시 텍스트에 변화를 주기 위해 데생을 그려 넣기 때문에 마티스의 그와 같은 염려는 그에게 어느 정도 적용될 수 있을 듯도 하다.

마티스의 생각에 비추어보면 지게르의 창작 태도는 모순일 수 있지만, 어찌 되었건 이 시인은 시의 낱말들과 데생의 선들을 하나의 같은 표현 수단으로 보며 두 장르를 한 곳에서 접목한다. 다음에 소개되는 시와 삽화가 바로 이를 확인해 주는 대표작들이다.

> 환락의 들판에
> 군림하는 젖가슴의 계절이다
>
> 맨 처음의 벌통 속에
> 손이 그의 꿀을 모으고 만든다
>
> 토끼풀이 씁쓸하고
> 태양이 밀랍 얼굴을 한다.
>
> C'est la saison des seins régnants
> dans les champs du plaisir
>
> la main butine et fait son miel
> au cœur de la ruche première
>
> le trèfle est amer
> et le soleil a un visage de cire.[12]

---

12) Roland Giguère, 'Plus vert que nature', *L'Âge de la Parole; poèmes 1949-1960*, Ottawa, Éditions de l'Hexagone, 1965, p.49.

13)

위의 시는 1957년에 집필되어 1965년에 시집『말의 시대; 1949-
1960년의 시』에 수록된 것인데 위에 제시된 삽화 형식으로 재구성
되어 1960년경에 클로드 헤프리(Claude Haeffely)가 시리즈로 출판한
우편엽서에 실린 것이다. 삽화가 보여주듯이, 지게르는 이 출판을
위해 시의 여백을 화폭 삼아 그곳에 직접 대지 사물들의 생명력을
그려 넣었다. 이 그림 시에서는 시의 담화성이 그림의 조형요소들
에 언어기능을 부여하고 그로써 그림은 선으로 그려지고 잉크로 칠
해진 형상 차원을 넘어 의미를 발할 수 있기 때문에, 즉, 시 여백의
검은 잉크 물질은 시가 있기 때문에만 그림요소로서 의미적인 표현
기능을 할 수 있기 때문에, 시는 그림을 설명하는 서술적 차원에
있지 않고 어디까지나 문학의 한 형식으로서 그 고유의 언어적인
기능을 다하며 그림이 의미를 지니도록 한다. 지게르의 작품들은
이처럼 시의 담화성이 시의 가독성과 그림의 가시성을 접목하는 문

---

13) Roland Giguère, 'Plus vert que nature'(illustration), *Brèves littéraires*, n.66, 2004, p.11
(pp.11-12), poème compris dans *L'Âge de la Parole; poèmes 1949-1960, ibid.*

제를 생각해 보게 한다. 즉, "써진 텍스트가 없으면 데생은 그 표현의 힘을 잃는다. 아니면 적어도 그 효력이 약해져서 데생은 형상화의 기능만을 한다."14) "텍스트가 그림과 유지하는 관계에 관해 우리가 텍스트를 검토할 때에는, 텍스트가 그 자신의 언어 방법과 수단과 형식을 가지고 호응하려는 것을 예상해야 한다."15)

지게르가 시 작품들 여백에 데생을 그려 넣는 것은 시의 불운을 막기 위한 것이기도 하다. 시의 담화성이 시와 그림을 연결하는 강력한 힘을 가지고 있기는 해도 그에게서 글쓰기는 어차피 "사라져버릴 언어를 말하기 위해 쓰는 것"으로 그저 쓰기 위해 쓰는 경우도 있다. 시는 때로 무의미한 말들로 가득 차서 언어의 순수성이 파괴되려 하고 시인들은 "참수형"을 면하지 못한다.

[...]

사라져버릴
언어를 단지
말하기 위해 글을 쓰는 것

테이블에보다는 오히려
바람에 날리는
모래 위에 글을 쓰는 것

[...]

écrire pour dire
seulement le verbe

---

14) Roger Chamberland, 'L'écriture iconique. Sur deux 'Mirors' de Roland Giguère', *Voix et Images*, vol.9, *op.cit.*, p.50.

15) Anna Vetter, 'De l'image au texte (À partir du «Partage des eaux» d'Alejo Carpentier)', *Peinture et écriture*, sous la direction de Montserrat Prudon, Paris, Éditions de La Différence, 1996, p.207 (pp.207-215).

qui va mourir

écrire sur le sable
que le vent souffle
plutôt qu'à la table[16)]

암울한 물 암울한 물
나는 또한 기억하네 편도를
암울한 물을 부드러운 풀밭을
날갯짓이 벌써 수면을 부수고 있었다

우리는 예측했었지
우리는 예측했었지 암울한 물을
편도를 그리고 부드러운 풀밭을
하지만 우리는 예측하지 못했었지
날갯짓도 수면도

우리는 참수형에 처해졌다.

L'eau glauque l'eau glauque
je me souviens aussi de l'amande
de l'eau glauque de l'herbe tendre
les ailes froissaient déjà les miroirs

nous avions prévu
nous avions prévu l'eau glauque
l'amande et l'herbe tendre
mais nous n'avions prévu
ni les ailes ni les miroirs

nous fûmes décapités.[17)]

첫 번째 시에서 동사 "écrire", 두 번째 시에서 명사구 "l'eau

---

16) Roland Giguère, 'Écrit de misère', *Temps et lieux, op.cit.*, p.35.

17) Roland Giguère, 'Les poètes prévoient', *L'Âge de la Parole; poèmes 1949-1960, op.cit.*, p.73.

glauque", 명사 "ailes", "miroirs", 직설법 대과거 형태 구문 "nous avions prévu"가 반복 사용됨으로써, 시 작품들은 주술적인 분위기를 자아낸다. 이는, 시를 쓰는 목적이 언어의 위기가 극복된 시의 미래를 지향하는 데 있음을 말하고, 이 목적을 "참수형"에 처하게 될 시의 주체들이 간곡히 갈망하는 것을 표현한다. 시와 데생의 만남은 시가 처하는 그러한 언어의 위기를 극복하기 위한 한 방법일 수 있다. 텍스트 글자들의 연결선과 시 여백에 그려진 데생 선들의 교류는 두 장르의 서로 반대되는 고유한 정체성들, 즉, 시 요소의 문장 기호적인 면과 데생의 비언어적 조형적인 면이 획기적으로 융합하여 시 언어가 데생의 이미지를 포괄하고 그 결과 시가 새로운 신분을 확보하는 계기가 된다. 물론 언어의 위기에 직면하는 불운한 시가 시 없이는 언어기호의 의미를 표현할 수 없는 데생을 결합하여 위기를 극복하려 한다는 것이 모순일 수 있다. 하지만 이 두 장르는 각각 독자적인 표현 방법을 가지면서도 궁극적으로 현실의 세계를 '재현'하려는 예술 창작의 기본 수단이라는 점에서 그들의 만남에 의미를 부여할 수 있다.

그런데 지게르가 시의 여백에 데생을 함으로써 시인에서 화가로 이행하게 된 것은 아마도 그의 초현실적인 상상력과 아주 무관한 것 같지 않다. 따라서 그의 시 형태를 살펴본 후 시와 그림에 관한 그의 초현실주의를 파악해 본다.

1.2. 초현실주의 경향의 글쓰기, 그리고 데생

시집 『말의 시대; 1949-1960년의 시』에 수록된 84편의 작품들은 모두 첫 시행만 대문자로 시작되고 나머지 시행들은 소문자로 시

퀘벡 시인과 언어, 예술, 자연

작되며 마지막 시행이 끝나는 낱말에만 마침표를 가지고 있다. 시행들 여백이 침묵의 언어로 기능을 하고는 있지만 어떻든 한 편의 시가 하나의 긴 문장으로 되어 있다. 따라서 작품들은 시인가 아니면 산문인가 하는 의구심을 늘 갖게 한다. 문장들 사이에 구두점이 없기 때문에 이해의 각도에 따라서는 문장들의 언어 리듬이 끊어질 수도 있고 이어질 수도 있는 모호한 상황들이 연출된다.

시집 『시간과 장소』에 수록된 다음의 시도 특이한 구성을 보여준다.

[...]

아름다운 새들

아메리카의 큰 수리부엉이 금빛 화관을 쓴 굴뚝새
구레나룻 기른 작은 수리부엉이 화려한 군함조 우아한 트로곤
빛나는 꾀꼬리 방랑하는 도요류 참새
비둘기 친근한 방울새 평범한 논종다리 벌새
눈처럼 흰 물떼새 겨울 상오리 눈 쌓인 산의 흰 올빼미
늪의 말똥가리무리 기슭과 모래밭의 제비
깃털 모양의 또는 솔 모양의 관을 쓴 가마우지 가면 쓴 듯한 장밋빛 플라망
수놈오리 또는 고방오리 두 갈래 꼬리의 소리개 뿔이 난 종달새
푸른 목의 새 참새 같은 새 굴뚝 청소부 명매기 수다쟁이 까치
측백나무의 여새 쑥밭의 들꿩 금작화에 앉은 뜸부기
회색빛의 또는 우수에 찬 타이런트 새 꼬까물떼새와 멧비둘기
검은 외투 입은 갈매기 짙은 색 말똥가리 올빼미 종 독수리

[...]

beaux oiseaux

grand duc d'Amérique   roitelet à couronne dorée
petit duc à favoris   frégate superbe   couroucou élégant

fauvette flamboyante   chevalier errant   moineau
pigeon   pinson familier   pipit commun   colibri
pluvier neigeux   sarcelle d'hiver   harfang des neiges
busard des marais   hirondelle des rivages et des sables
cormoran à aigrettes ou à pinceaux   flamand rose ou masqué
malard ou pilet   milan à queue fourchue   alouette cornue
gorge bleue   goglu   martinet ramoneur   pie bavarde
jaseur des cèdres   gélinotte des armoises   râle des genêts
tyran gris ou mélancolique   tourne-pierre et tourterelle
goéland à manteau noir   buse obscure   effraie vautour[18]

[19]

위의 시는 화가 제라르 트랑블레(Gérard Tremblay)의 데생 집 서
문(Saint-Lambert, Éditions du Noroît, 1980)에 수록된 작품의 일부이
다. 지게르는 이 화가가 직접 그린, 위에 소개된 바로 새 데생을
보고 시를 썼다. 이 시는 구두점을 전혀 사용하지 않고 또 시행들
끝에 여백을 두고 낱말들 사이에 어떤 단어가 들어갈 수 있을 만
큼의 간격을 만들어놓고 있어 낱말들이 모이고 또는 고립되는 상
황에 처한다. 따라서 언어 리듬이 간헐적으로 이어지고 또 그 간격

18) Roland Giguère, 'À propos d'oiseaux', *Temps et lieux*, *op.cit.*, p.64.
19) Gérard Tremblay, *Oiseau*, dessin. *Temps et lieux* de Roland Giguère, *ibid.*, p.61.

들을 어떻게 해석하는지에 따라 문장들의 의미도 다양하게 생성될 수 있다. 시의 이러한 구조는 시어들의 어휘적인 관계만을 통해 볼 때는 반드시 문법적인 문제가 아닐 수 있지만, 이 구조에 관련해서, 로만 야콥슨이 시의 문법구조에 관해 설명한 것을 참고해 볼 수는 있을 것이다. "일반적인 방법들 이외에 그리고 아주 보편적인 넓은 뜻으로, 시의 문법구조는 제시된 어떤 민족문학이나 한정된 시기, 어떤 독특한 유형, 어떤 특이한 시인, 또는 어떤 격리된 작품까지를 그 특징으로 삼는 보다 특수한 많은 기발한 표현들을 보여준다."[20] 언어학자인 야콥슨에게서 시의 기능은 메시지를 전달하는 일상 언어의 활용 차원에서 설명되지만, 이 인용문에 따라 다음과 같이 생각해 볼 수도 있다. 즉, 지게르 시의 불규칙한 낱말 배치는 이 시인이 1960년대 퀘벡 사회에서 중심 문제가 되었던 '조용한 혁명기'를 거치며 퀘벡인들 고유의 민족문학의 정체성이 똑바로 정립되어 있지 못하는 것을 느끼고 그에 따른 일종의 민족적 반항의지를 표현한 것이라 할 수 있다. 고르지 못한 낱말 배치는 시의 주체가 즉각적으로 인지하는 세계와 상상을 통해 은유화한 세계를 무질서하게 혼합되게 함으로써 그와 같은 항거하는 민족의식을 표현하는 방법일 수 있다.

제라르 트랑블레가 데생한 새는 시의 그러한 형식과 의미를 따라 시 속의 "아름다운 새들"에 합류한다. "굴뚝새"일 수도 있고 "비둘기"일 수도 있는 다양한 명칭의 "새들"은 간헐적인 날갯짓으로 퀘벡 민족의 거대한 정신적 대양을 횡단한 숭고한 "아름다운" 조류들로 화가의 한 마리 새를 그들의 여정에 응축시킨다.

---

20) Roman Jakobson, *Questions de poétique*, Paris, Seuil, 1973, p.229.

지게르의 시 작품들에서는 형식에서뿐만 아니라 상상의 세계 또한 평범하지 않다. 시집 『열정의 손』에 수록된 다음 작품은 산문 형식의 문장구조를 따라 다소 초현실적인 또는 전위적인 상상의 세계를 펼친다.

나는 상상하려고 한다. 그건 분명 급류다. 나는 손을 침대 매트리스 위에 갖다 대고 그것이 물에 젖는다고 상상한다. 작은 물방울들이 내 이마 위로 떨어지기 시작한다. 모든 이유로 해서 나는 지금 강이 나의 침대를 가로질러 흐른다고 믿는다. 나는 침대 밑으로부터 빠져나가려 하지만 땅이 나를 벽으로 둘러싼다. 두더지처럼, 나는 침대와 나란히 있는 표면에까지 터널을 파려고 결정한다. 나는 가까스로 거기에 이르지만 폭풍우에 휩쓸려버린 들판 한가운데에 이르게 된다. 나는 첫 번째 나무를 향해 뛰어가지만 거기에 도착하자 벼락이 친다. 마비가 된 나는 한 쟁기의 보습의 날이 내 가슴을 경작하는 것을 본다. 대지가 마신다.

J'essaie d'imaginer : c'est un torrent, bien sûr. Je passe la main sur le matelas et me rends compte qu'il est imbibé d'eau ; des gouttelettes commencent à tomber sur mon front. J'ai maintenant toutes les raisons de croire qu'un fleuve traverse mon lit. Je tente de me dégager de dessous le lit mais la terre me mure. Comme une taupe, je décide de creuser un tunnel jusqu'à la surface qui doit être au niveau du lit. J'y parviens, non sans peine, et je débouche en plein champ balayé par l'orage. Je cours au premier arbre, mais comme j'y arrive, la foudre éclate ; paralysé, je vois le soc d'une charrue qui me laboure la poitrine. La terre boit.[21]

"나 je"라는 주체가 누워있는 "침대"는 "강"과 "대지"로 변하고 주체는 "폭풍우에 휩쓸린 들판"을 지나 자신의 "가슴"에 "쟁기질"을 당하는 "땅"이 된다. 이때 "대지", 즉, 주체는 파괴되는 자신의 몸이 물을 "마시는" 것을 "본다". 이는 주체가 자신을 둘러싼 세계 속으로 들어가 자신의 몸을 "보는" 몸의 현상학이 펼쳐지는 상상

---

21) Roland Giguère, 'Corps et biens', *La Main au feu*, Montréal, Éditions Typo, 1987 (Éditions de l'Hexagone, 1973), pp.83-84.

의 세계이다. 주체는 자신의 몸 자체가 감각물질이기 때문에 감각 세계가 그의 몸이 움직이는 방향대로 열리며 그를 받아들이는 상황을 상상한다. 그는 자신의 몸으로부터 나와 자신의 몸이 외부세계에 있는 것처럼 느끼며 그와 같은 상황 속에 놓인 자신의 몸을 바라보고 있다. 주체와 세계는 서로 연결되어 있기 때문에 주체는 그의 몸이 움직이는 순간마다, 움직이는 그의 몸을 지각하는 순간마다 세계가 새롭게 형성되는 것을 보고 이러한 몸과 현상세계의 동시적인 관계를 인지하며 자신의 실존을 느낀다. 시의 주체가 체험하는 실존은 그가 자신의 몸을 지각하는 상황 속에서 세계와의 관계를 재구성하며 또 다른 자기를 느끼는 현상이다. 이와 같은 실존의 상황은 몸의 현상학에 관한 메를로퐁티(Maurice Merleau-Ponty)의 설명에 따라 이해될 수 있다. 메를로퐁티에 의하면, 인간의 몸은 자신의 감각적인 몸을 대상물이 놓이는 객관적인 위치에 의해서가 아닌 감각세계의 공간적인 상황 속에서 체험하는 인간의 인지 현상에 의해 존재한다. 인간은 인지 작용을 통해 세계 속에 합류된 또 다른 자아인 자신의 몸을 바라보며 자신의 존재 상황을 체험한다. "어떤 감각을 느낄 때마다 나는 체험을 하는데, 그 감각은 내가 책임을 져야 하고 결정을 내려야 하는 나의 본래 존재와 관련이 있는 것이 아니다. 그 감각은 이미 세계와 합류한, 즉, 세계의 어떤 양상들에 이미 열려 그 양상들로 동시에 이루어진 그러한 세계와 합류한 또 다른 나와 관련이 있다."22)

그처럼 시의 주체는 그의 몸이 상상 속에서 변화하며 움직이는

---

22) Maurice Merleau-Ponty, *Phénoménologie de la perception*, Paris, Gallimard, 1945, p.250. 인용문에서 "나"는 메를로퐁티이다.

양상을 이야기하고 있는데 이때 산문 형식 속에서 그렇게 한다. 산문이 어떤 상징적인 시적 담화가 되지 않고 서술적인 문장체의 이야기가 된다. 비평가 질 마르코트(Gilles Marcotte)에 따르면, 지게르 작품의 이러한 형식은 그가 우화 작가라고도 할 수 있는 앙리 미쇼(Henri Michaux)의 영향을 받은 때문이라고 한다. 그래서 그는 산문 형식의 지게르 작품들을 이렇게 평한다. "지게르의 산문은 담화체 산문[prose-à-discours]이 아니다. [...]. 롤랑 지게르의 산문은 이야기체 산문[prose-pour-raconter], 즉, 우화체 산문[prose-à-fables]이다."23)

그와 같이 전통적인 시 형식을 벗어나 이야기 투의 산문 형식 속에서 인간의 몸을 해체하는 파괴적인 상상의 세계를 보여주고 또는 구두점이 거의 없는 애매한 문장 구성의 글 쓰는 법을 보여줌으로써 지게르의 시 작품들은 다분히 초현실주의적인 또는 다소 아방가르드적인 문학 영역에 들어간다. 이는 그가 프랑스의 초현실주의 시인들의 영향을 받았기 때문이기도 하다.24)

초현실주의가 모든 영역에서 인간의 "자유"를 강조하기 때문에 지게르는 "인본주의적인" 이 이념 운동에 부응하여 시와 그림 속에 자신의 초현실적인 상상력을 투입했다. 초현실적인 상상세계에 입각하여 시를 쓰고 그림을 그렸기 때문에, 그는 그 이념 운동이 전개된 훨씬 후이기는 하지만 1959년에, 초현실주의 선언을 했던

---

23) Gilles Marcotte, 'Préface', *La Main au feu* de Roland Giguère, *op.cit.*, p.11 (pp.7-15).

24) 지게르는 청소년 시절에 상징주의 계열의 아르튀르 랭보(Arthur Rimbaud)와 샤를 보들레르(Charles Baudelaire)의 작품들을 주로 읽었고, 이후 시 작업을 본격적으로 하게 된 1949년경에는 초현실주의자 폴 엘뤼아르(Paul Éluard)의 시에 크게 매료되었다. "[...] 그렇지만 엘뤼아르의 발견이 나에게 있어 하나의 방아쇠를 당겨 주었다. 이 작가의 시는 나의 개인적인 감성이 자리잡고 있는 파장을 따라 빛을 발하고 있었기 때문이다. [...] et pourtant c'est la découverte d'Éluard qui a produit en moi un déclic parce que cette poésie émettait sur la longueur d'ondes où se situait ma sensibilité personnelle." (L'expression de Roland Giguère, par Interview *Vie des Arts*, 'Roland Giguère : profil d'une démarche surréaliste', *Vie des Arts*, vol.20, *op.cit.*, p.43).

앙드레 브르통(André Breton)을 직접 만났고, 또 1961년에는 뉴욕 (New York)에서 열린 제9차 초현실주의 박람회에도 참가했다. 또한, 루이 아라공(Louis Aragon)이나 로베르 데스노스(Robert Desnos) 그리고 앙토냉 아르토(Antonin Artaud) 등 프랑스 초현실주의 작가들과도 그는 밀접한 관계를 맺었다.

> 시와 동시에 나는 또한 초현실주의가 내게 보여주는 상상세계의 그림 그리기 기초를 배우고 있었다. "원시예술"의 발견이 훗날 내게 큰 마력을 발휘했다. 시인과 화가의 자유뿐 아니라 인간의 모든 자유, 그 자유에의 도달을 알리는 초현실주의의 참여적인 면 또한 잊어서는 안 된다. 바로 이 의미에서 초현실주의는 내게 있어 인간중심주의가 되었다.

> En même temps que la poésie, je m'initiais aussi à la peinture de l'imaginaire que me révélait le surréalisme. La découverte des «arts primitifs» qui a, plus tard, exercé sur moi une grande fascination. Il ne faut pas oublier non plus le côté engagé du surréalisme qui dénonce les atteintes à la liberté, non seulement celle du poète et du peintre, mais toutes les libertés humaines. Dans ce sens-là, le surréalisme devenait pour moi un humanisme.[25]

초현실적인 상상을 따라 시와 그림을 창작하면서 지게르는 그 시대의 다른 퀘벡 시인들보다 더 초현실주의에 심취하기는 했지만 이 이론의 핵심인 자동기술(écriture automatique) 문제에는 동의하지 않았다.[26] 그러함에도 그는 초현실주의의 다소 전위적인 입장에

---

25) L'expression de Roland Giguère, citée par Jean-Marcel Duciaume, 'Encre et poème, entrevue avec Roland Giguère', *Voix et Images*, vol.9, n.2, 1984, p.11 (pp.7-17).

26) 지게르에 따르면, 아무리 무의식적으로 글을 쓰려고 해도 무의식 상태에서 쓴 것을 고치는 부분적인 통제 현상이 반드시 있다. 따라서 의식이 완전히 조정되지 않은 상태에서 글을 쓴다는 의미의 자동기술은 없다. 반면에 우리가 미리 생각하지 않고 종이 위에 그저 펜이 가는 대로 단어들을 전혀 수정하지 않고 그대로 쓸 수는 있는데, 이는 충동적인 글쓰기(écriture spontanée)이고 이 의미에서 글쓰기의 무의식적인 행위를 말할 수 있다. "나는 자동기술을 결코 대단하게 생각한 적이 없었다. 자동기술이 순수한 상태에서 존재한다고 믿지 않는다. 그것은 불가능한 듯하다. 아주 자동으로 글을 쓰고자 하면서도 써진 것을 무의식적으로라도 고치려는 어느 정도의 제어 현상이 언제나 있을 거라고 나는 생각한다. 자동기술을 믿지 않는다

부응하여 몸의 현상학으로 설명될 수 있는 상상의 세계를 쓰거나 자신의 시 작품들 여백에 데생을 그려 넣고 또는 다른 화가의 데생을 불규칙한 시 언어의 리듬에 따라 '썼던' 것이다. 시와 데생은 함께 하면서 초현실주의적인 새로운 예술의 한 형태를 보여준다. 두 장르가 같은 공간을 공유함으로써, 서로 낯설어 분리되려고만 하는 그들의 본질적인 특성들이 이상한 여건 속에서 조화를 이룬다. 이상한 것 또는 기이한 것은 원래 어떤 현상이나 분야의 내부적인 면 또는 본질적인 면이 발현될 수 있는 한 수단이 된다는 의미에서 그렇다. "이상함은 내적인 것에 속한다. 그리고 그것은 낯선 것과 친숙한 것 간의 분리를 막는 그 내적인 것 본래의 견인적인 수단이다."27)

시의 낱말들이 문장을 이루는 선과 데생의 선이 시의 언어적인 힘을 따라 공명하는 그곳에서 어떤 공통된 이미지가 발현되기를 바라며 두 장르의 만남을 시도하는 것, 즉, 서로 낯설어 만난다는 그 자체가 이상한 이질적인 두 장르의 전위적인 만남을 시도하는 것, 이것이 바로 지게르 시의 힘이다. 그의 시의 힘은 미지의 새로운 영역을 발견할 수 있는 많은 가능성을 찾으려는 데서 솟아난다. "시의 힘을 창설하는 것은 과거의 모든 형태로 풍요롭게 된 시가

해도 반대로 나는 글쓰기에서 '어떤' 자동 현상은 있을 수 있다고 생각한다. Moi, je n'ai jamais beaucoup cru à l'écriture automatique. Je ne crois pas qu'il existe d'écriture automatique à l'état pur. Ça me semble impossible. Je pense que même en voulant écrire de façon très automatique, il y aura toujours une part de maîtrise qui vient, inconsciemment même, corriger ce que l'on écrit. Si je ne crois pas à l'écriture automatique, je pense par contre qu'il peut y avoir un «certain» automatisme dans l'écriture." (L'expression de Roland Giguère, citée par Jean-Marcel Duciaume, 'Encre et poème, entrevue avec Roland Giguère', *Voix et Images*, vol.9, *ibid.*, p.12). 자동기술 문제 등을 중심으로 하여, 지게르의 작품들이 보여주는 퀘벡의 초현실주의와 프랑스 시인들의 작품에 나타나는 초현실주의의 차이를 차후에 살펴보는 것도 의미가 있을 것이다.

27) Marie-Claire Ropars-Wuilleumier, *Écrire l'espace*, Saint-Denis, Presses Universitaires de Vincennes, 2002, p.52.

새로운 가능성을 아주 많이 가지고 있는 것 같은 미래를 바로 예 감하는 것이다. 롤랑 지게르에게서 실제로 글쓰기는 시인에게 미지 의 방향들을 발견하게 하고 그의 일련의 행위에 우리를 끌어들이 는 진짜 탐험가가 되게 한다."[28]

지게르는 엘뤼아르 등 초현실주의 시인들 작품의 영향을 받아 다소 전위적인 방법으로 시와 데생을 접목하는 데 주력하면서도 이외에 시의 원고가 인쇄작업을 거쳐야만 비로소 텍스트로 완성된 다는 사실을 주목한다. 따라서 이제 이 점을 살펴본다.

2. 시 텍스트와 타이포그래픽

2.1. 출판물 : 시인과 인쇄공의 존재 방식

지게르는 그래픽 아트 학교에서 제본술과 압착기술, 그리고 조판 기술인 활판인쇄술을 전공했기 때문에 본인이 쓴 시를 직접 인쇄 까지 할 수 있었다. 시 원고가 펜의 작업에서 조판 활자의 배치작 업으로 통과하는 과정을 직접 체험하면서 그는 시 텍스트를 만드 는 것이 마치 데생을 하듯이 인쇄 잉크를 종이 위 글자들의 선을 따라 스며들게 하는 작업과 같다고 생각했다. "새기다"라는 뜻을 지니는 인쇄작업을 기반으로 한 활자화 과정과 "쓰다"라는 뜻을 지니는 시문학이 결부된다.

---

28) Yvan Lajoie, 'Roland Giguère, à la recherche de l'essentiel', *Études littéraires*, vol.5, n.3, 1972, pp.411-412 (pp.411-428).

시에 접근할 수 있는 모든 것 내에서, 나는 인쇄한다는 것을 새긴다는 것과 구
분하지 않고 새긴다는 것을 글을 쓴다는 것과 구분하지 않는다... 모든 것이 하
나의 같은 방식에 포함된다. 그리고 나는 문학에 관한 것과 그림에 관한 것 사
이에 어떤 견고한 장벽을 놓지도 않는다...

Dans tout ce qui peut être accès à la poésie je ne distingue pas imprimer de
graver, graver d'écrire... Tout cela s'inscrit dans une même démarche et entre le
littéraire et le pictural je ne dispose pas une cloison étanche...29)

지게르가 실천하는 그러한 그래픽 아트는 사실 밀도가 각기 다
른 재질의 종이들이 나오면서 가능해진 것이다. 105년에 중국의 채
륜이 종이를 만들어 낸 이래로 인쇄는 인쇄 압력을 견딜 수 있는
강한 재질의 종이가 나오면서 가능해졌는데, 한 설명에 의하면, 재
질에 따라 종이의 종류가 다양해지고 이 종이의 질 때문에 인쇄작
업도 다르게 전개된다. "종이의 밀도는 단위 체적당 중량으로 나타
난다. 고해도(叩解度)가 높은 펄프나 친수성이 큰 펄프로 만들어진
종이는 높은 밀도를 가지고 있고, 다공성으로 두께가 있는 종이에
서는 설령 개개의 섬유가 신축되어도 종이의 치수 변화는 크게 일
어나지 않는다. 이렇게 종이의 밀도 때문에 인쇄물의 성질에 따른
종이 선택은 필수다."30)

활자화 작업과 시 쓰기 문제로 다시 돌아가면, 지게르에게서 인
쇄가 완료된 텍스트는 시를 쓰는 과정과 시가 인쇄되는 과정을 동
시에 수용하고 있는 하나의 상징체가 된다. 원고를 쓴 시인 지게르
의 손놀림이 활판인쇄용 활자와 잉크를 사용하는 인쇄공 지게르의
또 다른 손 작용을 만남으로써 인쇄된 텍스트 위에서는 시와 인쇄,

---

29) L'expression de Roland Giguère, citée par Édouard Lachapelle, 'Roland Giguère; entretien', *Espace
Sculpture*, vol.7, n.1, 1990, p.44 (pp.44-45). 인용문에서 "나 je"는 롤랑 지게르를 지칭한다.
30) 조용국, 『인쇄의 생명력; 인쇄 5.0 세대』, 파주, 한국학술정보(주), 2012, p.31.

두 영역이 조화롭게 숨 쉰다. 인쇄공과 시인의 손의 힘이 지게르라는 한 사람에게서 이루어지고, 이러한 창작 과정 자체는 구성적이라고 할 수 있다. 그의 손 작용이 강조된다. 두 분야를 융합하기 위해서는 작업의 모든 복합적인 과정을 구체적으로 실천하는 도구의 힘, 즉, 손의 힘을 믿을 수밖에 없다.

> 손은 폭풍우가 오기 전 행복에 잠겨 평온한 손바닥으로 먼 곳에 있는 별의 허리를 관통한다. 꿈의 공간들이 다가와 모든 불법 침입에 순수하게 열리고 깊숙한 곳 전체가 정복된다. 그늘 아래서 벼락은 참고 기다리나 이미 이상한 빛이 가능한 길을 비춘다.

> La main se recueille, heureuse avant l'orage, et parcourt d'une paume calme l'échine d'un astre lointain. Les espaces rêvés s'avancent, vierges et ouverts à tout viol, toutes profondeurs soumises. Dans l'ombre, la foudre patiente, et déjà une lumière étrange illumine les chemins possibles.[31]

이 산문시가 보여주듯이, 시인이고 인쇄공인 지게르일 수 있는 주체의 "손"은 그의 "꿈꾸는" 예술혼을 "관통시키기" 위해 모든 것에 순응하며 "가능한 여정"을 따라가는 운명의 "손"이다.

시와 인쇄, 두 영역이 서로 만나도록 지게르가 손의 힘을 발휘해야 하는 것은 그가 시인과 인쇄공이라는 두 역할을 하는 데 따른 어떤 의무일 수 있다. 다음의 시는 이 의무감을 은유하는 듯하다.

> 때로 가장 순수한 항아리로부터 가장 검은 까마귀들이 날아올라 여름 양지바른 곳에 누워있는 하얀 빵의 약속을 파괴하러 간다. 그런데 사람의 손이 너무 둔하여 까마귀의 날갯짓을 잡지 못해 그 날개를 불 속에 던져버리지 못하면 그땐 끝이다. 다음 계절에는 그 때문에 굶게 될 테니. 항아리를 아무리 뒤집어보아도 소용없으리라. 그곳으로부터는 더 이상 아무것도 떨어지지 않을 것이니. 빗물

---

31) Roland Giguère, 'Les couleurs de l'oracle', *La Main au feu*, *op.cit.*, p.96.

한 방울마저도.

빵도 물도.

잠도 들지 못하리라.

Du vase le plus pur parfois s'envolent les plus noirs corbeaux pour aller détruire
les promesses de pain blanc couchées au soleil d'été. Et si la main de l'homme,
trop lourde, ne parvient pas à saisir une aile de corbeau et à la jeter au feu, c'en
est fini : la prochaine saison en sera une de famine, et l'on aura beau retourner
les jarres, rien n'en tombera plus, pas même une eau de pluie.

Ni pain ni eau.

Et le sommeil sera de sable.[32]

　"사람의 손"이 "까마귀의 파괴하는 날갯짓을 잡아야만" 미래의
낟알 또는 "빵", 그리고 "물"을 얻을 수 있듯이, 시인이고 인쇄공인
지게르의 손 작용이 있어야만 시 텍스트가 최종의 결실인 출판물
로 가치를 갖게 된다는 것을 시는 비유적으로 표현한다.
　한 사람이 동시에 두 역할을 하든 또는 그렇지 않든 지게르에게
서는 인쇄된 텍스트가 시인과 인쇄공의 작업을 모두 수용하고 있
기 때문에, 시는 활판인쇄 과정을 통과한 물질화 작업의 결과이고
또 시인과 인쇄공의 행동화된 "열정적인" 작업의 결과이다.

　　　책은 그것을 조판하고 인쇄하고 제본하고 때로는 읽는 사람에게서만큼 그것을
　　　쓰는 사람에게서도 하나의 열정이다. 종이 위에서, 놋쇠 줄들 사이로, 행간으로,
　　　여백들 자체에 전개되는 글자와 잉크의 마법이 바로 거기에 있음이 확실하다.

　　　Le livre est une passion, autant pour celui qui l'écrit que pour ceux qui le
　　　composent, l'imprime, le relient et, parfois, le lisent. Il est certain qu'il y a là

---

32) Roland Giguère, 'La main de l'homme détermine la moisson', *La Main au feu, ibid.*, p.71.

60　　　　　　　　　　　　　　　　　　　　　　퀘벡 시인과 언어, 예술, 자연

une magie de la lettre et de l'encre qui se déploie sur le papier, entre les vergeures, en filigrane, dans les marges mêmes.[33]

즉, 시의 창조성은 한편으로는 시를 쓰고 인쇄를 하는 이 모든 과정을 실천하는 시인과 인쇄공의 구체적인 행위에 따라 실현되고, 다른 한편으로는 활판인쇄용 활자의 조형성에 의해 구현된다고 할 수 있다. 특히 이 후자의 경우를 생각해 보면, "아무리 유능한 디자이너라 하더라도 나쁜 활자로 아름다운 인쇄를 한다는 것은 불가능하므로"[34] 인쇄공은 쉽게 읽을 수 있는 좋은 활자를 골라 장식을 한 후 아름다운 인쇄를 하려고 한다. 시의 창조성은 바로 이 과정에서 추가로 구현된다. 같은 단어가 여러 다른 이미지를 다양하게 낼 수 있도록, 인쇄공은 아주 섬세한 자신만의 감각에 따라 활자를 잘라내거나 다시 붙이면서, 또는 활자를 구성하는 획들 사이의 공간을 조정하면서 좋은 활자를 만들어 시의 창조성이 배가되도록 한다. 이러한 수작업은 상당히 섬세한 것이어서 인쇄공이 이를 실천하지 못할 수도 있다. 실제로 인쇄공이 활자 활용에 있어 다양한 변화가 없는 아주 고루한 방법만을 쓰면 그래픽 이미지가 아주 초라하여 시 작품의 문학적 가치마저 떨어질 우려가 있다. 한 그래픽 디자이너에 의하면, 인쇄공의 이와 같은 진부한 태도는 현대에 들어와 더욱 염려가 된다. "구텐베르크가 인쇄술을 발명한 이래 우리는 500년 이상 글자들이 수평선에 넓은 간격을 두고 정렬된 그대로만 읽도록 제약당해 왔습니다. 최근 식자 기술에 많은 발

---

33) Roland Giguère, 'Une aventure en typographie : des Arts graphiques aux Éditions Erta', *Études françaises*, vol.18, n.2, 1982, p.99 (pp.99-104).

34) 에릭 길(Eric Gill)의 표현, 『(세상을 디자인한 디자이너 60인의) 디자인 생각』, 박암종 지음, 파주, 안그라픽스, 2008, p.39.

전이 있었는데도 식자공(Typesetter)들은 여전히 같은 방식으로 작업하고 있어요."35)

섬세한 수작업의 모든 과정을 거치며 인쇄 활자의 조형미를 최대한 살리고 인쇄공과 시인의 공동작업으로 시 작품의 창조성을 배가해야 한다는 것이 바로 지게르의 생각이다. 그의 이 관점은 시의 창조성을 순수하게 시문학 자체에서만 보는 데 그치지 않고 아주 현실적인 타이포그래픽 차원에서도 찾아낸다. 시 작품이 인쇄공의 진보된 손 기술에 의해 인쇄될 때 시와 타이포그래픽 아트의 융합 효과는 크다.

원고 상태의 텍스트가 활판인쇄된 텍스트로 통과하는 모든 과정이 인쇄공의 손을 통해 이루어지는 수공업 단계에서 활자 인쇄기술이 예술로 승화되는 그래픽 아트의 진수가 나타나기 때문에, 인쇄공 지게르, 즉, "이 출판 예술가는 잉크의 불투명성을 시험했고, 또 손가락 끝으로 조판 활자와 종이의 순수한 자원성, 그리고 수동식 인쇄기의 좋은 내구성을 시험했다."36) "증기동력 인쇄기와 자동주조 식자기(Lintype)가 인쇄기를 완전 기계화하기 전까지만 해도, 인쇄는 자기 자신의 특수한 기준, 즉 자신만의 미적 표현의 기준을 지닌 새로운 기예였다."37) 하지만, 현대화된 기계인쇄에서는 인쇄매체가 기예로서 직능을 하지 못한다. 기계작업에는 손 인쇄에 의

---

35) 허브 루발린의 표현, 『허브 루발린; 아트디렉터, 그래픽 디자이너, 타이포그래퍼』, 앨런 페콜릭 지음, 김성학 옮김, 서울, 비즈앤비즈, 2010 (Alan Peckolick, *Herb Lubalin*, 1985), p.21.

36) Michel Lemaire, 'Multiple Giguère', *Lettres québécoises : la revue de l'actualité littéraire*, n.13, *op.cit.*, p.17.

37) 루이스 멈포드, 「인쇄기술의 발명」(Lewis Mumford, pp.203-211), 『인간 커뮤니케이션의 역사; 기술·문화·사회』, 데이비드 크라울리/폴 헤이어 엮음, 김지운 옮김, 서울, 커뮤니케이션북스, 2012 (Crowley David/Heyer Paul, *Communication in History; Technology, Culture, Society*, Pearson Education, Inc., 2003), p.208.

한 선 예술의 묘미나, 또는 진지한 마음으로 책을 제작하려는 인쇄공의 욕망이 투시될 수 없다.

다음의 시가 바로 인쇄에 관한 그러한 점을 상기시킨다.

그녀는 그를 생각하고 있었다
축축한 해변에 내버려진
조가비들을 우리가 생각하듯이
그녀는 그를 생각하고 있었다
잉크통에 갇힌
한 마리 새를 우리가 생각하듯이
그녀는 그를 생각하고 있었다
약간의 햇빛을 아직도 반사하는
깨진 유리잔을 우리가 생각하듯이

그녀는 언제나 그를 생각하고 있었다
다른 것을 생각하며

그는 황량한 섬에 유배된
마술사였다.

Elle pensait à lui
comme on pense aux coquillages
laissés sur la plage humide
elle pensait à lui
comme on pense à un oiseau
enfermé dans un encrier
elle pensait à lui
comme on pense à du verre brisé
qui reflète encore un peu de soleil

elle pensait toujours à lui
en pensant à autre chose

lui était magicien
exilé sur une île déserte.[38)]

이 시에서 "그 lui"는 "마술사 magicien"를 지칭하기 때문에 "그녀 elle"는 시(poésie)를 지칭할 수 있다. 따라서 시의 원고는 "마술사"와도 같은 인쇄공이 활판인쇄법에 의해(어쩌면 스크린인쇄법까지 동원해서) 조판을 하고 "잉크"로 인쇄해 주기를 기다리고 있을 것이다. 활판인쇄는 원고에 있는 그대로 활자들을 배열하는 것을 원칙으로 하면서도 예술성을 최대한 살려야 하는 시각예술 영역이기 때문에 인쇄공은 마치 "황량한 섬에 유배된 듯" 심혈을 기울이며 외로운 작업을 하게 된다. 시의 내용과 어울리는 활자의 모양, 그리고 글자의 간격 등을 생각하며 아름다운 텍스트를 만들기 위해 절치부심하는 인쇄공의 노력은 손 인쇄에서만 가능하다.

모든 노력을 다해 시인은 시를 쓰고 인쇄공은 시를 텍스트로 출판이 되도록 하는데, 이때 작가의 이름과 인쇄를 담당한 출판업자의 이름이 책의 앞뒤 표지에 실릴 때 다음과 같은 부정적인 상황이 초래될 수 있다. "(출판업자와 작가의) 이름을 기재한 표시는 친필이 아니기 때문에 쉽게 위조될 수 있다. 그리고 법으로 요구되는 그 기재 사항은 실제 참여를 증명할 수 없다. 바로 그 때문에 '문단에' 들어가자마자 '등록 대장 상단에 작가의 진짜 이름을 기재하는' 관행이 무시될 수 있다."[39] 시인이나 인쇄공의 노력이 자칫하면 정당하게 인정을 받을 수 없는 이와 같은 실망스러운 상황이 종종 있다 할지라도 두 사람의 역할에 관한 지게르의 믿음은 분명하다. 그의 관점에서 시 텍스트의 인쇄는 인쇄공의 섬세한 예술 활동의 과정 자체이고 출판물 속에는 인쇄공의 존재하는 방식

---

38) Roland Giguère, 'Le magicien', *L'Âge de la Parole; poèmes 1949-1960, op.cit.*, p.74.

39) Jean-François Jeandillou, *Esthétique de la mystification; tactique et stratégie littéraires*, Paris, Minuit, 1994, p.179.

이 예술화되어 있기 때문이다. 그리고 출판물은 시인의 글쓰기 과정도 내재화하고 있어 그의 존재 또한 그 속에서 예술화를 지향하고 있기 때문이다.

시인과 인쇄공이 뜨거운 창작 욕망을 불사르며 그들의 존재 방식을 구현한 인쇄된 시 텍스트는 언어예술과 조형예술의 집합체이다. 원래 인쇄의 조판 과정 중에 있는 시는 인쇄공의 심적 상태에 따라 새로운 변화를 계속 창출할 수 있는 무한한 가능성을 열어가며 종이 위에 활자로 고정된다. 이때 활자화되고 있는 시는 언어적인 지시대상물로서 포엠(poème)이고, 시인과 인쇄공의 모든 시적 정서를 동반하는 활동 과정을 거쳐 인쇄된 시는 포에지(poésie)이다. 인간의 정서와 활동 부문이 포에지를 특징짓는 주요 요인이다. "내가 시라는 용어를 통해 이해될 수 있는 것을 끌어내면, 여기서 나는 다섯 의미, 즉, 본질, 감정, 역사적 현실, 활동 그리고 보편적인 것을 구분하게 된다."[40] 인쇄된 텍스트의 시가 지시대상물이 아닌 문학의 전형적인 한 장르로 역할을 할 수 있는 것은 시 작품 자체의 문학성 이외에 출판 전의 그러한 인쇄 과정이 있기 때문이다. 그들의 존재 목적이기도 한 시인과 인쇄공의 언어적이고 심미적인 모든 창작 욕구가 텍스트의 활자 속에 스며들어있고, 이 활자는 독자에게 시의 내용을 쉽고 뜻깊게 전달하는 언어예술의 기능을 할 뿐만 아니라 텍스트를 시각적으로 아름답게 장식하는 조형예술의 기능도 한다.

텍스트가 인쇄되는 동안 전개되는 활자들의 미학적인 변신은 다음 장에서 설명된다.

---

40) Henri Meschonnic, *Célébration de la poésie*, Paris, Verdier, 2001, p.18. 인용문에서 "나"는 앙리 메쇼닉이고, "시"는 '포에지'를 지칭한다.

2.2. 인쇄 활자의 미학적 변신

지게르가 시의 낱말들을 다양한 형태로 인쇄 활자화 할 때, 이는 책의 표지 도안에서 특징적으로 나타난다. 그는 의미의 강약을 나타내려는 듯이 단어들의 크기를 달리하고 또는 단어에 그림을 삽입하여 그림과 낱말이 그래픽 아트로 하나가 되게 한다.

41)

42)

위에 소개된 책 표지 디자인 두 개는 동판에 직접 이미지를 새겨 찍어낸 것이 아니고 실크 망사 스크린을 잉크가 통과할 때 인쇄공인 지게르의 예술적 감각에 따라 원하는 이미지만이 인쇄되도록 한 실크 스크린인쇄술로 제작된 것이다. 실크 스크린인쇄는 농도를 조절한 후에 잉크를 스크린 망에 투과시켜야 하고 또 인쇄물을 말릴 때 햇빛의 강도를 고려해야 하는 원시적인 방법을 따르면

---

41) Roland Giguère, 'Paroles visibles', *Temps et lieux, op.cit.*, p.96.
42) Roland Giguère, 'Paroles visibles', *Temps et lieux, ibid.*, p.90.

서도, 동시에 망사의 두께나 외부 압력에 견디는 내구성을 검토해야 하는 과학적인 방법도 따른다. 실크 스크린인쇄의 구체적인 특징은 다음과 같다. "스크린 잉크는 30-100μm 정도로 잉크 층이 두꺼워 입체적 효과를 얻을 수 있고, 확실한 광택 유지와 컬러의 호소력이 강하다. 다만 두껍게 인쇄함으로써 내구성은 뛰어나지만 건조방법에서 주의가 필요하다. 그러나 다른 잉크에 비해 햇빛에 의한 변회색이 적다. 또한 인쇄할 수 있는 판면이 유연하여 다른 인쇄기종에 비하여 다양한 형태나 각종 재질의 피인쇄체에 직접 인쇄가 가능하다."[43)

그러한 특징의 실크 스크린인쇄술로 제작된 지게르의 그 두 표지 도안들은 디자인 측면에서 보면 20세기 초·중반에 한창 유행되었던 아방가르드 형식과 무관하지 않다. 그가 20세기 중반 무렵에 초현실주의 문학에 심취했듯이, 그의 인쇄 활자화 작업은 당시에 전개되었던 특히 아방가르드 미술의 한 부분을 실현하는 듯하다. 전위미술에서는 예술가들이 낱말을 읽는 방법을 새롭게 하여 이미지를 창출하려고 어떤 혁신을 기하려 했다. 예를 들면, 전통 인쇄방식에서와 달리 활자들은 종이 위에 대칭으로 놓이고 또는 의미의 중요도에 따라 형태나 크기를 달리하여 나타났다. 이러한 전위적인 그래픽 디자인은 유럽에서는 1909년경 미래주의를 주장한 이탈리아 시인 마리네티(Filippo Tommaso Marinetti)에 의해 도화선이 당겨졌다.[44) 마리네티에 의하면, 낱말들은 시각적인 효과를

---

43) 조용국, 『인쇄의 생명력; 인쇄 5.0 세대』, 앞의 책, pp.52-53.

44) 전위 그래픽 디자인은 미국에서는 1977년 디자이너 월번 보넬(Wilburn Bonnell)이 시카고에서 개최한 '포스트모던 타이포그래피전' 때부터 유행되었으며 순수와 비순수, 정적인 면과 동적인 면, 정확하고 또는 일률적인 특성이 없는 형태들을 동시에 보여주었다.

낼 수 있는 힘을 지니고 있기 때문에 그들의 형태와 크기를 다양하게 표현하면 새로운 이미지가 창출된다. 인쇄 지면을 다양하게 활용하지 못하는 전통 방식의 타이포그래픽은 현대 대중의 역동적인 사고를 만족시킬 수 없기 때문에 혁신적인 그래픽 디자인이 필요하다고 그는 말했다.[45] 마리네티는 이러한 생각으로 형용사나 부사 또는 명사 등 문법적인 품사들을 구분하지 않고 사용하며 시의 문장구조를 완전히 파괴하는 자유시를 써서 사물의 원래 이미지를 부수고 새로운 이미지를 만들어내려 했다. 지게르는 마리네티처럼 시 창작에 있어 아주 과격한 변형을 시도하지는 않았으나 앞에서 소개된 시 작품들에서처럼 다소 전위적인 글쓰기를 실천하기는 했다. 앞에 제시된 두 개의 표지 도안에서처럼 그래픽 아트에 있어서도 그는 마치 아방가르드 식의 그림을 그리듯이 다양한 크기와 형태로 낱말들을 도안하고 인쇄했다.

앞의 두 표지 도안을 구체적으로 살펴보기 위해 지게르가 쓴 시 한 편을 소개한다.

> 낱말들의 거짓말
> 늙은 소나무 속에서
> 새 둥지가 타고 있을 때

---

45) 마리네티에 관련된 글들을 본다. "나는 이른바 조화로운 타이포그래피라는 것에 대항한다. 마치 파도처럼 공간을 뒤엎는 역동적 스타일은 전통적인 타이포그래피로는 표현이 불가능하다. 우리의 생각과 감동을 고전이라는 허울 좋은 가식으로 포장하지 않을 것이다. 오히려 그 거친 모습을 포착해 그대로 독자들 앞에 내동댕이칠 것이다." (마리네티의 표현, 『그래픽 디자인 이론; 그 사상의 흐름』, 헬렌 암스트롱 지음, 이지원 옮김, 서울, 비즈앤비즈, 2009 (Helen Armstrong, *Graphic Design Theory; readings from the field*, Princeton Architectural Press), p.51). "무엇보다 중요한 점은 마리네티가 단어를 구성하는 글자들이 단순한 알파벳 기호가 아님을 깨달았다는 것이다. 페이지 안에서의 위치뿐 아니라 그 무게와 형태는 단어에 독특한 표현적 특성을 부여하게 된다. 단어와 글자는 자기만의 힘으로 (스스로) 시각적 이미지로 쓰일 수 있는 것이다." (리처드 홀리스, 『그래픽 디자인의 역사』, 문철 옮김, 서울, 시공사, 2000 (Richard Hollis, *Graphic Design : A Concise History*, London, 1994), p.42).

날아오르는 뱁새

종잇장 구석에
무익한 글자들
잉크병 속에
펜촉이 떨어진다

시간이 돌아온다
재떨이 바닥에서
말없이
죽기 위해

Mensonge des mots
mésange qui vole
quand le nid brûle
dans le pin vieux

lettres inutiles
au coin de la feuille
la plume tombe
dans son encrier

le temps revient
pour mourir
sans histoire
au fond du cendrier.[46]

　　이 시에 대한 설명은 우선 첫 번째 표지 도안("... qui vient mourir au pied de la lettre")을 설명하면서 하기로 한다. 이 도안에서는 "죽다 mourir"와 "문자의 de la lettre"라는 글자들이 굵은 대문

---

46) Roland Giguère, 'Mésange', *Temps et lieux, op.cit.*, p.15.

자로 인쇄되고 특히 알파벳 "L"은 화폭 위에서 거의 중심을 차지하며 알파벳들 중 가장 굵고 크다. "L"은 "De la"와 "ettre"가 양쪽으로 대칭되어 균형을 이루게 하고 또 "발로 au pied"라는 의미와 함께 마치 "발"처럼 "mourir"를 위시한 낱말들을 밑에서부터 받쳐준다. 그리고 "L"의 지탱을 받는 동사 "mourir"는 주변의 낱말들 중 거의 가장 굵고 커서 독자는 그 의미를 되새기며 이 동사를 먼저 읽도록 유도된다. 이 인쇄 활자 표기법은 텍스트의 제목으로 사용되는 표지 활자의 조형적인 효과를 최대한 살리려는 지게르의 의지를 보여준다. 타이포그래픽 아트에서 활자가 제목을 표시할 때는 다음과 같은 기능을 한다고 한다. "제목 활자는 어느 정도 분위기 때문에 선택된다. 그리고 활자체는 제각기 고유의 특징을 가지고 있다. 화가가 그림을 통해서 분위기를 창조하듯이, 타이포그래피도 폰트, 활자 크기, 굵기의 선택에 의해 텍스트의 의미를 미묘하게 그려낸다. 타이포그래피의 이러한 효과는 주로 활자가 제목용(큰 활자, 예컨대 14포인트)으로 사용될 때 최대한 발휘된다."47)

텍스트의 제목으로 표시되는 활자들의 그와 같은 조형성은 "mourir"와 "lettre"라는 낱말들이 지니는 언어의 소리를 시각화하려는 타이포그래픽 아트의 전형적인 방식과도 관련된다. 발음될 때의 혀 모양을 분명히 보여주기 위한 것처럼 알파벳 "L"이 굵게 인쇄된 것이 대표적인 예다. 타이포그래픽 아트 이론가인 허버트 바이어의 생각을 참고해 보면 그렇다. "우리는 무엇보다도 먼저 쓰기와 인쇄가 사람들이 쓰는 말과 어떻게 연결되어 있는지를 명확히 밝

47) 데이비드 댑너, 쉬너 칼버트, 아노키 케이시, 『그래픽 디자인 스쿨; 그래픽 디자인의 이론과 실제』, 김난령 옮김, 서울, 디자인 하우스, 2010 (David Dabner, Sheena Calvert, Anoki Casey, *Graphic Design School*), p.90.

혀내야 한다. 이 관계를 바탕으로 소리를 표시하는 알파벳을 다시 구성하고, 새로운 기호를 만들어 추가해야 한다. 글꼴 디자인은 언어를 만드는 작업이 아니지만, 타이포그래퍼가 글꼴 디자인에 대해 근본부터 체계적으로 접근한다면, 어느 단계에서는 소리를 시각적으로 표현하는 방법에 대한 포괄적인 연구를 피할 수 없다."48)

앞에 제시된 시와 관련해 첫 번째 도안을 생각해 보면, 활자를 시각화하고 동시에 제목으로 부각하려는 도안의 서술 방식은 결국 더 이상 사용될 수 없는 "무익한 글자"의 무가치성을 크게 소리 내어 강조하는 방법일 수 있다. 말소리를 시각화된 제목으로 만드는 새로운 문자도안 방식에 의해서 "글자 그대로 죽는다 mourir au pied de la lettre"라는 평범한 의미가 진부함을 벗어난다.

그리고 "qui" 앞에 놓인 생략부호는 언어 측면에서 보면 말줄임표(point de suspension)다. 이 부호는 흔히 한 문장이 끝나는 지점에서 내용을 끝까지 명백하게 서술하지 않기 위해 사용된다. 이 경우 그 부호의 기능은 이렇게 정의된다. "말줄임표들은 불분명한 견해, 명상하는 문장, 질문하는 듯한 문장, 때로 주장을 굽히지 않는 문장을 집약한다."49) 그런데 지게르의 도안에서 말줄임표는 문장이 시작되는 지점에 놓여 문장이 끝나는 지점에 놓일 때보다 더 의문시되고 그런 만큼 더 강조되어야 하는 어떤 낱말이 그 속에 숨어 있다는 것을 암시한다. 또 그 말줄임표는 타이포그래픽 차원에서 보면 표지 면을 공간화하는 조형요소인 점들이 된다. 문서 디자인

48) 허버트 바이어, 「타이포그래피에 대해서」(1967, pp.44-49), 『그래픽 디자인 이론; 그 사상의 흐름』, 헬렌 암스트롱 지음, 앞의 책, p.46.

49) Rolande Causse, *La Langue française fait signe(s); lettres, accents, ponctuation*, Paris, Seuil, 1998, p.201.

에서 점이 차지하는 기능을 설명하는 한 관점을 참고하면, "점의 위치는 평범한 문서를 공간으로 인식하도록 변형시킨다. 이것은 조형 요소(formative element)로서의 점이 무형 요소(formless element)인 공간과 결합하여 어떻게 하나의 시각 디자인 작품을 만들어내는지 보여준다."50)라고 말할 수 있다. 따라서 표지 도안에 있는 말줄임표의 점들은 시각적인 공간의 형태를 지니고 또 무엇인가를 함축하고 있는 언어적인 의미도 지니는 이중의 역할을 한다. 도안에 말줄임표와 함께 표기된 "죽으러 오는 어떤 것 qui vient mourir" 은 그렇게 해서 도면이라는 시각화된 공간 속에 놓이는 "시간"일 수 있다. 이 "시간"은 시와 도안에서 "무익한 글자 그대로 죽기 위해 오는" 공간화된 개념이다.

두 번째 도안("une mésange passe au milieu de la phrase")을 보면, 낱말들 "지나가다 passe"와 "문장 phrase"가 대문자로 되어있다. 특히 낱말 "phrase"는 글자들 중 가장 굵고 커서 "문장"이라는 의미가 아주 중요하다는 것을 나타낸다. 하지만 "뱁새"(앞에 제시된 시에도 있음)가 낱말들 사이로, 즉, "문장 한가운데로 au milieu de la phrase" "통과"함으로써(오른쪽으로 기울어진 이탤릭체 동사 "passe"의 방향이 새의 비상 방향과 일치함) "문장"이 해체되고 있다. 도면은 활자들을 위와 아래에 분산시켜 배치하고 또 말줄임표 같은 점들을 사용하여 "뱁새"가 마치 말이 생략되는 어떤 지점을 향해 날아가는 듯이 표현하기 때문에, "문장"이 해체되는 이미지가 형성된다. 활자들을 분산시키는 디자인 구조는 책 표지에서 핵심이 되는 내용만을 독자에게 잘 전달하기 위해 언어기호를 오히려 도면

---

50) 박지용, 『디자인의 시작, 비주얼 커뮤니케이션 디자인』, 서울, 영진닷컴, 2007, p.14.

퀘벡 시인과 언어, 예술, 자연

의 가장자리에 놓는 신 타이포그래픽 아트의 구성이라 할 수 있다. 한 이론가에 따르면, 독자는 원래 인쇄 지면의 중심에 있는 글보다는 왼쪽에서부터든 오른쪽에서부터든 또는 위쪽에서부터든 아래쪽에서부터든 가장자리에 있는 활자부터 먼저 읽기 시작한다고 한다. "내용을 지면 중앙에 정렬하면서 어떻게든 눈에 띄게 해 보려는 시도는 통하지 않는다. 사람들은 지면의 한쪽 모서리부터 읽기 시작하는 습관이 있어 사실 중심에 배치된 내용은 그다지 중요해 보이지 않는다(유럽인은 왼쪽에서 오른쪽으로 읽고, 중국인은 위에서 아래로 읽는다)."[51]

그처럼 독자의 눈길이 따라가는 시각적인 인지 과정의 순서에 따라 낱말들을 배치하면서 표지 도면은 또 하단 부분에 자라나고 있는 풀잎들을 추가한다. 이 풀잎들은 "문장"이라는 낱말을 날려보내려는 듯 일제히 같은 방향인 위를 향하며 그 역동적인 힘을 강하게 드러낸다. 위로 솟구치는 풀잎들의 운동에너지가 "문장"이 날아가 버릴 과정을 상기시킨다.

두 번째 표지 도안의 그와 같은 모든 시각적인 조형성에 의해 언어는 위에 제시된 시에서 언급된 대로, "펜촉이 잉크병 속에 떨어져 버리듯" 위기의 상태에 있게 된다. 언어는 이제 새로운 길로 향하지 않으면 안 될 것이다.

언어의 위기는 시와 그리고 "보이는 말"을 책 표지 도면 위에 그리는 그래픽 아트에서 텍스트 본문의 언어와 언어기호의 역할을 하는 선과 색깔 등이 서로 잘 조화되지 않는다는 것을 뜻할 수도

---

51) 얀 치홀트, 「신 타이포그래피」 (1928, pp.35-39), 『그래픽 디자인 이론: 그 사상의 흐름』, 헬렌 암스트롱 지음, 앞의 책, p.36.

있다. 시와 그래픽 아트에서 현재는 불안하고 그래서 어쩔 수 없이 두 영역의 "미래" 또한 불확실하다.

밖으로 나타나는 색깔들은
기대되었던 색들이 아니다

우리가 아무리 미래를 말해도 소용없다
현재는 꼭 필요할 때 거기 절대 없으니

내일을 기약하리

Les couleurs qui s'annoncent à la porte
ne sont pas celles que l'on attendait

on a beau dire l'avenir
le présent n'est jamais là quand il le faut

on verra demain.[52]

　

디자이너이고 그래픽 화가인 지게르가 수학적 계산법에 따라 활자와 그림을 정리하고 배치하는 레이아웃(layout) 작업을 할 때, 책의 표지가 될 한정된 종이 크기 안에서 활자와 색깔 등이 상징적인 기호처럼 직능을 하며 책 본문의 내용과 어우러져야 하는데, 작업의 결과는 항상 만족스럽지 못하기 때문에, 시와 그래픽 아트의 진짜 융합이 현재에도 미래에도 쉽지 않다는 뜻이다.

그림과 함께 글자를 배치하는 텍스트 표지 디자인은 책의 제목을 대신할 수 있는 상징적인 메시지 기능을 해야 하고 동시에 책의 내용을 이미지화하는 기능도 해야 한다고 볼 때, 이 작업은 작

---

52) Roland Giguère, 'Lettre morte', *Temps et lieux*, *op.cit.*, p.43.

가의 주관적인 의식을 객관화하는 시각적 표현의 복잡한 과정이라 할 수 있다. 각 낱말은 언어적 의미를 지니기 이전에 각기 고유한 형태를 지니고 있기 때문에, 타이포그래픽 아트는 구성요소로 기능을 하는 낱말들의 특징적 형태를 인쇄 활자의 크기나 굵기, 글자체 또는 인쇄 지면상의 위치에 따라 다양하게 시각화하는 데 중점을 둔다. 텍스트의 형태를 만들 때 타이포그래픽 디자인은 이러한 모든 요인이 지면 위에서 간결하게 군더더기 없이 결합하게 하면서 동시에 텍스트의 내용도 손상해서는 안 된다. 다시 말해, 그래픽 디자인은 텍스트 내용의 의미가 그 빛을 발할 수 있도록 텍스트의 외적인 형태가 디자이너의 주관성에 따라 너무 의도적으로 디자인되고 인쇄되었다는 부자연스러운 인상을 주지 않아야 한다.

시 텍스트의 겉모양을 만드는 디자이너는 활자 언어의 미학적인 기능과 전달 기능을 동시에 고려하며 타이포그래픽 글쓰기를 할 때 텍스트를 쓴 시인의 시적 구성의 글쓰기도 함께 고려해야 하므로 더욱 어려운 길을 가게 된다. 이 점을 다음과 같이 설명하기도 한다. "수많은 디자이너들이 반복적으로 주장해 왔다시피, 타이포그래피의 구성을 통해 성립되는 '글쓰기'와 '디자인'의 의미는 분리될 수 없었다. 결국 그러한 - 개념을 활자를 통해 물화시키는 - 작업의 개시자이자 조력자로서 디자이너는 작가가 지고 있는 의미의 생산에 대한 책임을 함께 나누고 있는 것이다. 물론 그것이 과연 동일한 만큼의 책임인지에 대해서는 한층 더 논의가 이뤄져야 하겠지만 말이다."53) 실제로, 지게르처럼 동시에 타이포그래퍼이고

---

53) 릭 포이너, 『디자인의 모험; 포스트모더니즘과 새로운 그래픽 디자인』, 민수홍 옮김, 서울, 홍디자인, 2010 (Rick Poynor, *No More Rules; Graphic Design and Postmodernism*, London, Laurence King Publishing Ltd., 2003), p.211.

시인인 사람인 경우에는 그래픽 글쓰기와 디자인이 시 쓰기에 나타나는 언어적 의미를 충분히 표현할 수 있을 것이지만, 그래픽 저자와 시인이 다른 사람인 경우에는 그래픽 글쓰기와 디자인이 시의 언어적 의미를 충분히 표현할 수 있을지 항상 의문시된다. 디자이너가 자신의 개성을 표현하는 데에 지나치게 치중하지 않고 시인의 시 세계를 정확히 표현해야 한다는 관점에서 그렇다.

그와 같이 제기될 수 있는 그래픽 디자이너와 시인의 역할 문제 등을 상기시키며 지게르는 본인의 시 작품들 표지에 또는 다른 작가들의 작품들 표지에 그래픽 글쓰기와 디자인 그리고 시 쓰기를 융합한다. 요컨대, 시 텍스트 표지의 인쇄 활자에 그래픽 디자인으로 그림을 추가하며 조형적인 아름다움을 만들어내는 표지 도안 제작, 이것이 지게르 활동의 한 중심 분야이다. 그에게서 이처럼 시 텍스트와 타이포그래픽의 관계를 만드는 인쇄작업은 화폭 위에 색깔을 스며들게 하는 화가의 작업과 일맥상통한다. 시 텍스트 표지 위에서 활자들이 또는 (앞에서 이미 언급했듯이) 시 본문의 글자들이 잉크와 같은 인쇄물질을 빨아들이는 현상은 화폭 위에서 데생의 선들이 색깔 물질들을 흡수하는 현상과 많은 공통점을 지닌다. 이러한 유사성 때문에 지게르는 각각 독자적인 영역에 있는 시와 회화를 연관 짓는 것이다. 이때 그는 한 종이 위에 시를 쓰고 데생을 추가하여 두 장르를 만나게도 하지만 시와 회화를 각각의 작업으로 보면서 두 장르의 친밀성을 생각한다. 다음 장은 시와 회화가 각각 다른 곳에 있으면서도 어떤 공통된 특징을 가지고 있기에 그가 두 장르를 동시에 넘나드는지 그 이유를 밝혀본다.

3. 시와 회화의 창조를 향한 모험

3.1. 그리는 것이 말하는 것, 쓰는 것이 보는 것

시는 낱말과 문장으로 구성되므로 독자가 상상력을 펼친다 해도 어쨌든 그의 시선은 종이 위에 인쇄된 언어적 의미의 범위 내에서 움직인다. 반면에 그림은 언어가 전혀 아닌 감각을 자극하는 조형 물질들로 구성되므로 제한된 공간 위에서도 보는 자의 시선이 무한히 확장될 수 있다. 그림은 언어로 만들어지지 않으면서도 시에서보다는 더 광대한 영역에 이를 수 있는 시선의 작용에 따라 이미지를 펼쳐나간다.

언어로 구성되는가 아닌가에 따른 근본적인 차이에도 불구하고 지게르에게서 시와 회화(판화 포함)는 형제와 같다. 두 장르는 그에 의하면 창작 동기가 같고 유사한 작업의 결과물이다. 인쇄 활판 위에 시행들의 건축물이 세워지듯이, 화폭 위에 (또는 판화면 위에) 그림 장면들이 세워지기 때문이다. 지게르 본인이 시와 판화로 그렇게 하기도 한다.

> 나는 보기 위해 글을 쓰는 것처럼 말하기 위해 그림을 그린다.
>
> Je peins pour parler comme j'écris pour voir.[54]

지게르가 이질적인 시와 회화에서 거의 같은 창작 동기를 찾아낼 때, 이 상황을 구체적으로 보면 다음과 같다.

---

54) L'expression de Roland Giguère (*Forêt vierge folle*, *op.cit.*), citée par Michel Lemaire, 'Multiple Giguère', *Lettres québécoises : la revue de l'actualité littéraire*, n.13, *op.cit.*, p.18.

우선, 시는 "내부세계"를 통해 "외부세계"에 있는 사물의 질서를 파헤치려는 일종의 "침략"이고 "반항"이다.

시는 나에게 있어서는 도피가 아니고 오히려 침략이다. 내부세계에 의한 외부세계의 침략이다. 행동하기 위해 시인은 사로잡혀야 한다. 시인에게서 시는 사물들의 질서에 개입하는 방법이다. 이 개입은 처음에는 어떤 반항을 전제로 한다.

La poésie, pour moi, n'est pas évasion mais bien plutôt invasion. Invasion de l'univers extérieur par le monde du dedans. Pour agir, le poète doit être habité. Pour le poète, le poème est une façon d'intervenir dans l'ordre des choses ; cette intervention implique, au départ, une révolte.[55]

시는 언어기호를 통해 사물들의 숲을 지나며 그처럼 세계의 안과 밖을 밝히기 위해 자신의 형식을 따라 끊임없이 말(parole)의 모험을 한다.

다음의 시에서 주체는 실제로 "검붉은 열기의 광기" 속에서 "열광의 연못 속" 인간 내부의 중심점에 있는, 그러면서도 다가가기 어려운 깊은 내면세계에 도달하려고 하며 동시에 "가시덤불" 등 감각물질로 구성된 외부세계를 파악하려고 한다.

열광의 연못 속 우리 자신을 넘어
바람이 관통된 심장을 다른 곳으로 실어가고
우리는 대규모 소금 대상들이 지나가는 시간을
혹은 사라진 빙산 위 꽃 축제를 기다린다

우리 담벼락에 줄무늬를 새겨 넣는 붉은 고함소리와 마주하여
침묵은 도시를 떠나고 우리는 귀머거리가 된다

---

55) Roland Giguère, 'La poésie est une lampe d'obsidienne', *Liberté*, vol.14, n.1-2, 1972, p.32 (pp. 32-33). 인용문에서 "나 moi"는 롤랑 지게르이다.

공포 달콤한 공포가 난롯가에 잠들어 있다
하지만 이제 불기는 없고
천천히 희미해져 달걀노른자 모양으로 되는
검붉은 광기만이 있다

망루들이 아무리 사이렌을 울려도 소용없다
우리의 정원을 뒤집어 놓는 것은 우리가 아니고
번갯불을 백합으로 생각하는 것도 우리가 아니니
(우리는 프로펠러의 비상을 위해 밝은 눈을 유지한다)

우리의 길은 가시덤불 길이지만 진창길은 아니다.

Le cœur traversé le vent l'emporte ailleurs
hors de nous-mêmes dans les étangs de fièvre
et nous attendons l'heure des grandes caravanes de sel
ou une fête de fleurs sur une banquise perdue

le silence quitte la ville et nous laisse sourds
face à de grands cris rouges qui zèbrent nos murs

la panique la douce panique dort au coin du feu
mais il n'y a plus de feu
il n'y a que le rouge sombre de la folie
qui lentement pâlit et passe au jaune d'oeuf

les tours ont beau libérer leurs sirènes
ce n'est pas à nous de renverser nos jardins
ce n'est pas à nous de prendre l'éclair pour le lys
(nous gardons l'œil clair pour un envol d'hélices)

nos chemins sont de ronces mais pas de boue.[56]

---

56) Roland Giguère, 'La folie passe debout', *L'Âge de la Parole; poèmes 1949-1960*, *op.cit.*, p.52.

이 시에는 끝 연에만 마침표가 있어 사실상 구두점이 거의 없고 또 1연의 1행만을 제외하고 각 행이 모두 소문자로 시작되고 있다. 따라서 시 전체가 한 문장으로 구성된 셈이다. 구두점 사용은 원래 각 개인의 문체 취향에 따라 다양할 수 있어 상당히 임의적이라고 할 수 있지만, 대문자로 시작되고 마침표로 끝나는 구절을 하나의 문장으로 정형화하는 것은 아주 타당한 정의이다. "우리는 그래서 임의적인 것에뿐 아니라 순환적인 의미에도 있게 된다. 실제로, 통사론자들은 써진 문장을 대문자로 시작하고 점으로 끝나는 하나의 전체로 간주하는 정의보다 더 좋은 정의를 내리지 못한다."57) 그처럼 시가 연속적인 한 문장으로 되어 있기 때문에, 달리 말하면 시가 각각 구분되는 여러 문장으로 구성되지 않았기 때문에, 시 속에는 어떤 시간이나 거리 개념들이 없다. 시의 주체가 밤과 같은 깊은 곳에서 인간의 내면을 찾아 내려가는 수직 여행을 하며 동시에 낮과 같은 "외부세계"에도 눈을 돌리는 것은 시가 궁극적으로 시·공을 초월하는 세계를 추구하기 때문일 것이다. 따라서 시는 인간의 삶을 해명하는 계시와 같다. "지게르의 작품에서, 시는 삶이고 이는 곧 계시를 의미한다. 그리고 계시는 착각을 일으켜 외부에서 반짝이는 것처럼 보이는 밤의 천체들에 의해 내부에서 개화되어 일어난다."58)

어두운 내면세계로 들어가 존재의 근원을 밝혀보려는 시처럼 그림도 어둠의 바다와 같은 깊은 곳 존재 내면을 따라 내려간다. 그림도 시와 마찬가지로 위로 상승하기보다는 아래로 하강하는 상상의

---

57) Jacques Popin, *La Ponctuation*, Paris, Éditions Nathan, 1998, p.29.

58) Robert Marteau, Mildred Grand et Marie-Sylvie Fortier-Rolland, 'L'atelier de Roland Giguère', *Vie des Arts*, vol.19, n.75, 1974, p.52 (pp.51-54).

작업을 통해 존재의 깊이를 재어보려고 한다. 지게르의 판화 그림들에서 표현되는 어떤 장소들은 바로 이 의미에서 파악되어야 한다.

> 나의 그림들은 흔히 어떤 장소들, 즉, 미지의 장소들, 밤의 빛 속의 이상한 장소들, 꿈의 장소들, 때로... 금지된 장소들을 상기시킨다. 나는 우리가 거주할 수 있는 그림들, 즉, 우리가 들어가 꿈꾸고 그곳에서 살며 잠시 도피할 수 있는 그러한 그림들을 좋아한다.

> Mes tableaux évoquent souvent des lieux : lieux inconnus, lieux étranges sous une lumière nocturne, lieux de rêve, lieux interdits parfois... J'aime les tableaux que l'on peut habiter : les tableaux dans lesquels on peut entrer pour rêver, pour y vivre, pour s'y réfugier quelques instants.[59]

지게르에게서 판화 그림이 "꿈꾸는" 인간 존재의 깊은 내면세계를 은닉하고 있는 듯한 어떤 "미지의 도피처"가 되는 것은 그림의 장소 이미지가 인간의 정신을 형태화하려는 것이라고 할 수 있다. 예술 영역에서, 보이지 않는 정신에 외적인 형태를 부여하는 것은 가장 최상의 단계에 이루어진다고 한다. "예술의 보다 진화된 고급 단계에서는 정신 속에 있는 내용물이 그에 맞는 형태를 얻어야 한다. 이 내용물은 인간의 정신에 내재하고, 그렇게 해서, 인간에 내재한 모든 것처럼 외적인 형태를 지닌다. 이 형태 안에서 인간에 내재한 것이 표현된다."[60] 이 관점에 의하면, 인간의 어딘가 깊은 곳에 있는 정신세계는 얼굴을 위시해서 팔다리 또는 태도 등 인간의 모든 외적인 형태를 통해 나타난다. 인간의 정신은 외양을 갖출 때 비로소 생명력이 있다는 뜻이다. 이와 같은 관점에 따라 생각해 볼 때,

---

59) L'expression de Roland Giguère (*Forêt vierge folle*, *op.cit.*), citée par Michel Lemaire, 'Multiple Giguère', *Lettres québécoises : la revue de l'actualité littéraire*, n.13, *op.cit.*, p.18.

60) G.W.F., Hegel, *Esthétique*, textes choisis par Claude Khodoss, Paris, Presses Universitaires de France, 1953, p.214.

그림은 인간의 내면세계를 외형화하여 그 실체를 밝히려 한다고 할
수 있다. 지게르에게 있어 그림은 바로 이러한 특징을 지닌다.

　그림에서 존재의 깊이를 눈에 보이게 하기 위해서는 검은색이
유용하다. 지게르에 따르면, 어둠의 힘 속에서 모든 정신적인 의미
가 솟아나기 때문에 그림에서는 검은 색깔로 정신 현상을 표현하
는 것이 좋다. 이때의 검은색은 아주 긍정적 의미의 빛이다. 반면
에 흰색은 그림에서 아무런 효과도 내지 못한다.

> 검은색이 마음을 끌고 모든 것이 검은색으로 향해 갈 때 흰색으로는 어떻게 하
> 는가? 우리는 흰색을 가지고 시작하지만 언제나 검은색이 거기서 기다려 모든
> 것을 삼켜버리고 약간의 색깔들만을 남겨둔다. 그러니 쓸모없는 하얀색, 빛을
> 비추고 싶어 하는 초라한 하얀색, 거드름 피우는 하얀색! 우리는 검은색이 빛
> 이라는 것을 마침내 깨닫는다. 얼마나 많은 세월이 지나서야 깨닫는지!

> Que faire avec le blanc quand c'est le noir qui attire et vers lequel tout tend? On
> commence avec le blanc, mais toujours le noir est là qui attend pour tout avaler et
> ne laisser que des parcelles de couleurs. Blanc futile alors, blanc pauvre qui
> voudrait éclairer, blanc prétentieux! On finit par s'apercevoir que le noir est
> lumière. Après combien d'années![61]

> 바로 내가 검은 영역으로 들어간다.

> 흰색은 공간도 빛도 아무것도 아니고,
> 흰색에 낙인을 찍고 후려치고 활기를 띠게 하는
> 검은색 없이 흰색은 공허하다.

> 하지만 검은색이 형리는 아니다. 반대로
> 검은색은 부수어져서 그 먼지로부터 우리가 예감하는
> 이 형태들, 이 기호들, 이 악센트들이 태어나고,
> 이 모든 것은 눈 평원에

---

61) L'expression de Roland Giguère, citée par François-Marc Gagnon, 'Roland Giguère', *Vie des Arts*, vol.31, n.125, 1986, p.49 (pp.49-49).

야생동물 한 무리가 몰려들듯이 첫 번째 부름에
갑자기 깊은 곳으로부터 솟아오른다.

Voici que j'entre en noir domaine.

Le blanc n'est rien, ni espace ni lumière,
le blanc est vide sans le noir qui le marque,
le fouette, l'anime.

Mais le noir n'est pas bourreau, au contraire,
le noir est broyé et de sa poussière naissent ces
formes, ces signes, ces accents que nous pressentions
et qui tout à coup surgissent des profondeurs
au premier appel, comme une faune sauvage déferle
dans une plaine de neige.[62]

위의 두 인용문에서 언급되는 "검은색"과 "흰색"은 지게르가 특히 판화작업을 할 때 고려하는 색들이다. 그는 하얀 화폭을 "삼켜 버리는" 검은 물감의 색을 말한다.[63] 인간의 "깊은 곳"에 있는 그 무엇은 약하고 순간적인 "흰색"을 "후려치는" 적극적인 "검은색"에 의해 화폭 위에 드러난다. "검은색"의 역동성이 인간 삶의 깊은 진실을 표현한다고 할 때, 이는 "검은색"이 하얀 화폭 위에 형성하는 시각 이미지가 자신의 고유한 언어로 그림을 보는 관람객의 지각 능력에 의해, 달리 말하면 관람객 언어의 인지 기능에 의해 언어기

---

62) Roland Giguère, 'Pouvoir du noir', *La Main au feu*, *op.cit.*, p.117.

63) 지게르가 판화 그림을 인쇄할 때 사용하는 검은 잉크색은 별색에 해당한다. 인쇄기는 흔히 빨 간색, 검은색, 노란색, 파란색 등을 기본 잉크(별색이라 함)로 사용하고 다른 색을 만들기 위해 서는 이 별색들을 조합한다. 별색으로 조합된 원색들은 별색에 비해 채도가 더 둔탁하다고 한 다. "별색과 원색의 차이는 직접 비교하면 채도 차이가 확실합니다. 별색이 훨씬 더 분명하고, 부드러운 발색을 가지고 있습니다. 원색에서 뽑은 색은 어딘가 모르게 불안하고 칙칙한 것을 볼 수 있습니다. 같은 색이라고 하여 별색과 원색을 동시에 인쇄해 보면 확연히 그 차이를 알 수 있습니다."(박경미, 『편집 디자이너를 완성하는 인쇄 실무 가이드』, 서울, 영진닷컴, 2004, p.140). 따라서 지게르가 판화를 인쇄할 때 사용하는 검은색은 어떤 색과도 혼합되지 않은 온 전히 순수한 색이어서 그림의 원본과 인쇄본 간의 색상 차이가 거의 없다.

호가 된다는 것을 뜻한다. 지게르의 다음 판화는 검은색과 흰색의 그러한 관계 또는 그러한 대비적인 특성을 상기시킨다.

(64)

그런데 새로운 이미지를 갈구하는 그림작품에서 검은빛의 운동성만이 중요한 것은 아니다. 보이지 않는 어떤 특질을 지니는 사물 자체의 운동성도 지게르에 의하면 회화작업의 주요 소재가 된다. 시에서도 마찬가지다.

3.2. 시와 그림에서 사물의 운동성

지게르에 의하면, 사물을 보이는 그대로 쓰거나 그리면 표면의 부동성만이 나타나기 때문에 그 실체를 온전히 드러내기 위하여 시와 그림은 사물의 운동성을 표현해야 한다. 다음의 시는 반 고흐(Vincent Van Gogh)의 그림들(『삼나무가 있는 밀밭 *Champ de blé avec Cyprès*』,

---

64) Roland Giguère, *Portrait de Lautréamont*, gravure, 1960, compris dans 'Parcours et célébration de Roland Giguère d'Erta', texte de Guy Robert, *Vie des Arts*, vol.33, n.132, 1988, p.37 (pp. 36-39).

퀘벡 시인과 언어, 예술, 자연

『종달새가 있는 밀밭 *Champ de blé avec alouette*』, 『해바라기
Tournesol』)에서 표현된 사물들로부터 넘쳐 나오는 듯한 "불" 같은 운
동성을 찬탄하는 것으로 시인의 그러한 생각을 대변하는 듯하다.

우리는 얼마나 하얀 태양 아래 노출되어 있었던가
우리는 얼마나 짓누르는 듯이
무거워 패배해 버렸던가
그리고 불 다발로
뒤틀린 밀밭에서 밭에서
하얀 눈알이 변색되고 있었다 빨갛게
희미한 노란색 속에서 외치는 붉은빛으로

아주 순수하고 개처럼 울부짖으며
우리의 과거는 화형대 위에
용해된 온 그림자 위에 그리고 분쇄된 의혹 위에 서 있으니
삶이 그 꿀샘이 되고 있었다
붉은 머리에
귀는 잘리고
타오르는 눈을 한 반 고흐에 의해
불길로 씻기우고
정화된 풍경 위로 열리는
톡톡 튀는 듯한 눈길 속에서
새로워진 수액과 혈액

해바라기 생애가 시작되고 있었다.

Ce que nous étions nus au soleil blanc
ce que nous étions lourds
de plomb et vaincus
et dans les champs les blés tordus
en gerbes de feu
le blanc de l'œil virait au rouge

au rouge criant dans le jaune sourd

tout pur et hurlant comme chien
notre passé debout sur le bûcher
toute ombre dissoute et le doute écrasé
la vie revenait à ses sources de miel
sève et sang renouvelés
dans un crépitement de l'œil
qui s'ouvrait sur un paysage purifié
lavé par le feu
par Van Gogh aux cheveux rouges
à l'oreille coupée
et à l'œil enflammé

une vie de tournesols commençait.[65)]

 66)  67) 68)

시가 보여주는 그림들에서는, 붉은 "태양"의 뜨거운 불길이 "해바라기"나 "밀밭" 등 자연 사물들로부터 기존의 생명력을 빼앗고 그들에게 다시 새로운 힘을 부여하는 듯하다. "태양"의 뜨거운 불길은 반 고흐의 "타오르는 눈"으로부터 솟아나는 생명의 예술과 화합하고 있다. 사물들이 잃어버린 그들의 아름다움을 다시 찾아 "꿀샘"이 흐르는 황홀한 생을 살게 하는 생명력은 반 고흐가 회화

65) Roland Giguère, 'Van Gogh', *L'Âge de la Parole; poèmes 1949-1960, op.cit.*, p.112.
66) Vincent Van Gogh, *Champ de blé avec Cyprès.*
67) Vincent Van Gogh, *Champ de blé avec alouette.*
68) Vincent Van Gogh, *Tournesol.*

의 새로운 표현법을 찾으려고 늘 절치부심했기 때문에 나온 것일 수 있다. 1882년 1월에 그가 동생 테오(Théo)에게 보낸 편지에 그 점이 나타난다. "나는 깊이 연구하고 있다. 나는 색깔들을 망쳐서 없애버리기도 한다. 달리 말하면, 나는 모색하고 많은 시도를 한다. 미치광이 같은 노력을 해야 하기 때문이다."[69]

반 고흐의 그림들에서 표현되는 사물들의 운동성은 두 방향에서 생각될 수 있다. 우선, 사물들의 구조는 이미 운동성을 지니고 있기 때문에 바로 그들의 구조가 운동성을 표현하는 그림들을 태어나게 했다고 할 수 있다. 즉, 그림들은 사물들의 운동성을 생성한 것이 아니고 단지 그 운동성을 표현하여 증명한 것뿐이다. 따라서 그림들은 관람객에게 시각적인 어떤 아름다움만을 느끼게 할 뿐 그들 자체의 존재 가치를 전혀 갖지 못한다. 반면에, 그림들은 각각 그들 자체의 구성에 따라 사물들에 색상을 입히며 사물들의 생동력, 광적인 운동성을 만들어냈다고도 할 수 있다. 색깔은 데생으로 그려진 사물들에 생명력을 불어넣는 것과 같기 때문에, 살아있는 듯한 사물들의 강렬한 운동성을 만들어내기 위하여 반 고흐는 (그의 편지에서도 나타나듯이) 색깔 사용에 온 힘을 기울였을 것이다. 이 화가는 잘 조합되지 않는 색깔들에 매번 속았음에도 불구하고 최종적으로 가장 좋은 색을 만들기 위해 색깔 자체에 강한 집착을 가졌던 것 같다. 디드로의 말을 빌리면, 화가가 좋은 색을 찾아내려면 그렇게 해야 한다. "색깔에 대한 강한 느낌을 가진 사람은 화폭에 눈을 붙인다. 입을 반쯤 벌리고 그는 헐떡거린다. 팔레트가 혼돈의 상태다."[70] 그처럼 반 고흐는 자신이 심혈을 기울여

---

69) Vincent Van Gogh, *Correspondance générale*, I, traduit du néerlandais et de l'anglais par Maurice Beerblock et Louis Roëlandt, Paris, Gallimard, 1990, p.473. 인용문에서 "나"는 빈센트 반 고흐이다.

얻은 활기찬 색상들을 사물들에게 주었고, 그래서 사물들이 생명력 있는 살을 갖게 된 것이다. 이때 그림들은 상징적 기호의 총체가 되어 존재 가치를 갖는다.

앞에서 설명된 두 번째 방향, 즉, 그림들이 그들만의 구성과 색상에 따라 사물의 운동성을 만들고 그래서 그림들 위에서 사물들이 살수 있다고 하는 경우에 지게르의 시는 타당성을 준다. 실제로, 시는 사물들의 격렬한 운동성을 생성하며 반 고흐의 그림들을 쓴다. 1연을 보면, 1행("ce que nous étions nus au soleil blanc")과 2행("ce que nous étions lourds")에서 "ce que nous étions"이 반복되면서도 음절 수가 각기 다른 "nus au soleil blanc"(5음절)과 "lourds"(1음절)가 추가되어 리듬의 흐름이 일률적이지 못하다. 그리고 1연은 7행, 2연은 11행, 3연은 1행으로 구성되고, 각 행의 음절 수(1연:10/6/5/8/5/8/10음절; 2연:8/10/11/11/6/7/11/5/7/6/6음절; 3연:9음절)도 고르지 못해 시 전체의 언어 리듬이 아주 불규칙한 형태를 띤다. 1연 첫 행만이 대문자("Ce")로 시작되고 끝 연의 마지막 낱말 "commençait"에만 마침표가 있어, 하나의 긴 문장 속에서 그림들에 있는 사물들이 최대한 불규칙한 리듬을 따라 요동치고 있다. 시의 언어예술과 그림의 시각예술의 만남이 최대한 거칠고 야성적이며 격렬하다.

그와 같은 사물의 격렬한 운동성, 그리고 앞에서 언급되었던 인간의 깊은 내면세계가 시인과 화가에게 공통으로 창작 동기가 된다. 이 때문에, 지게르는 시와 회화가 형식 면에서 이질적이므로 떨어져 있어야만 하는데도 이 두 영역을 항상 함께 존재하도록 한다. 그는 두 장르의 묘한 존재 방법을 만든다.

---

70) Denis Diderot, *Essais sur la peinture*, texte présenté par Gita May, suivi de *Salons de 1759, 1761, 1763*, textes présentés par Jacques Chouillet, Paris, Hermann, 1984, p.19.

3.3. 시와 회화의 동행

시와 회화는 형식 또는 형태가 다르기 때문에 각각 완성된 결정
체로서 대중에게 보일 때도 물론 차이를 지닌다. 그래서 지게르는
이렇게 말한다.

> 액자에 잘 끼워져 있지 않으면 대중과 마주할 수 없는 바로 그 그림보다 시는
> 균형성을 덜 필요로 한다. 그림은 그렇지만 밖으로 나와 다양한 옷차림으로 보
> 이고 싶어 한다. 그림은 유행을 따르고 옷차림이 단정하다.

> Le poème a moins besoin d'équilibre que le tableau qui, lui, ne sait pas se tenir
> en public s'il n'est bien encadré. La peinture, pourtant, aime sortir et se faire voir
> dans ses multiples accoutrements ; elle suit la mode, elle est de mise.[71]

지게르는 그처럼 시와 회화의 필연적인 거리를 알면서도 반 고
흐와 같은 다른 화가들의 그림을 시로 쓰면서 두 장르를 동시에
왕래한다. 사물의 운동성을 표현하고 특히 인간의 내면 깊은 곳으
로 따라 내려가는 거의 같은 주제를 펼치기 때문에 시와 회화는
그에게 있어 서로 불가분의 관계에 있다. "그것[그림과 시]은 존재
의 깊은 곳을 탐색하기 위한 두 개의 화합하는 악기이고 두 개의
유사한 전달 수단이다. 지게르는 표류물과 보물들을 사진 찍어 오
기 위해 지면을 포기하고 강 밑바닥으로 잠수하는 잠수부의 이미
지를 통해 그러한 사실들을 설명한다."[72]

지게르에게서 조형예술은 시문학처럼 작가가 상상하고 구상하는
작업의 결과이고, 그래서 이러한 생각으로 그는 시인인 자신이 직

---

71) Roland Giguère, 'Hors cadre', *Temps et lieux*, *op.cit.*, p.55.
72) Michel Lemaire, 'Multiple Giguère', *Lettres québécoises : la revue de l'actualité littéraire*, n.13, *op.cit.*, p.18.

접 화가(또는 판화가)로서 그림을 그리기 때문에 시와 회화는 상이한 형태를 지니면서도 서로 떨어질 수 없다. 따라서 그에게는 미셸 뷔토르(Michel Butor)의 염려가 크게 문제 되지 않는다. "흔히 게다가, 글쓰기를 알지 못하는 화가는 그의 가독성 안에서 글쓰기를 재현할 수 없다. 아무리 주의를 한다고 해도, 그는 의미의 교류에 필수적인 세부 사항들을 놓치는 그러한 일반적 경우로 인하여 어떤 조형적인 특성들만을 잡을 수 있다."73)

지게르에게 있어 시와 회화가 거의 유사한 주제를 추구하며 함께 길을 갈 수 있는 것은 그가 시인이지만 화가의 작품 창조 과정을 몸소 실천하며 그의 텍스트 위에 조형예술작업을 할 수 있어서이다. 이때의 조형예술은 어떤 명제를 입증하듯이 개념적인 지식에 의해 이론상으로 파악되어야 할 대상이 아니고 예술가가 실제 상황 속에서 실천하는 활동적인 의미로 이해되어야 할 분야이다. '예술'이라는 낱말에 관한 다음의 설명은 바로 지게르의 예술관을 대변한다고 본다. "고유명사로서 예술에 대한 생각은, 반대로, '예술'이란 낱말의 미학적인 실천에서, 달리 말하면 미학적인 판단이나 활용에서 그 특색을 찾아낸다."74)

지게르가 본인의 시 텍스트에 그림을 그려 넣는 경우, 즉, 그가 시를 먼저 쓰고 그다음에 전문적인 기술과 예술성을 요구하는 그래픽 아트를 추가하는 경우, 어느 쪽이 먼저이고 나중이건 간에 그에게서 두 장르가 친밀한 관계를 갖는 것은 확실하다. 그가 시인이고 동시에 그래픽 예술가라는 독특한 상황에 있기 때문이다. 그가

---

73) Michel Butor, *Les Mots dans la peinture*, Paris, Flammarion (Genève, Skira), 1969, p.140.

74) Thierry de Duve, *Au nom de l'art (pour une archéologie de la modernité)*, Paris, Minuit, 1989, p.56.

다른 화가들의 그림을 시로 쓸 때에도 두 장르는 분리될 수 없기 때문에, 비록 형식은 다르더라도 시와 그림은 지게르에게 있어 인간 존재와 사물의 상황을 탐색하는 같은 주제들에, 시인과 화가의 창작 활동의 특별한 여건 속에서만 잉태될 수 있는 독창적이고도 보편적인 어떤 가치를 주기 위한 공동의 공간이 된다.

*　　　　　*　　　　　*

지게르는 시와 데생, 회화, 판화 그리고 인쇄술을 늘 함께 생각하는 작가이기 때문에 시인으로서, 화가로서 그리고 인쇄공으로서의 손들의 긴밀한 동맹을 깊이 느낀다. 시와 그림과 판화를 만드는 데 필요한 물질과 각 작품을 인쇄할 때 필요한 물질, 즉, 각각의 다른 성질을 지닌 물질들을 다룰 수 있는 전문적인 기술에 의한 다양한 손작업에 따라 사물이나 인간의 존재 문제 등의 주제가 표현된다. 시 쓰기를 중심으로 회화나 판화작업 그리고 인쇄작업이 전개되기 때문에 그림들 자체와 인쇄된 예술품들은 모두 시라는 한 장르에 속하는 시적인 작품들이 될 수 있다.

지게르의 시와 조형예술작품은 특히 사물의 단편적인 외양보다는 물의 흐름 등 자연의 겉으로 드러나는 구체적인 움직임을 표현하고 또는 사물에 내재해 있는 듯한 보이지 않는 어떤 운동성까지 찾아 표현하려 한다. 따라서 독자나 관람객이 눈을 크게 뜨고 또는 아예 눈을 감고, 그리고 귀를 활짝 열거나 아니면 막고서만 보고 들을 수 있는 다소 전위적인 신비로운 작품들이 나타난다. 주변에 있는 모든 사물의 운동성을 파악하고 들릴 듯 말 듯한 그 소리까지도 듣기 위해서는 인간의 아주 단순하고 맑은 인지 작용이 필요하다고 하는 말을 그의 작품들은 상기시킨다. "들여다보시오. 철저히 들여다보시오. 그리고 당신의 눈앞에 보이는 것이 당신의 마음 속에 울리게 하는 바로 그 모든 것을 따라가도록 하시오."[75)

그의 거의 모든 작품으로부터 솟아나는 신비한 이미지, 이를 상징적으로 표현하는 색들, 즉, 검은색과 흰색의 기능이 중요하다. 흰 종이 위에 시의 문장들이 검은 잉크로 인쇄되거나, 또는 석판이나 아연판 등 판 위에 새겨진 선이나 홈들이 검은색 물감을 흡수한 후 다시 하얀 종이 위에 새겨지는, 이와 같은 일련의 모든 과정에서 두 색깔의 조화 또는 불협화음에 따라 다양한 생성물이 창출될 수 있기 때문이다. 특히 검은색은 인간의 인식으로 파악하기 어려운 어떤 깊은 곳, 즉, 사물의 실상이나 인간의 존재 근원을 밝혀보기 위해 지게르가 애용하는 최상의 색깔이다.

---

75) Antoni Tàpies, *La Pratique de l'art*, Paris, Gallimard, 1994, p.142.

퀘벡 시인과 언어, 예술, 자연

제3장

퀘벡 시인 질 에노의 작품들에 나타나는
문학, 예술에 대한 관점
– 시, 예술비평, 예술경영을 중심으로*

질 에노(Gilles Hénault)[1]는 시인이고 문학·조형예술 비평가이며 신문기자(일간지 '라 프레스 La Presse'와 '르 캐나다 Le Canada' 등)로, 방송인(1939-1948, TV와 라디오)으로, 또 조형예술 행정가로 다양한 활동을 한 퀘벡의 20세기 대표 작가들 가운데 한 사람이다. 그는 특히 1941년에 첫 번째 시 「바퀴의 발명 L'invention de la roue」을 출판한 이래로 1950년대부터 1990년대까지 왕성한 활동을 했다.

에노에게서 시를 쓴다는 것은 시적 영감으로부터 태어난 말을 구성하는 것이다. 시는 어떤 계획에 따라 만들어지는 것이 아니고 말의 연속체로 일종의 운율 형식을 세우는 데 있다. 시인의 이러한 글쓰기는 화가나 조각가가 손의 움직임으로 이미지를 생성해내는 작업과 거의 유사하다. 그래서 에노는 시와 조형예술을 함께 생각

---

* 논문 제목에 언급된 '예술'이란 용어는 미술작품과 조각작품을 지칭하는 조형예술 개념으로 사용된다. 따라서 '예술비평'은 조형예술작품에 관한 비평을 뜻하고, '예술경영'은 조형예술작품의 전시나 구매 등을 관리하며 동시에 미술관을 중심으로 이 활동에 직접 관계되는 대중의 역할을 효율적으로 유도하는 행정가 활동의 전반을 뜻한다. 그리고 '문학'이란 용어는 시 작품을 지칭한다. 시는 언어예술이고, 또 에노는 시와 조형예술을 함께 생각하며 이 분야들에 동시에 참여했기 때문에 그에게서는 문학 개념 속에 언어예술 개념과 조형예술 개념이 포함된다고 할 수도 있으나, 본고는 문학과 이 예술들과의 그러한 관계를 말하지는 않는다. 이러한 정의들에 근거하여 본 논문은 제목에서 '문학', '예술', '시', '예술비평', '예술경영'이라는 표현들을 사용한다.

1) 질 에노는 1920년 퀘벡의 생 마조리크(Saint-Majorique)에서 태어났고 1996년 몬트리올(Montréal)에서 생을 마쳤다.

했고, 1967년부터 1991년까지는 잡지 『예술의 생명 *Vie des Arts*』에 조형예술작품 비평문을 기고하며 시를 썼다. 그에게서 시 쓰기는 예술비평과 분리되지 않는다. 즉, "비평가의 담화는 시인의 담화와 무관하지 않다."[2]

에노는 샤를 도들랭(Charles Daudelin)과 장 폴 무소(Jean-Paul Mousseau) 등 추상파 화가들의 삽화가 수록된 소책자 전집(*Les Cahiers de la file indienne*)을 1946년 시인 그랑몽(Éloi de Grandmont)과 함께 만들면서, 조형예술작품 비평가로 활동하기 시작했다. 이때부터 회화나 조각작품에 대한 그의 비평은 구상작품에서보다는 추상작품에서 더 어떤 예술적 가치를 찾으려고 했다. 그는 인간이 자신의 거주지인 자연환경과 조화를 이루며 존재로서의 실체성을 굳건히 해야 한다고 생각하고 키네틱 아트(kinetic art) 기법과 옵티컬 아트(optical art) 기법을 보여주는 작품들에서 그러한 점들을 찾아보려고 했다.

에노가 그림과 조각 등 시각예술 분야에 정통한 비평적 시각을 갖게 된 것은 그가 예술 행정가로서 대중과 미술관의 관계를 생각하며 작품 관리에 직접 관여한 것이 도움이 되었기 때문이다. 그는 몬트리올 현대미술관 관장(1966-1971)으로 또 퀘벡 문화부에서 박물관학 고문으로 일하며 예술작품 전시나 구매를 직접 담당하기도 했는데(1971-1973), 이러한 행정적인 활동이 그가 예술비평을 하는 데 큰 힘이 되었다.

에노에게는 그처럼 조형예술작품에 관한 담론이 시 창작에 도움

---

2) Jocelyne Connolly, 'Gilles Hénault, poète, et le champ artistique québécois', *Voix et Images*, vol. 21, n.1, 1995, p.72 (pp.63-73). 이 인용문에서 비평가와 시인이라는 용어들은 질 에노를 가리킨다.

이 되고 조형예술작품 관리에 관한 체험이 예술비평의 근간이 되기 때문에 예술비평과 예술경영, 그리고 시 쓰기가 함께 이루어지는 것이다. 이처럼 시인으로, 예술 비평가로, 예술 행정가로 여러 역할을 동시에 함으로써 그가 예술(조형예술비평과 조형예술경영)에 대해, 그리고 문학(시)에 대해 갖게 된 다양한 시각을 본고는 살펴보려고 한다. 본 논문은 시, 예술비평(회화나 조각 분야에서 추상작품비평), 예술경영이라는 세 개의 주제들 각각을 핵심 문제 중심으로 파악함으로써 에노의 작품들이 문학에 대해 그리고 조형예술에 대해 어떤 주요 관점들을 취하고 있는지 보고자 한다.

1. 시의 진실성

질 에노는 시를 인생에 대한 지침서라고 여기며 시는 오직 인간 고유의 주체 문제를 추구할 때 그 진실성을 갖는다고 생각한다. 시의 진실성은 시 의식의 혁신적인 변화에 의해 가능해지고, 이를 보여주는 시는 마치 암호문처럼 인식될 수 있다.

1.1. 시 의식의 혁신

현대인은 존재로서의 주체적인 자아를 종족의 본능이나 욕망이 내재한 집단성에 잘 결합하지 못하는 수가 있기 때문에, 에노의 시는 '나'를 타인의 현존성이 개입된 세계인인 '우리'와 조화시킴으로써 '나'의 가치를 고양하려고 한다. 실제로, 비평가들은 에노의 시를 이렇게 설명한다. "식물학적인 의미로 볼 때, 시는 줄기에 감아 붙

는 것과 같다. 시는 높아지기 위해 어떤 줄기에 꼭 달라붙을 필요
가 있다. 시의 신탁은 불모지에서 이루어지는 것이 아니다. 아무튼,
시의 신탁은 애초에 특히 어떤 특정 공동체가 아닌 온 인류를 지칭
하는 '우리'라고 하는 타인의 현존을 요구한다."3) "퀘벡 시의 역사
에서 질 에노의 작품은 '우리'에 일치되는 '나'의 가치 관계를 정립
한다."4)

현대 사회의 모든 신분 공동체 안에서 소홀히 될 수 있는 개인
존재의 주체 문제를 새롭게 부각하기 위해 에노의 시는 먼 고대
인류 문명의 최초 시간으로 거슬러 올라간다.

> 순결한
> 이를 가진 이브
> 이브와 아담은
> 꽃가루를 발견한다.
> 순결한 입술의 아담과 이브가
> 인류라는 나무를 심는다.

> Ève à dents
> virginales
> Ève et Adam
> découvrent le pollen.
> Adam et Ève à lèvres virginales
> plantent l'arbre de la race humaine.5)

이 시는 성서의 창세기에 나오는 인류 최초의 시간으로 돌아가,

---

3) Michel Biron, 'Au-delà de la rupture : "Bestiaire" de Gilles Hénault', *Voix et Images*, vol.24, n.2, 1999, p.311 (pp.310-323).

4) Jean Royer, 'Gilles Hénault, l'un des fondateurs de la modernité québécoise', *Lettres québécoises : la revue de l'actualité littéraire*, n.85, 1997, p.9 (pp.8-9).

5) Gilles Hénault, 'Petite Genèse apocryphe', *Signaux pour les voyants; poèmes 1941-1962*, Ottawa, L'Hexagone, 1972, p.94.

"순결한 입술의 아담과 이브가 인류라는 나무를 심음으로써" 인간의 발명이 처음 이루어지는 집단적 담화의 시대를 쓴다. 시의 주체6)는 창세기 시절로 직접 되돌아갈 수 없을 뿐 아니라 또 실제로 되돌아갈 필요도 없이 "이브"와 "아담"이라는 인물들에게 그 시절에 이루어진 성서적인 상징성을 부여하며 먼 과거의 시절을 현재("발견한다"와 "심는다"라는 동사들이 현재 시제임)로 만든다. 즉, 언어는 우선, 주체에게 "이브"와 "아담"의 "입술들"을 마치 자신의 "입술"인 것처럼 여기며 두 인물의 이름들을 진술하는 물질적인 신체조건 속에서 그들의 성서적 이미지를 만들게 하고 인물들을 그가 말하는 현재 시점으로 돌아오게 한다. 다음으로, 언어는 주체에게, 두 인물에 관한 본인의 내밀한 상상적 체험을 독자에게 전달하는 조직적인 사고 과정의 비물질적 조건 속에서 인물들의 성서적 이미지를 만들게 하고, 그들을 본인의 현재 언술 행위 시점으로 데려오게 한다. 이 모든 상징은 주체의 사고가 그의 언어와 연결될 때 만들어지는 것으로, 이와 같은 상황은 벤베니스트(Benveniste)의 언어 이론으로부터 추론될 수 있다. "언어는 두 측면에서 조직되는 특별한 상징체계이다. 한편으로, 언어는 신체적인 사실이다. 즉, 언어는 발생하기 위해 음성기관이라는 중개물과 인지되기 위해 청각기관이라는 중개물을 끌어온다. 이러한 물질적인 측면에서 언어는 관찰과 묘사 그리고 기록에 적합하다. 다른 한편으로, 언어는 사건들이나

---

6) '주체'라는 용어는 객관적인 어떤 실재가 아니고 주관적인 의식에 따라 언어의 의미작용을 유발하며 말하는 존재를 가리킨다. '화자'라는 용어가 들어간 '시적 화자'라는 표현도 있다. '시적 화자'는 시속에서 어떤 이미지를 그려내며 말하는 사람을 지칭한다. 그런데 '화자'라는 용어 자체는 언어학 측면에서 메시지를 주고받는 담화의 순간에 '청자(대화자, 수신자, allocutaire, interlocuteur, destinataire)'를 전제로 하는 '발신자(locuteur, destinateur)'의 뜻을 지니고 있으므로 본고는 '시의 주체'라는 표현을 사용한다.

경험들을 그에 관해 "상기되는 암시적인 것"으로 바꾸는 기의들의 의사소통 집단, 즉, 비물질적인 구조체이다."[7]

시가 그처럼 성서의 창세기 시절로 거슬러 올라가는 것은 역설적으로 어떤 새로운 것을 추구하기 위해서라고 할 수 있다. 에노에 의하면, 시가 새로운 것을 추구할 때 이 새로움은 인류의 먼 옛날의 그 무엇보다 더 옛것이라는 데서 의미를 지닌다. 인간의 삶에 관련되는 모든 문화 현상을 인문주의적인 시각으로 바라보는 에노에게서 시는 현대인이 진실로 자아를 굳건히 하며 살기를 추구하기 때문에 그처럼 문명사회의 구체적인 연대기적 시간을 거부하고 인류의 근원이 열리는 최초의 새로운 시간 속으로 들어간다.

인간의 "열정"이 문명의 발전을 가져오기는 했으나 "창세기" 때의 평온한 삶의 조건을 사라지게 했기 때문에 현실의 모순을 드러내기 위해 에노의 시는 인류의 고대 시간을 생각해 보게 하는 것이다. 사실, 현대인은 "창세기" 이래로, 인류의 바람직한 집단적 가치들을 상실한 망명자로 살며 인간의 실체를 말살하는 무자비한 "철의 시대"를 통과하고 있다. 시는 모든 사람이 외면하는 이 문제를 생각하며 인류의 미래를 염려한다.

> 원이여! 나의 뇌리에서는 너를 '혁명'이라고
> 정의한다. 아침, 세계의 첫 아침,
> 아직 지식을 알지 못하는 동정녀, 이 풍요로운 열기,
> 추방된 모든 육신이 그로 인해 고통받는
> 진보의 창세기! 오 슬픔이여, 우리 철의 시대에
> 저녁을 운반하는 아침 너의 뱃머리에서 나는
> 정복의 첫 번째 표상 '바퀴'를 수상히 여긴다.
> 고대의 선구자들, 유클리드와 아르키메데스는

---

7) Émile Benveniste, *Problèmes de linguistique générale*, tome I, Paris, Gallimard, 1966, p.28.

너에게 그들의 창조적 시선을 쏟아부었다.
기하학자여! 측정하고 생각하는 자여!
하지만 슬프도다! 누가 인류와 그 방향의
불가사의한 조화를 또 그 관계를 말하겠는가?
누가 열정의 궤도면을 측정할 수 있겠는가?

Cercle! dans mon cerveau, moi je te définis :
RÉVOLUTION. Matin, premier matin du monde,
Vierge encor du savoir, cette fièvre féconde,
Genèse du progrès dont souffre toute chair
Exilée! ô tristesse, en nos siècles de fer
Matin porteur du soir, je soupçonne à ta proue
Le signe initial des conquêtes : la ROUE.
Euclide et Archimède, antiques précurseurs,
Ont sur toi concentré leurs regards créateurs.
Géomètre! celui qui mesure et qui pense!
Mais hélas! qui dira l'occulte convenance
Des lignes et de l'Homme et leurs relations ;
Qui pourra mesurer l'orbe des passions?[8]

　"세계의 첫 아침"이 시작되면서 순수한 생명력이 넘쳐났던 "창세기" 시절은 "풍요로운 열기"의 시간이었지만, 이후 "기하학" 등의 발전으로 "정복의 바퀴"가 체계적으로 굴러가던 시절은 "진보로 고통받는 슬픔"의 시간이었다. 따라서 시는 이제 세계의 모든 양상을 교조주의적인 경직된 시각으로 판단하는 구태의연한 의식과 상투적인 언어를 버리고 명료한 시선으로 타자와 "나 je"의 관계가 성립되는 "세계"를 재인식하며 진실로 "창조적인" 현실과 미래를 만들어야 한다. 이 의미에서 시는 이렇게 말하는 듯하다. "구체적인 것 안에 빈자리를 만들고 고정관념에 매여 있지 않은 주체에게 완전무결한 삶을 되찾게 해 준 후, 글쓰기 체험은 타자에의

---

8) Gilles Hénault, 'Méditation première', *Signaux pour les voyants; poèmes 1941-1962*, *op.cit.*, p.13.

관계 속에서 존재하는 어떤 정신적 방법에 대한 확인을 통해 근본적인 변화를 보장한다."[9]

새로운 언어와 새로운 의식으로 발전적인 현재와 미래를 설계하려고 한다면 시는 "혁명적"이다.

> 우리 시인들은 혁명가가 아니다. 그들은 자신들의 작은 말 골방 속에 참 잘도 있다.
> 위태롭다! 혁명적인 시는 모름지기 혁명에 대해 말하지 않는다. 하지만 혁명시는 시에 그 신화적 기능을 회복시켜주며 시를 혁신한다.
>
> Nos poètes ne sont pas des révolutionnaires. Ils sont trop bien dans leurs petites cages de mots.
> Attention! La poésie révolutionnaire ne parle pas nécessairement de révolution, mais elle révolutionne la poésie en lui redonnant son rôle mythique.[10]

시가 "혁명적"이라고 함은 시가 인간과 세계 간의 진실한 소통의 공간을 잃어버린 혼돈의 현실을 새롭게 인지하며 새로운 언어의 "혁명"을 거행하는 장소라는 뜻이다. 에노의 시가 인간의 삶을 탐색하기 위해 흔히 고대의 시간으로 거슬러 올라가듯이, 시의 바탕은 인류가 논리를 초월하여 공통으로 마음 깊이 간직하고 있는 원형적인 집단의식 속에서 개인의 주체적인 삶을 미래 지향적으로 회복시키려고 하는 이러한 근원적인 시각을 반영한다. 시(le vers)라는 용어는 어원상 원래대로 되돌아간다는 뜻을 지니고 있으므로 ("시의 정의는 ('본디의 상태로 돌아가게 하다'라는 의미에서 '베르테레'의 과거분사인 라틴어 '베르수스'의) 어원학상으로 볼 때 가

---

9) Max Bilen, *Le Sujet de l'écriture*, Paris, Édition Gréco, 1989, p.112.

10) Gilles Hénault, 'Autres graffiti et proses diverses', *Graffiti et proses diverses*, Montréal, Les Éditions Sémaphore, 2007, p.127.

능해짐"11)), 시는, 결국, 변모되어 감추어진 인류의 원초적인 모습을 오직 언어의 "혁명"으로 되찾아야 하는 본원적인 역할을 다하며, 즉, 그 본래의 "신화적인" 역할을 다하며, 현대 사회가 인간 본연의 주체성이 충족되는 현대성을 지닐 수 있기를 갈망하는 장소이다.

현실을 무작정 지키기 위해 인류 문명의 모순된 시간을 그대로 그려내는 언어로 시대에 뒤진 기존의 이미지만을 표현하는 시는 언어의 혁명으로 파괴되어야 할 "퇴폐적인" 시이다.

> 의미를 빼내 버리면서 엄격하게 언어의 창조로부터만 출발하는 시, 즉, 관습이나 판에 박은 진부한 이미지 등에 의존하는 시는 퇴폐적인 시이다. 새로운 시적 대상이나 새로운 관계, 새로운 유추 작용을 만들어내기 위해 현실로부터 출발하는 시는 진보적인 시이다. 이 의미에서 시는 참여적이다.

> Les poésies qui partent strictement des créations du langage en les vidant de leur sens, c'est-à-dire les poésies qui s'appuient sur les conventions, sur les images toutes faites, etc., sont des poésies en décadence. Les poésies qui partent du réel pour créer de nouveaux objets poétiques, de nouveaux rapports, de nouvelles analogies sont des poésies en progrès. Et en ce sens, elles sont engagées.12)

에노에게서 "참여시"는 삶 자체에 "참여"할 수 있는 어떤 "유추 작용"을 신선한 언어로 분출시키는 시를 뜻한다. 시는 시인의 새로운 직관에 따라 어떤 유연성을 발휘하며 낡은 의식으로 점철되는 현실에 맞서야 한다는 의미에서 에노는 "참여시"를 말한다. 물론

---

11) Daniel Bergez, *L'Explication de texte littéraire*, Paris, Dunod, 1996 (Paris, Bordas, 1989), p.74. 인용문에서 "베르테레(vertere)"는 '변화하다', '되돌리다'라는 뜻이고 "베르수스(versus)"는 '비스듬한', '횡으로 놓인'의 뜻이다.

12) Gilles Hénault, 'La Poésie et la vie', *Interventions critiques*, Montréal, Les Éditions Sémaphore, 2008, pp.33-34.

시가 작가의 새로운 직관으로 구성될 때 언어는 그림자를 남기며 난해해질 수 있다. 즉, 의식 변화에 따른 의미들을 유연하게 확대하려 해도 어떤 고정관념으로부터 잘 나오지 못하면서 언어는 모호해질 수 있다. 하지만 시 언어의 난해성은 시적 의식의 전환 또는 순환이 잘 이루어지고 있음을 보여주는 것일 수도 있으므로 바람직한 현상이다. 의식의 "진보"를 지향하는 자유를 누린다는 의미에서 "참여시"의 가치가 있다. 이 가치를 지니지 못하는 시는 파괴되어야 한다.

인간의 주체적인 존재 문제를 탐색함으로써 진실성을 확보하기 위해 시는 그처럼 혁신적인 시 의식을 필요로 하고, 이 시 의식은 모순된 현실을 말하는 새로운 언어의 혁명적인 참여로 표상화된다. 에노에 의하면, 이 점을 함축하고 있는 시는 암호문과 같다.

1.2. 시 : 암호문

에노에게서 시 언어의 혁명은 시가 수사학으로 장식되는 담화나 장르의 분리 법칙에 따라 진행되는 담화를 거부하며 상징적인 암호의 세계를 따라가는 것을 의미하기도 한다.

시가 장르 구분에 얽매이지 않고 담화를 전개하는 경우는 다음과 같이 설명될 수 있다. 즉, 그의 시는 운율 상황에 따라 주체의 체험을 바탕으로 한 산문 형식을 취하기도 하고 (앞에 제시된 시 'Petite Genèse apocryphe'가 보여주듯이) 암호 문서처럼 아주 간결하고 또는 정형적인 형식을 취하기도 한다. 시는 시인 자신의 개성이나 어떤 열정적인 감정에 의한 감상적인 문학관에 의하기보다는 담화적인 측면에서 시 주체의 이성과 감성에 동시에 기반을 두는

퀘벡 시인과 언어, 예술, 자연

언어의 객관적인 배열로, 즉, 낱말과 문장의 다양한 배치 형식을 따라, 현대 사회의 무질서한 언어 현실을 바로잡는 행동화를 최대한 보여주어야 하므로, 그의 시는 다양한 형식을 취한다. 프랑스어의 '시(포에지 poésie)'라는 용어가 '만들다' 또는 '행동하다'라는 의미를 함축하고 있는 그리스어의 '포이에지스 poiésis'에 어원적 근원을 두고 있듯이, 시는 어떤 주제를 생성하고 또는 행동화하는 언어의 작용을 통해 인간 본연의 실존적 가치를 바로 '여기 이곳에서' 창출해야 하므로 에노의 시는 다양한 형태를 취한다.

그리고 시가 상징적인 세계를 그리는 암호문과 같다는 에노의 생각을 보면 다음과 같다.

> 시인은 말의 불충분함을 도외시할 수 없다. 평범한 의식으로 보면, 말은 대체로 그 정의에 부합하거나 그렇지 않으면 의미된 것에 부합한다. 그런데 시인은 낱말들이나 단어들이 현실의 흐름 속에서 어떤 표지판에 지나지 않는다는 것을 아주 잘 알고 있다. 시인은 이 사실을 고려해야 하고 그래서 "숨은 뜻을 알아내다"라는 표현이 어떤 의미를 지니도록 해야 한다.

> Le poète ne peut pas ne pas tenir compte de l'insuffisance du mot. Dans la conscience quotidienne, le mot correspond à peu près à sa définition, sinon à la chose signifiée. Or, le poète sait très bien que les mots, les vocables ne sont que des bouées dans le flux du réel. Il doit tenir compte de ce fait, et se comporter de manière que l'expression «lire entre les lignes» ait un sens.[13]

이 에세이에서 보듯이, 시인에게 있어 말은 "불충분"하여 "표지판"처럼 사물이나 현상을 단순히 정의하는 수준에 머문다. 따라서 시는 낱말들이 "숨은 뜻을 지니는", 그래서 새로운 의식과 감성으로 해독해야 할 암호 역할을 하도록 하며(낱말은 새로운 감각으로

---

13) Gilles Hénault, 'La Poésie est mot de passe', *Interventions critiques, ibid.*, p.58.

판독되어야 할 신호기(sémaphore)[14]와 같다), 사물이나 현상에 대한 정의를 늘 갱신해야 한다. 시는 원래 언어와 대상물을 지시하고 지시받는 관계로 설정하고 이 관계를 어휘적인 의미로 표현하는 외연적인 일차적 표현 현상이 아니다. 시는 오히려 사물과 언어의 관계를 문맥의 의미로 파악할 수 있도록 하기 위해 함축적인 의미를 간직하는 내포적인 이차적 표현 현상의 결과이다. 에노에게 있어 시는 그러한 내연적인 특수성을 충분히 지니는 장르이기 때문에 인류가 함께 나누는 의식의 표상인 원형적인 상징성을 암호화하는 성격이 강하다. 물론 이때 사물 자체와 언어가 표현하는 사물이 어느 정도 일치하는가 하는 문제는 배제된다. 이는 시와 사물의 관계를 바라보며 시인들을 도시에서 추방해야 한다고 한 플라톤(Platon)의 모방론적 관점과 무관하다는 뜻이고, 또 플라톤의 부정적인 모방론을 긍정적인 방향의 재현 이론으로 설명하며 모방(mimèsis)의 형태를 실리적인 것과 심미적인 것(문학과 예술이 해당)으로 나누는 아리스토텔레스(Aristote)의 관점과도 무관하다는 뜻이다.

시가 암호문과 같다는 것은 시가 인류의 원초적인 상징성을 표출시킨다는 의미도 있지만, 현실적인 삶의 문제로 돌아와 생각해 볼 때, 에노에게서 시는 의식의 불변성 또는 고정성을 벗어나기 위해서도 암호화되지 않을 수 없다. 현실의 의미는 사회 상황에 따라 달라질 수 있고 그래서 이를 정의하는 어휘 또한 새로워지지 않을 수 없다. 현실의 의미가 불변일 수 없듯이 언어의 의미도 사회적 활용에 있어 불변일 수 없기 때문에, 시가 틀에 박힌 상투적인 의미를 넘어서지 못하는 견고한 의식의 언어만을 고집한다면 이는

---

14) 에노의 『신호기 Sémaphore』라는 시집은 바로 이 뜻으로 이해될 수 있다.

모순이다.

진부한 의식에 얽매인 언어의 견고성, 불변성을 부수기 위해 시를 암호화하는 수단으로 에노의 시는 인간의 "외침"을 꼽는다. 시인이 할 수 있는 최상의 언어로 "외침"만이 있다.

> 목구멍에 걸린 핏덩어리 같은 낱말들
> 정면으로 던져진 낱말들
> 분출물 같은 낱말들
> 무언의 바위들로부터 솟아나는 외침
> 쏘아 올린 불꽃의 포물선상에서 갑자기 터져버리는
> 부싯돌 같은 이 침묵
>
> Les mots comme des caillots de sang dans la gorge
> Les mots jetés à pleine figure
> Les mots crachats
> Les cris qui sourdent des rochers du silence
> ces mutismes de silex
> éclatés tout à coup en paraboles de fusées[15]

시 주체의 "외침"은 그의 "침묵" 행위와 동일시된다. 이 두 요소는 완전히 다르면서도 주체의 언술 행위에 속한다는 공통점을 갖는다. 두 요소는 주체의 언어 표현 행위에 따라 드러나는 "낱말들"의 기능("낱말들은 그들끼리, 즉, 그들의 연관성을 통해, 말의 사슬 위에서 서로 연이어 정렬되는 두 요소, 즉, 이 요소들을 동시에 발음할 수 있는 여지를 배제하는 언어의 계통적인 특성에 토대를 둔 채 어떤 관계들을 맺는다."[16]) 속에서 형성되기 때문이다. "낱말들"은 현실의 고정관념에 묶인 언어의 견고성을 부수는 상징적인 의

---

15) Gilles Hénault, 'Bordeaux-sur-Bagne', *Signaux pour les voyants; poèmes 1941-1962, op.cit.*, p.45.
16) Ferdinand de Saussure, *Cours de linguistique générale*, Paris, Payot, 1969, p.170.

미를 생산하고, 주체의 "외침"과 "침묵"은 "낱말들"의 이 기능을 함축하고 있는 언어 현상인 것이다. 이질적인 "외침"17)과 "침묵"이 결국 같은 의미의 언어가 되고, 시는 이 동일한 언어로 인류의 근원적인 모든 것을 함축하는 창조적인 힘을 발산하며 현실의 전통적인 고정관념을 부수려 한다.

"침묵"을 그 이면으로 하면서 시를 암호화하는 주체의 "외침"은 어떤 시끄러운 잡음이 아니다. 하지만 에노에 의하면, 일부 현대 젊은 시인들의 작품에서 어떤 "외침"은 언어가 단지 "소음의 분절"일 뿐이라는 것을 보여준다.

> 오늘날 아직도 그러한 형식을 활용하는 젊은 시인들이 있다. 그들은 마침내 구상음악을, 또 전자음악을 접합하고, 그리고 추상예술을 접합한다. 이 방향에서 시가 반드시 진보하고 바로 거기서 시가 멈춰 설 것이라고 나는 말하지 않겠다. 내 생각으로는 반대로 그것은 예술들이 결국 어떤 수준에서, 즉, 어떤 추상기법 수준에서 서로 만나도록 하는 필연적인 한 과정이다.

> Aujourd'hui encore, il y a des jeunes poètes qui utilisent ces formes-là, qui finalement rejoignent la musique concrète, la musique électronique, et qui rejoignent l'art abstrait. Je ne dis pas que c'est dans ce sens que la poésie va nécessairement évoluer, et qu'elle va s'arrêter là. Je crois par contre que c'est un passage nécessaire pour que les arts, finalement, se rencontrent à un certain niveau, c'est-à-dire à un certain niveau d'abstraction.18)

---

17) "외침"의 문제는 에노의 시에서뿐 아니라 프랑스의 시인이고 극작가인 앙토냉 아르토(Antonin Artaud, 1896-1948. 이 작가는 초현실주의 운동에도 참여하며 전위극의 모태가 되는 연극작품을 쓰고 연출했는데, 그는 궁극적으로 현대인의 잃어버린 인간성을 회복하기 위해 인간의 원시적인 야만적 본능을 표출시키는 언어, 즉, "외침"을 작품들에 표현했음)의 작품들을 위시하여 다른 작가들의 작품에서도 제기된다. 따라서 에노 시의 특성을 보다 더 잘 파악하기 위해 그의 시에 표현된 "외침"을 다른 작가들의 작품에 표현된 "외침"과 비교·분석해 보는 것이 좋을 것이다. 본고는 이러한 분석을 차후로 기약한다.

18) Gilles Hénault, '[Apprécier une œuvre d'art]', texte radiophonique, *Interventions critiques, op.cit.*, p.210. 인용문에서 "나 je"는 질 에노를 지칭한다. 그리고 "ces formes-là"라는 표현은 인용문의 앞 문장에 언급된 "la parole n'est pas une langue, mais simplement une articulation de bruit 말이 언어가 아니고 단지 소음의 분절이다"라는 문장의 뜻을 함축하고 있다.

퀘벡 시인과 언어, 예술, 자연

에노의 생각으로는, 일부 현대 시인들에게서 시는 "전자음악" 등의 시끄러운 소리와 만나는 일종의 "추상예술"이 구현되는 장소이다. 낱말들은 원래 문장 속에서 서로를 조건화하며 언어적인 일관성을 이루고 그에 따라 어떤 의미를 생산하는데, 그들의 시에서는 낱말들의 이러한 일관성이 파괴되어버림으로써 시가 비언어적인 것을 향해간다. 이렇듯 일부 현대시가 전위음악을 만나 추상적 관념화가 되는 것은 시가 인간의 의식으로부터 분리되면서 언어가 의식이 스며들 수 없는 견고한 물질처럼 되어버림을 뜻한다. 따라서 에노에게서 시의 추상화는 시가 발전하는 도중에 나타나는 한 과정일 뿐으로 인간의 자주적인 실존을 추구하는 시를 건립하는 데 결코 유익하게 작용하지 않는다. 사실, 언어 속에 시 의식이 아예 배제되어버리는 듯한 상황에서는 의식의 구체적인 신진대사를 기대할 수 없고 또 의식의 전환을 상징적인 담화로 표상화하는 시의 암호화 과정도 일어나지 않는다.

그처럼 에노는 세계 속에 사는 인간의 주체 문제를 탐색하려는 시의 진실을 일부 현대시가 외면하는 데 경계심을 갖는다. 그에게서 이러한 시 현실을 주목하는 데 도움이 되는 것은 본인의 예술 비평이다.

2. 추상예술작품 비평

에노에 의하면, 시와 마찬가지로 조형예술작품도 인간의 정체성 문제를 조명하는 데서 가치를 찾아야 한다. 그의 이 생각은 회화나 조각 등 시각예술작품의 형태들을 각 유파에 따라 비평하는 기준이 된다. 그리고 그는 초현실주의자들이 무의식 작용에 따라 자동기법으로 그린 그림, 표현주의자들의 그림, 그리고 추상파들의 작품, 또 어느 유파에도 소속되지 않는 중간 단계의 과도기적인 작품을 구분하며 작품들을 비평한다. 그는 또한 제작법에 따라 크게 두 영역, 즉, 전통적이고 규범적인 규율을 따르는 구상예술과 규율을 위반하는 전위 작가들의 추상예술을 구분하며 추상예술작품 비평에 주력한다.

2.1. 추상예술의 가치

캐나다에서 회화나 조각작품의 추상예술은 에노가 활발히 활동하던 1940년대와 1950년대에 나타나 전통 미학에 혁신적인 돌파구를 마련했고 1970년대에 내용과 형식 면에서 자유 충만의 전위예술로 발전했다. 즉, "퀘벡의 시인과 화가들은 1977년 그들의 시각을 집중적으로 계속 모은다. 그들은 이 점에서 그들 연장자들의 예를 따랐다. 우리가 한 번도 그 중요성을 충분히 말하지 못했던 그러한 만남은 예술의 자유로부터 생긴 것인데, 이 자유에 대해 필연적으로 의문을 갖게 됨에 따라 현대 퀘벡의 문화 부흥이 일어났던 것이다. 그리고 그러한 의문은 완벽하고 관대하며 혁신적이기를 바라는 퀘벡성에 대한 철저한 연구에 있어 필요한 경우 그 두 예술 행위가 중요하다는 것을 나타낸다."[19]

에노에 의하면, 퀘벡에서든 세계 어디에서든 조형예술의 역사

---

19) Axel Maugey, 'Poésie et peinture', *Vie des Arts*, vol.22, n.88, 1977, p.60 (pp.60-60).

는 시에서처럼 규칙이나 서정성을 강조하는 시대로 교체되기도
하고 또는 대중의 관심 영역과 사회의 상황에 따라 다른 식으로
전개된다.

> 예술사는 그러한 틈으로 이루어지고 또 돌발적인 것으로 이루어지며 이전에 추
> 구한 것을 재개함으로써 이루어진다. 또 예술사는 기법들이 서로 얽히는 가운
> 데 전개되고 또 구성에 관한 구속과 서정성의 표출 간에, 그리고 입체주의와
> 비형식주의 간에, 몬드리안과 폴록 간에, "무동기"예술과 통합예술 간에 교체의
> 시기로 이루어진다.
>
> L'histoire de l'art est faite de ces brisures et de ces surgissements, de ces
> reprises de recherches antérieures, de ces chevauchements de styles et de
> l'alternance entre les contraintes de l'ordonnance et les effusions du lyrisme,
> entre le cubisme et l'informel, entre Mondrian et Pollock, entre l'art «gratuit»
> et l'art intégré.[20]

그처럼 시대마다 다른 양상을 띤다 해도 추상예술작품은 작가의
직관과 심리적 상황에 따라 인간의 주체적인 자아 문제를 표현해
야 참된 가치를 갖는다고 에노는 생각한다. 현대 추상 예술가가 인
간 세계를 재현한다는 명분으로 자유로운 형식 아래서 본인의 독
창적인 상상력을 지나치게 특이한 기법으로 표현하지 말아야 한다
는 뜻이다. 꾸밈이 없는 순수한 표현법이 오히려 인간의 참모습을
보여주고 작품을 살릴 것이다. 그래서 1930년대에 뉴욕 현대미술관
관장이었던 알프레드 바(Alfred Barr)도 거의 에노처럼 추상예술을
생각하며 추상 미술가들에 대해 이렇게 말했다. "추상 미술가들은
불순한 것과의 혼합보다는 빈곤함을 선호한다."[21]

---

20) Gilles Hénault, 'L'art en mouvement et le mouvement dans l'art', *Vie des Arts*, n.49, 1967-1968,
   p.26 (pp.22-27).

21) 알프레드 바의 표현, 「로스 블레크너; 포스트모던 추상회화」, 김형미, 『추상미술 읽기』, 윤난지

그처럼 에노에게 있어 추상예술작품은 인간의 존재 의미를 꾸밈없이 표현할 때 가치를 갖는다. 그리고 추상작품은 색이나 돌, 빛 등의 조형물질들을 구상작품보다 훨씬 더 실질적으로 결합할 수 있기 때문에 가치를 갖는다.

> 나는 "추상"이라는 말을 별로 좋아하지 않는다. 내 생각에 추상작품은 구상작품이라 불리는 것보다 훨씬 더 구체적이기 때문이다. 우리가 추상작품에서 보는 모든 것은 결국 구체적인 것들이어서 색깔들이나 물질들, 우툴두툴한 것들이기 때문이다. 그래서 우리가 보는 것은 그러한 것이고 더 이상 어떤 관념이 아니다. 우리는 우리가 보는 그림에 대해 어떤 개념을 파악하는 것이 아니다. 우리가 보는 것은 물질 자체이기 때문이다. 그것은 우리가 한 나무의 잎을 볼 때와 정확히 같다. 우리는 "이것이 나뭇잎이다"라고 말하지 않고 대신 그 잎이 아름다운지 또는 아름답지 않은지를 보는 것이다. 그게 전부다. 따라서 그것이 더 구체적이다.

> Je n'aime pas beaucoup le mot «abstraction», parce que, pour moi, une œuvre abstraite est beaucoup plus concrète que ce qu'on appelle une œuvre figurative. Parce que finalement, tout ce qu'on voit dans une œuvre abstraite, ce sont des choses concrètes, ce sont des couleurs, des matières, des aspérités. Et c'est cela qu'on voit, ce n'est plus une idée. On ne se fait pas une idée du tableau qu'on voit : c'est la matière elle-même qu'on voit. C'est exactement comme quand on voit la feuille d'un arbre : on ne se dit pas «c'est une feuille», mais on voit si elle est belle ou pas, c'est tout. C'est donc plus concret.[22]

에노에 의하면, 예를 들어 관람객은 추상회화에 표현된 어떤 "나뭇잎"을 볼 때 그 잎을 정의하지 않고 단지 그 잎을 표현하기 위해 사용된 색깔이나 선이 화가의 정서를 따라 얼마나 조화롭게 구성되어 있는지를 본다. 즉, 회화 등 추상예술작품에 표현된 어떤

엮음, 파주, 한길아트, 2012, p.419 (pp.417-436).

22) Gilles Hénault, '[Apprécier une œuvre d'art]', texte radiophonique, *Interventions critiques, op.cit.*, p.210. 여기서 "나 je"는 질 에노이다.

퀘벡 시인과 언어, 예술, 자연

대상물은 실제 사물을 드러내기 위한 수단의 개념도 아니고 또 실제 사물을 개념화한 것도 아닌 오직 순수하게 결합한 조형물질들의 총체이다. 따라서 그의 관점은 다음 명제 자체를 거부한다. "개념에 따라 지칭된 물체도 하나의 개념이기 때문에 개념과 개념화된 물체 간에는 천부적으로 일치성이 있다."[23]

추상미술에 표현된 "나뭇잎"에 관한 에노의 생각은 다른 한편으로 보면 헤겔(Hegel)의 관점에 다가간다고 할 수 있다. "예술에서 감각적인 것은 자연 대상물들의 직접적인 현실성과 대조적으로 순수한 외양의 상태에 이른 것이다. 예술작품은 그렇게 해서 즉각적으로 감지될 수 있는 것과 순수한 사고 사이에서 중도를 지킨다. 예술작품은 '아직' 순수한 사고에 '속하지 않는다'. 하지만 예술작품은 그 감지될 수 있는 성격에도 불구하고 돌들과 식물들 그리고 유기체의 생명 같은 순수하게 물질적인 현실도 더 이상 아니다."[24] 따라서 에노가 언급한 그림의 "나뭇잎"은 생명력을 가진 실제 "나뭇잎"도 아니고 또 화가가 실제 "나뭇잎"을 개념화하기 이전에 어떤 순수한 사유 작용 속에서 만들어낸 산물도 아니다. 말하자면, 그림에 있는 "나뭇잎"은 단순히 아름다움이나 추함을 느끼게 하는 조형물질들의 순수한 결합물 자체이기 때문에, 그 "나뭇잎"은 직접 만질 수 있는 실물과 "이것이 나뭇잎이다"라는 개념적 사고가 형성되기 전의 순수한 사고 사이에서 화가가 만들어낸 절충물, 즉, 순전히 외부적으로만 보이는 절충물이다.

---

23) Jean Borella, *Le Mystère du signe; Histoire et théorie du symbole*, Paris, Éditions Maisonneuve et Larose, 1989, p.102

24) G.W.F. Hegel, *Esthétique*, textes choisis par Claude Khodoss, Paris, Presses Universitaires de France, 1953, p.19.

회화나 조각 분야에서 추상예술작품은 조형물질들의 결합을 통해 관람자로 하여금 예술가의 그와 같은 사고 과정을 생각하게 함으로써 인간 주체의 존재 문제를 표출시키려 하므로(작품이 이 문제를 개념화한다는 뜻은 아님), 에노는 추상작품을 병적인 망상의 결정체라고 보는 일부 지식층들에 맞서 그 정당성을 주장한다. 실제로, "에노가 설명한 바에 따르면, 진짜 예술가는 작품의 리듬적 특성과 조형적 특성을 철저하게 인간적인 어떤 힘에 결부시키는 사람이고, 작품의 그러한 특성들을 인간 존재의 본래대로의 상태에 아주 중요한 어떤 힘에, 그리고 작품의 형태적 창의성, 이를 높은 질로 고양할 수 있는 어떤 힘에 결부시키는 사람이다."[25] 따라서 구상이든 추상이든 작품은 작가의 불같은 열정을 바탕으로 심오한 창작 과정을 거쳐 태어나기 때문에 추상작품을 무조건 폄하할 수는 없을 것이다. 화가인 폴 클레(Paul Klee)의 말을 빌리면, 화가의 열정은 이 정도까지라고 한다. "어떤 불기운이 솟아나 손에 전달되어 종잇장 위에 발사되고 섬광으로 분출되어 퍼지며 불기운은 그 원지점으로, 즉, 눈으로 그리고 더욱더 멀리 ([...]) 다시 가며 동그라미 고리 모양을 만든다."[26] 결국, 에노의 관점에서 생각하면, 추상예술은 이해하기 어려운 비정상적인 닫힌 예술이 아니고 인간을 향하는 무한히 열린 예술이다.

회화나 조각 등 추상예술작품이 인간의 존재 문제를 상기시키며 가치를 가질 수 있는 것은 작품이 인간의 거주지인 환경에 관한 문제를 표현하기 위해 빛의 작용에 따라 또는 시각적인 착각 현상

---

25) Michel Biron, 'Distances du poème : Gilles Hénault et Refus global', *Études françaises*, vol.34, n.2-3, 1998, p.114 (pp.113-124).

26) Paul Klee, *Théorie de l'art moderne*, traduit par Pierre-Henri Gonthier, Genève, Éditions Gonthier, 1969, p.38.

을 통해 구성을 바꾸는 잠재적인 운동성을 어느 정도 지니고 있기 때문이기도 하다. 이러한 표현법들은 현대 예술가들이 표현 수단을 다양하게 활용할 수 있게 됨으로써 나타난다.

2.2. 키네틱 아트와 옵티컬 아트의 수용

대체로 안정적이고 균형이 잘 맞는 구성을 보여주는 전통적인 구상예술작품과 달리 추상예술작품은 다양한 기법으로 작품의 구성을 바꾸는 등 여러 시도를 한다. 이러한 현대 추상작품을 비평하면서 에노는 특히 키네틱 아트(art cinétique, 운동성예술)[27] 기법과 옵티컬 아트(op-art, art optique, 광학예술)[28] 기법을 사용한 회화나 조각작품들에 관심을 둔다. 왜냐하면, 그가 알고 있는 예술가들의 경우, 이 두 기법을 사용한 작품들(아래 단락들에서 제시됨)은 생명을 가진 존재로서의 인간의 의미를 자연 등의 환경과 관련하여 생각하도록 하기 때문이다. 그리고 20세기 조형예술의 한 특징을 이루는 이 기법들에 따른 작품들을 그 자신이 직접 연구하여 퀘벡 예술가들이 이를 보고 그러한 작품들을 많이 만들어 국외에까지

---

27) 키네틱 아트는 원래 미래주의나 다다이즘 예술에 근원을 둔 것으로 조각작품 전체 또는 일부를 기계처럼 움직이게 하는 방식을 사용한다. 그래서 이 기법은 1913년경 마르셀 뒤샹(Marcel Duchamp, 1887-1968)이 움직이는 기계인 자전거 바퀴에 상상력을 도입해 만든 『모빌 *Mobiles*』 ('움직이는 조각'이란 뜻)이라는 작품을 시작으로 등장했다. 1917년경에는, 블라디미르 타틀린 (Vladimir Tatlin, 1885-1953)과 알렉산더 로드첸코(Alexander Rodchenko, 1891-1956) 등 러시아 구성주의 예술가들이 인간의 삶에 보다 쾌적한 환경을 만들어 주기 위해 현대 과학기술을 이용하여 재료를 원래 그대로 작품에 활용하면서 그 예술을 보여주었다. 영상 화면이나 빛이 변화하는 운동성을 보여주는 작품도 최근에는 키네틱 아트로 본다.

28) 옵티컬 아트는 1965년 뉴욕 현대미술관에서 '감응하는 눈 The Responsive Eye'이라는 전시회 이후 사용되는 용어로, 일상에서 쓰이는 대중적인 상품이나 영화 또는 광고, 산업디자인 등을 통해 상업주의를 지향하는 팝아트(pop-art)에 반대해서 나온 예술이다. 이 예술은 평행선이나 바둑판무늬 같은 추상적 무늬와 밝기가 같은 색깔들을 반복 사용하여 장면이 움직이는 것처럼 착각하게 한다. 이성적인 사고를 유발하기보다는 색깔들이 겹쳐지게 함으로써 어른거리는 효과를 내며 보는 사람의 망막을 떨리게 하는 등 시각적인 착란을 유도하는 예술이 옵티컬 아트이다.

소개하도록 하기 위해서다. 영어를 사용하는 캐나다 대부분 지역과 달리 프랑스어를 사용하는 퀘벡에서 그는 복합적인 사회·문화적 특수성에 따라 형성되는 퀘벡 예술의 당위성을 캐나다는 물론 국제사회에도 전파하고자 하는 것이다. 이와 같은 생각으로 그는 빛 작용에 따라 또는 시각적인 착란 현상으로 공간 배치가 달라져서 이미지가 바뀌는 작품들, 즉, 작품의 잠재적 운동성을 보여주는 도들랭과 바자렐리의 작품들을 우선 주목한다.

퀘벡 예술가 샤를 도들랭(Charles Daudelin, 1920-2001)의 조각작품들에서 에노는 키네틱 아트의 특성을 본다.

> 작품들 중 많은 것에서 빛이 또한 촉매 역할을 한다. 물질과 꿈을 혼합한 물체들, 꺼칠꺼칠하거나 번쩍거리는 표면을 보이는 물체들, 즉, 조각작품들이 비나 눈 그리고 바람과 같은 대기 현상 작용으로 환경에 동화된다.

> Dans beaucoup d'entre elles, la lumière joue également un rôle de catalyseur. Objets mêlant matières et rêves, présentant des surfaces rugueuses ou miroitantes, les sculptures s'intègrent à l'environnement grâce à l'action des météores que sont la pluie, la neige et le vent.[29]

 30)

 31)

---

29) Gilles Hénault, 'Charles Daudelin : profession sculpteur', *Vie des Arts*, vol.34, n.135, 1989, p.45 (pp.44-47). 인용문의 "d'entre elles"에서 "elles"은 "les œuvres de Daudelin 도들랭의 작품들"을 말한다.

30) Charles Daudelin, *Osten*, 1988, Bronze (40x15x8 cm), œuvre contenue dans l'article de Gilles Hénault ('Charles Daudelin : profession sculpteur', *Vie des Arts*, vol.34, n.135, *ibid.*, p.46).

31) Charles Daudelin, *Pis-aller*, 1987, Lation (78x22x22 cm), œuvre comprise dans l'article de Gilles

위에 제시된 에노의 작품과 도들랭의 두 작품을 통해 알 수 있듯이, 이 조각가는 청동으로 만든 『동쪽 *Osten*』("Osten"은 독일어로 "동쪽"이란 뜻이기 때문에 작품은 12세기부터 14세기경까지 독일 제국주의가 폈던 동유럽 영토 확장 정책을 상징하는 것일 수 있음)과 놋쇠로 만든 『부득이한 수단 *Pis-aller*』에서, 자연환경 보호로 인간 삶의 질을 증진하기 위해 재료 자체로 작품들을 구성하고, 기상 작용에 따라 빛의 촉매 작용을 달라지게 하면서 작품들이 환경과 융합되도록 한다. 20세기에 환경 오염이 심각한 문제로 대두됨에 따라 각 나라가 이 문제를 해결하는 데 도움이 되는 예술기법을 사용하는 작가들에게 암묵적인 동의를 했기 때문에 그 조각가도 퀘벡 사회에서 그러한 기법을 실천할 수 있었다고 본다. 물론 예술이 대중의 예술적 감각을 이끌어가기도 하므로 사회가 예술가들의 창작 활동에 절대적인 영향을 미친다고 할 수는 없지만 그러한 추측은 가능할 듯하다. 실제로, 다음과 같은 표현이 가능하다. "기법들도 연구 대상이다. 그리고 양식들, 그리고 장르들, 즉, 원리들, 예술개념, 게다가 그림이 표방하는 규칙들과 주의들, 그리고 어떤 유파의 방법일 수 있고 또는 그 시대의 사회에 비해 앞서거나 사회와 논쟁 중인 어떤 천재의 혁신적인 창의력일 수 있는 규칙들과 주의들도 그렇다. 이는 어떤 징후들을, 그리고 천재에 의해 제기된 새로운 조형기법들을 사회가 수락한 수용력을 연구하도록 부추길 것이다."[32] 그래서 에노는 도들랭이 사회의 영향 속에서 인간과 환경의 조화를 표현하기 위해 작품들에 잠재적인 운동성을 부여하며

Hénault ('Charles Daudelin : profession sculpteur', *Vie des Arts*, vol.34, n.135, *ibid.*, p.45).

32) Jean Cassou, *La Création des mondes; Essais sur l'Art*, Paris, Les Éditions Ouvrières, 1971, p.20.

작품들이 인간 삶의 터전인 환경과 결합하도록 한다고 생각했다.

에노는 이번에는 헝가리 출신의 프랑스 화가인 빅토르 바자렐리 (Victor Vasarely, 1908-1997)의 그림들에서 옵티컬 아트의 면모를 발견한다.

비정형의 작품들에서 우연성이 같은 다양성을 만들어낸다고들 말할 것이다. 사실이다. 하지만 구성적 또는 구조화된 작품에서 완전히 다른 것, 그것은 게슈탈트이다. 즉, 모호한 상황으로, 다시 말하면 '영혼'에 호소하는 심리적 충동으로 순수한 조형성이 대체된다. 이 조형성은 거의 수학적인 정확한 과정에 따라 전체를 재구성해야만 하는 뇌 속에 반영되기 전에 우선 망막의 충격을 유발한다. 따라서 그로부터 감성이 관여되지 않는 어떤 정신적인 기쁨, 그리고 동시에 보다 명료한 어떤 기쁨이 생겨난다. 작품은 '직관적인 신비로움'을 보이지 않고, 그것이 어떻게 이루어지고 또 우리에게 무엇이 제시되는지를 보는 데 우리가 왜 기쁨을 느끼는지를 (만일 기뻐할 만한 것이 발견되면) 이해하도록 하는 일종의 중요한 흐름을 보여주기 때문이다.

On dira que le hasard, dans les œuvres informelles, produit la même diversité, et c'est vrai. Mais ce qu'il y a d'absolument différent, dans une œuvre construite ou structurée, c'est la gestalt : au flou, à l'impulsion psychique qui s'adresse à *l'âme*, on substitue la pure plasticité, qui provoque d'abord un choc rétinien avant de se répercuter dans le cerveau qui doit recomposer l'ensemble selon un processus quasi mathématique. Il en résulterait donc un plaisir cérébral, et en même temps plus transparent, puisque l'œuvre ne propose pas de *mystère intuitif*, mais une sorte de cheminement critique qui permet de comprendre comment c'est fait et pourquoi nous éprouvons du plaisir à voir ce qu'on nous présente (si plaisir il y a).[33]

---

33) Gilles Hénault, 'Vasarely : vibration et irradiation', *Vie des Arts*, vol.17, n.70, 1973, p.37 (pp. 34-37). 인용문에 언급된 "게슈탈트"는 형태를 뜻하는 독일어로, 인지 작용이 구조나 형태에 종속된다는 형태심리학의 중심 개념을 함축한다. 19세기에 오스트리아 철학자이고 심리학자인 에렌펠스(Christian von Ehrenfels, 1859-1932)가 정의한 것을 보면, 심리 현상은 부분 현상들의 누적된 집결체로 설명될 수 없고 오직 전체성으로 설명되어야 한다. 심리 현상은 전체성과 함께 구조화될 수 있는 형태성도 지니고 있는데 이러한 성질을 게슈탈트라고 한다. 게슈탈트 이론에 의하면, 눈의 망막에 어떤 물체의 상이 투사될 때 빛이 투사된 부분에만 자극 반응이 일어나지 않고 계통적인 어떤 경사도를 따라 빛이 투사된 부분 주변에도 자극 반응이 일어난다는 것이다. 이는 곧 기하 광학적인 착시 현상을 설명하는 것으로 '장(場)의 이론'이라고도 하는데 그림이나 영화, 음악 등 예술작품 비평 때에도 적용된다. 착시 현상을 유도하는 예술작품은 곧 정형화된 형태를 거부한다는 의미를 지니므로 에노는 "비정형의 작품들 les œuvres informelles"이라는 표현을 사용한다. 따라서 '비정형 예술'이라는 뜻을 지닌 '앵포르멜 예술 art

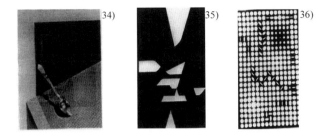

에노에 의하면, 바자렐리의 세 개의 그림에서는 기하학적인 운동성에 의해 "망막"에 전달되는 시각적인 "충격"이 "직관적"이지 않은 어떤 "명료한 기쁨"을 준다고 한다. 바자렐리는 옵티컬 아트의 대표 주자로 오직 원근법상의 착시 현상이나 색깔만을 사용하여 이미지가 애매하게 보이게 하고 또는 분산되게 하는 기법으로 세 개의 그림을 표현한다.

작품 『녹색 연구 *Étude verte*』(인간이 자연환경을 오염시키지 않고 친환경적인 삶을 살기를 희망하는 작품)는 바둑판무늬의 바닥에

'informel'에 대해 설명하면 다음과 같다(바자렐리는 엄하게 구분하면 '앵포르멜' 예술가는 아니지만 이 작가가 활약한 20세기경의 모든 현대 예술은 조금씩 다른 방식으로 거의 '비정형 예술'을 실천했다고 해도 과언이 아니다). '앵포르멜 예술'은 정형화된 기하학적 추상 대신 아주 주관적인 서정적 추상회화, 일명 추상표현주의[형식은 추상적이고 내용은 표현적이라는 의미로 직관력과 자발성을 강조하는데 바실리 칸딘스키(Wassily Kandinsky, 1866-1944)로부터 출발하여 잭슨 폴록(Jackson Pollock, 1912-1956)으로 이어짐]를 지향하는 1950년대의 전위미술 운동을 일컫는다. '앵포르멜 미술'은 지적인 사고에 의하기보다는 비이성적이고 충동적으로 무엇인가를 표현하며 특히 색채로 우연한 효과를 낸다. 제2차 세계대전 이후 프랑스 비평가이고 화가이며 조각가인 미셸 타피에(Michel Tapié, 1909-1987)가 『또 다른 예술 *Un art autre*』(1952)이라는 책을 발간하면서 이념화한 이 예술은 장 뒤뷔페(Jean Dubuffet, 1901-1985)에 의해 가속화되었다.

34) Victor Vasarely, *Étude verte*, 1929 (29x39 cm), œuvre présente dans l'article de Gilles Hénault ('Vasarely : vibration et irradiation', *Vie des Arts*, vol.17, n.70, *ibid.*, p.35).

35) Victor Vasarely, *Chadar*, 1952 (120x100 cm), œuvre contenue dans l'article de Gilles Hénault ('Vasarely : vibration et irradiation', *Vie des Arts*, vol.17, n.70, *ibid.*, p.35).

36) Victor Vasarely, *Bételgeuse*, 1957, œuvre comprise dans l'article de Gilles Hénault ('Vasarely : vibration et irradiation', *Vie des Arts*, vol.17, n.70, *ibid.*, p.37).

수저의 그림자가 어른거리는 것을 보여주고, 『차도르 *Chadar*』("차도르"는 인공위성이나 전자지도를 통해 자동차가 목적지까지 가장 빨리 갈 수 있도록 방향 정보를 알려 주는 장치를 말함)는 자동차나 비행기 같은 물체들이 평형을 이루며 지나가는 듯 착각하게 하는 추상적 이미지를 보여준다. 『베텔게우스 *Bételgeuse*』("베텔게우스"는 오리온 별자리의 알파성으로 밤하늘의 별들 가운데 여덟 번째로 밝은 별임)는 반복되는 동그라미들 속에 또 다른 비슷한 무늬들을 넣어, 눈을 혼란스럽게 하면서, 각각 자연 그대로의 환경과 어울리는 인간의 일상적인 삶의 한 단면을 보여주는 듯하고 또는 인간과 우주의 관계를 상기시키기도 한다. 따라서 세 작품은 자연환경이나 우주환경 속에 살아가는 인간의 실존 문제를 말한다. 작품들이 표현하는 이러한 이미지는 정확히 계산된 도형 형태들이 어떤 내밀한 반향을 불러일으키는 상황의 정신 그 자체로부터 오는 듯하다. 그림들의 기하학적인 구성이 색깔들 위에 심적 영역의 이미지를 내뿜는다. 실제로, 추상표현주의의 시발점을 만들어 바자렐리에게 영향을 준 칸딘스키도 이렇게 말한다. "엄격한 의미에서의 형식은 완전히 추상적이거나 기하학적인 형태와 유사하다 해도 바로 그 자체의 내적 공명성을 지닌다. 형식은 서로 동화되는 특성들을 가지는 정신적인 실재물이다."[37]

특히 작품 『베텔게우스』의 도형 형태를 조금 더 살펴보면, "베텔게우스"라는 별은 겨울 밤하늘에 대삼각형을 수놓는 별들 가운데 하나이므로 작품은 이 모양을 표현하듯 구부러진 선을 바둑판무늬에 넣고 있다. 이때 각각의 같은 무늬들이 "게슈탈트" 이론으로 설

---

37) Wassily Kandinsky, *Du spirituel dans l'art et dans la peinture en particulier*, édition établie par Philippe Sers, Paris, Éditions Denoël, 1989 (N. Kandinsky, 1954), p.116.

퀘벡 시인과 언어, 예술, 자연

명될 수 있는 시각적인 착란을 불러일으키며 그림에 운동성을 준다. 그런데 과학자들에 의하면, 그 별의 지름은 태양의 지름보다 800배나 더 커서 언제라도 폭발할 위험이 있다고 한다. 워낙 밝고 크기 때문에 이 별이 폭발하면 2주 정도는 전 지구상에 백야 현상이 일어날 수 있고 또는 폭발 시 분출되는 감마선을 직격탄으로 맞으면 지구가 전멸할 수도 있다고 한다. 또는 그 별이 폭발해도 지구는 아주 멀리 있어 큰 영향을 받지 않을 것이라고도 한다. 아무튼, 과학자들은 그 별이 지금부터 약 100만 년 이내에 터질 것이라고 예측한다. 그 별은 이러한 모든 과학적인 추측으로 인해 인류에게 삶의 터전인 지구의 미래 환경을 염려하도록 한다. 에노는 그 작품의 기하학적인 공간 구성에서 별의 그러한 운동성을 생각하며 이를 인간의 존재 문제를 밝히려는 인문학적인 관점에 연결한 듯하다. 에노가 그 별에 관한 지식을 동원하며 그림을 보았다고 생각하면, 그의 시각 속에는 제목을 위시하여 그가 스스로 작동시키는 감상 언어 같은 언어기능이 이미 작동되고 있었다고 할 수 있다. 그림과 시각과 언어의 필연적인 관계는 다음 인용문에서도 확인이 된다. "그림에 대한 우리의 모든 체험은 사실상 중요한 언어 부분을 포함한다. 우리는 결코 오로지 그림들만을 보지 못하는데 우리의 시각은 결코 순수한 시각이 아니기 때문이다."38)

이상에서 본 바와 같이 에노는 옵티컬 아트 기법과 키네틱 아트 기법을 보여주는 회화나 조각 등 현대 추상예술작품을 분석하며 그 가치를 생각한다. 그는 물론 이 기법들을 과하게 사용하는 것을 경계한다. 원근법의 바탕이 되는 수학이나 기하학, 그리고 광선이나

---

38) Michel Butor, *Les Mots dans la peinture*, Paris, Flammarion / Genève, Albert Skira S.A., 1969, p.5.

색채 작용에 관한 광학 이론 등에 근거하여, 현대 추상예술은 관람객의 시각적인 인상이 조형공간 위에서 다양한 세계를 재현할 수 있도록 최대한 여러 과학적인 방법을 동원하는데, 이때 사물이나 어떤 생각들이 삼각 구도나 사각 구도 속에서 이질적인 요소들의 비연속적인 배치 또는 복합적인 배치를 통해 표현되기 때문에, 직선보다는 곡선을 더 인지하는 관람객의 원형의 시선에 의해 조형공간이 왜곡되어 인지될 수 있다. 눈에 보이는 조형요소들이 관람객의 동그란 시각기능에 따라 인지되면서 정신적인 가치를 얻는 것이 통상적인 예이지만, 추상예술작품에서는 이러한 감상의 과정이 왜곡될 수 있기 때문에, 에노는 이 현상을 현대 조형예술의 "방황"이라고 하며 그 미래를 염려한다. 하지만 그에게 있어 현대 추상예술이 모두 관람객의 "방황"을 초래하는 것은 아니다. 바자렐리나 도들랭의 작품들은 추상예술을 구현하면서도 관람객의 심적 영역을 통해 인간의 존재 의미를 생각하게 하며 나름대로 가치를 갖기 때문이다.

그와 같은 특성들을 가지는 추상예술작품을 비롯하여 다른 모든 조형예술작품을 실제로 감상하며 자신의 정체성을 생각해 볼 수 있도록 대중에게 기회를 주어야 한다고 에노는 생각한다. 따라서 그는 이에 관련된 제반 사항을 관리하는 예술경영 문제를 검토한다.

3. 조형예술경영

에노는 1959년경부터 1961년경까지 '드 봐르 De voir' 신문사에서 문학과 예술 부문 담당자로, 1966년부터 1971년까지는 몬트리올 현대미술관 관장으로, 1971년부터 1973년까지는 퀘벡 문화부에서 박물관학 고문으로, 1985년부터 1986년까지는 퀘벡 문화부에서 건축예술 행정가로 일했다. 이처럼 다양한 영역을 다루는 예술 행정가로 활동하며 그는 특히 회화나 조각 같은 조형예술작품 구매 관리와 전시회 목록 제작, 그리고 예술 애호가들에게 도서관을 개방하는 일 등에 주력했다.

에노가 참여한 조형예술경영은 예술과 경영이라는 두 분야로 구성된다. 즉, 그에게서 예술경영은 사회와 문화에 관련되는 여러 기관이 함께 시행할 수 있는 사회적 공공성을 바탕으로 여러 방향에서 예술을 조직적으로 지원한다는 사회적 경영의 의미를 지니고, 또 경제적 가치를 창출하는 것을 목적으로 하지 않는 예술을 경제 원리로 관리하는 활동이다. 예술경영에 대한 다음의 정의들도 에노의 예술경영 활동과 같은 맥락 속에 있다. "첫째, 문화소비자에게 예술상품에 관한 정보를 제공하여 문화소비자가 예술상품에 관하여 알게 하는 것이다. 둘째, 문화소비자가 예술상품을 인지한 후 예술상품에 대하여 호의적인 태도를 갖게 하는 것이다. 셋째, 호의적인 태도를 가지는 것에만 그치는 것이 아니라 예술상품을 구매하도록 만들어야만 한다. 인지하게 하고, 호의적인 태도를 보이게 하여, 예술상품을 구매하게 하는 것이 예술경영에서 프로모션의 목적이라고 할 수 있다."[39] "자신만의 세계에서 살아가는 예술가들이 복잡다단한 현실을 고려하면서 자신의 예술적 이상을 구현하기란 쉽지 않다. 예술경영은 예술가의 이러한 현실적 한계를 해결하여 예술가의 이상이 현실에 뿌리내리고 성장해 열매를 맺도록, 그래서 그 열매가 수요자에게 원활하게 전달되도록 매개하는 역할을 한다.

---

39) 박정배, 『예술경영학 개론』, 서울, 커뮤니케이션북스, 2013, p.124.

예술가의 비현실적인 측면을 현실적인 맥락에서 뒷받침하는 것이
곧 예술경영이다."40)

  그와 같은 개념의 예술경영을 목적으로 에노는 미술관을 운영하
고 대중을 관리하는 데 주력했다.

3.1. 대중을 향한 경영 전략

  에노의 관점에서 보면, 예술경영은 회화나 조각 등을 다루는
조형예술작품 전문가가 아닌 대중에게 인간의 주체 문제를 표현
하는 작품의 심미적인 가치를 제대로 느끼고 자신의 존재를 확인
할 수 있도록 하기 위한 것이다. 따라서 예술경영은 대중의 예술
적 감각을 관리하는 것이다. 이 관점에는 예술이 대중을 선도한
다는 의미가 포함되어 있다. 현대인은 흔히 "침묵"과 "미"의 진정
한 가치를 잃어버리고 혼돈의 "소음" 속에서 "익사체"처럼 살고
있기 때문이다.

> 당신들은 학식이 있는 분들인데, 침묵과 아름다움이 전혀 가치가 없는 것이라
> 고 믿었습니다. 당신들은 그 두 어린아이, 즉, 밤이라는 그 아이와 대지라는 그
> 아이를 추방했습니다.
> 당신들이 그 아이들을 쫓아버려 그들이 당신들 삶으로부터 나갔고 그래서 소음
> 이 당신들의 흉측한 건물 가장 꼭대기에까지 자리잡고 있는 까닭에, 인간은 기
> 계적이고 불규칙한 템포로만 존재합니다. 인간의 모든 몸짓은 그 자신과 관계
> 없이 사방에 존재하는 집단정신에 의해 지휘됩니다. 인간은 파도가 덮치고 또
> 계속 덮치는 익사자, 그 흐름으로 발이 끌려가는 익사자와 같습니다.
>
> Vous êtes des hommes savants, vous avez cru que le Silence et la Beauté étaient
> de nul prix ; vous avez expatrié ces deux jeunes enfants, cet enfant de la Nuit et

---

40) 용호성, 『예술경영; 현대예술의 매개자, 예술경영인을 위한 종합 입문서』, 파주, 김영사, 2002,
    p.17.

cet enfant de la Terre.

Et depuis que vous les avez chassés, depuis qu'ils sont sortis de vos vies et que
le Bruit trône jusqu'au plus haut de vos édifices monstrueux, l'homme n'est plus
que rythme mécanique et saccade. Tous ses gestes sont commandés par une âme
qui est partout hors de lui-même. Il est comme un noyé que la vague prend et
reprend sans cesse et que le courant tire par les pieds.[41]

그처럼 혼돈의 상황에 처한 현대인에게 예술이 주체적인 삶의
방향을 어느 정도 제시해야 하는 것은 당연하다는 것이 에노의 생
각이다. 대중이 조형예술작품을 자신의 감상 영역에 의존해서 보
든, 또는 자신의 지식 지향적인 정신 영역에 의존해서 보든, 예술
은 대중이 정서와 사고 면에서 황폐해져 가는 산업사회에 살면서
도 향락적인 쾌락만을 따르지 않도록 도와주어야 한다는 것이다.

물론 대중이 오히려 예술을 유도한다고 할 수도 있다. 실제로,
대중은 시각예술작품의 주제가 자신들의 정서나 지적 상황과 일치
될 때만 어떤 만족감을 느낄 수 있기 때문에, 작품은 대중의 시각
이 각기 다르게 나타나는 각 시대의 사회·문화적 분위기에 따라
다른 의미를 지닐 수밖에 없다. 시대가 변화함에 따라 대중의 감성
이나 지성도 새롭게 바뀌기 때문에 예술가가 그 시대에 적합한 주
제들을 표현하려고 하는 것은 어쩔 수 없는 일이다. "화제에 오른
작품이 창작된 그 시대에 살던 사람들의 정신적인 특성에 일치되
도록 관람객이 자기 본래의 특질을 포기할 때, 관람객은 그만큼 빈
곤하게 되고 자신의 충만한 기쁨을 깨뜨리게 된다. 돌이켜 생각하
고서 질투를 하며 자기가 사랑하는 여인의 과거를 깊이 파고드는
남자처럼 좀 그렇다. 그 때문에 예술가들은 어떤 시대에서건 선택

---

41) Gilles Hénault, 'Perspective urbaine', *Graffiti et proses diverses, op.cit.*, p.40.

되었을 주제들, 즉, 그들 자신의 시대 속성들에 관한 주제들을 말하고 싶은 욕구를 항상 느꼈고 또 그 주제들을 자기들 시대에 부합하는 모습 속에서 표현하고 싶은 욕구를 늘 느꼈다."42) 그리고 대중을 겨냥하는 예술은 대중을 둘러싸고 있는 사회적 관습 등의 외적 환경과, 대중 각자의 개인적 취향과 같은 내적 환경의 상호 관련 속에서 이루어진다고 볼 수도 있다. 즉, "대중예술은 자신에게 부여된 한계의 범위 내에서 새로운 변화를 시도함으로써 효과를 거둘 수 있다. 이것은 외적 제한과 내적 제한 사이의 역동적 긴장 관계의 맥락에서 다룰 수 있다."43)

그처럼 대중이 예술을 유도한다고 할 수 있지만 그렇게 형성된 예술이 대중을 다시 이끌어간다고 할 수 있다. 따라서 어느 것이 먼저고 나중인지는 사실 구분하기 어렵다.

그러함에도, 에노는 예술이 대중을 유도해야 한다고 생각하며 조형예술 경영자는 어느 순간 중요하게 되는 회화나 조각작품이 사회적으로 얼마나 유익한 가치를 지니고 있는지 분석 · 파악하고, 그에 따라 작품을 보급할 필요가 있으면 공적인 채널을 통해 사회적 지원도 요청해야 한다고 생각한다. 그런데 이때 작품이 사회로부터 독립하여 그 자체만의 객관적인 자율성을 얼마나 확보할 수 있는지 하는 문제가 대두된다. 예술경영이 작품을 사회적인 필요에 의해서만 관리하는 데 있다면 작품은 '예술을 위한 예술'을 실천하는 결정체가 아니고 오직 효용적인 가치만을 창출하는 문화 산업적인

---

42) Henri Matisse, *Écrits et propos sur l'art*, texte établi par Dominique Fourcade, Paris, Hermann, 1972, p.124.

43) 데이빗 매든, 「대중예술의 미학의 필요성」, 『대중예술의 이론들; 대중예술 비평을 위하여』, 박성봉 편역, 서울, 도서출판 동연, 1994, p.65 (pp.57-78).

물건이 될 뿐이기 때문이다. 예술가는 타인의 의식세계나 현실세계로부터 멀리 떨어져 자신만의 세계를 표출하는 진지한 작업을 하면서도 정작 자신의 작품이 인간의 실체를 표현하기 위한 것인지, 사회적 효용성을 충족시키기 위한 것인지, 혹은 작품 자체만으로 가치를 지니는 것인지 하는 문제에 늘 직면하게 된다. 에노는 예술작품을 직접 만들지 않지만 예술가의 이러한 고민을, 특히 인간의 존재 문제를 표현하려는 예술가의 고민을 충분히 이해하기 때문에 작품의 예술성을 손상하지 않는 범위 내에서 사회적 가치를 생각해야 한다고 한다.

에노의 관점에서 보면, 경영자가 아무리 노력을 해도 조형예술작품의 자율성 문제와 사회적 유통 문제는 서로 조화되기가 쉽지 않지만, 어쨌든 작품이 대중의 자기 정체성 확립을 도와주며 사회에 유익하도록 행정가는 대중이 작품을 살 수 있는 정책을 펴야 한다. 이때 행정가는 작품을 사는 대중의 소비 활동을 예술가의 생산 활동과 함께 고려해야 한다.

에노에 의하면, 회화나 조각작품의 생산과 소비 체계를 계획성 있게 아주 획일적으로 만들고 또는 두 체계를 너무 다양하게 증폭시키는 행정은 좋지 않다.

> 생산과 소비의 함정은 진정한 민주화에 언제나 유리한 작용을 하지 않는다는 것이다. 민주화란 반드시 획일화의 뜻도 증식의 뜻도 아니다.
>
> Le piège de la production-consommation ne joue pas toujours en faveur de la véritable démocratisation, qui n'est pas nécessairement synonyme d'uniformisation et de multiplication.[44]

---

44) Gilles Hénault, 'Vasarely : vibration et irradiation', *Vie des Arts*, vol.17, n.70, *op.cit.*, p.37.

조형예술작품의 생산과 소비, 두 체계가 적정선에서 서로 잘 들어맞는 완전한 민주화는 사실상 불가능하다고 보는 에노의 관점은 두 체계의 부조화만 있는 것이 아니고 각 체계 자체 내에도 어떤 불균형이 있음을 상기시킨다.

우선, 소비의 불균형을 생각해 볼 수 있다. 행정가가 조형예술작품을 대중에게 보급하기 위해 최소한의 공공지원정책을 펼 때, 정작 작품을 구매하고자 하는 소비자들의 경제 상황 등 제반 사정이 각기 다른 것이 문제다. 즉, "시장경제체제 하에서는 소비자가 어떤 재화의 적정 생산량을 결정함에 있어 투표 행위가 아니라 그 재화를 구매하는 화폐의 양으로 결정한다. 따라서 비영리적 문화예술경영을 전적으로 시장의 원리에만 맡겨둘 경우 가난한 자, 무지한 자, 인구밀도가 낮은 지방에 거주하는 자 등에게는 문화예술을 구매(향수)할 기회를 열어주지 못하게 된다."45)

다음으로는, 예술가가 겪는 창작 기회의 불평등을 들 수 있다. 재력이 있는 예술가와 달리 가난한 예술가는 고객의 주문에 맞추어 대가를 받으며 작품을 만들어야 하고 스스로 작품의 판로를 확보해야 하므로 그만큼 창작 활동의 시간이 줄어든다. 에노에게서 예술작품은 하나의 행위이고 예술가는 이 행위를 태어나게 하는 정치가인데, 이 정치 행위는 예술가가 작품을 창작하는 차원에서 행해져야 하고 작품의 판매를 위해 행해져서는 안 된다. 한 사람이 예술가이면서 동시에 작품 판매를 위한 정치가까지 된다면 작품은 예술적 가치를 지니기 이전에 대중에게 전달되기 위한 도구가 되어 사

---

45) 조명계, 『문화 붐 시대를 위한 문화예술경영』, 서울, 도서출판 띠앗, 2006, p.46.

퀘벡 시인과 언어, 예술, 자연

회에 종속될 것이기 때문이다. 그리고 예술가가 본인은 원하지 않더라도 경제적 어려움 때문에 작품을 판매하려고 할 때, 또는 작품의 이미지가 인간의 존재 의미보다는 어떤 사회적 이념을 드러내는 것 같을 때 사회가 먼저 작품을 상업 현장에 끌어들이는 경우도 있다. 즉, "그림과 조각작품은 예술가들의 노력에도 불구하고 현실 상황의 질서 안에서 "상품", 즉, 소비제품의 운명을 피할 수 없다. 작품들을 시장 역학에 종속시키며 그 자신의 이데올로기적인 정당성을 내뿜고 있는 환경 속에 작품들은 즉각적으로 삽입된다."46)

그와 같은 다양한 이유가 예술가의 생산 활동 불균형과 대중의 소비 활동 불균형을 초래하고 결과적으로 생산과 소비, 두 체계의 불일치를 유발한다. 에노의 생각으로는, 작품이 참으로 사회에 유익함을 주며 대중의 고유한 감성과 지성에 영향을 미칠 수 있도록 두 체계를 조화시키는 것이 예술경영에서 아주 중요하다.

에노는 특히 서민층이 저렴한 입장료로 미술관에 와서 예술성이 높은 작품들을 감상할 수 있다면 훗날 이 기회가 곧 작품 구매로 이어질 수 있을 것으로 생각한다. 따라서 그는 대중을 우선 미술관에 오게 하려고 한다.

3.2. 현대미술관의 역할

그림이든 조각작품이든 어떤 예술작품이 어느 시기에 대중과 아주 친밀한 관계를 갖는지 알 수 있는 곳은 미술관이다. 에노에 의하면, 미술관의 가장 큰 역할은 관람객이 인간의 존재 가치를 표현

---

46) Jean Laude, 'Lecture ethnologique de l'art', *Les Sciences humaines et l'œuvre d'art*, Témoins et témoignages/Actualité, Bruxelles, La Connaissance S.A., 1969, p.180 (pp.177-208).

하는 작품을 좋은 환경에서 보며 예술가의 창조적 감성을 자기 방식대로 수렴하고 존재로서의 주체적 자아를 확인할 수 있도록 하는 데 있다. 그리고 그 역할은 두 사람의 개인 문화가 교류·확산하게 하는 것이다.

작가와 관람객은 본인들 알게 모르게 사회의 가치관에 직접 결부되어 있기 때문에 이들 만남의 장소인 미술관은 예술의 대중화가 이루어지는 곳이기도 하다. 따라서 에노는 미술관의 역할이 곧 예술의 역할이라고 한다. 그가 보기로 이러한 상황은 그가 몬트리올 현대미술관 관장으로 있는 1970년대 이후에도 계속될 것 같다.

> 미래의 미술관 역할로 말하면, 그것은 사회에 통용되는 가치들에 따라 예술 그 자체의 역할로 결정될 것이다. 그리고 사회가 예술을 인정하지 않을 때 창작 활동도 사회를 틀림없이 인정하지 않을 것이다.

> Quant au rôle futur du musée, il sera déterminé comme celui de l'art lui-même, en fonction des valeurs qui ont cours dans la société. Et si la société conteste l'art, il faudra bien que l'activité créatrice, à son tour, conteste la société.[47]

48)

47) Gilles Hénault, 'Le Musée d'art contemporain', *Vie des Arts*, n.63, 1971, p.39 (pp.34-39).

미술관은 그와 같이 조형예술과 사회의 관계를 그대로 반영하는 곳인데, 시대가 발전함에 따라 이 관계가 보다 통합적으로 이루어질 수 있어 미술관 운영에 관한 새로운 시각이 필요하다. "예술경영의 입지는 단순히 시설을 통한 실무 영역을 지시하는 개념이 아니게 된다. 그것은 그 시설이 수용하는 예술 창작의 형태를 규정하는 것이고, 이에 참여하는 관람객의 형태를 규정하는 것이다."[49] 이처럼 미술관을 중심으로 사회와 예술은 서로 불가분의 관계에 있고, 이때 두 영역의 관계를 보다 견고하게 하려면 미술관은 강렬한 인상을 주는 새로운 감성의 작품들에도 관심을 기울일 필요가 있다. 물론 대중이 주관적인 체험에 따라 자신의 예술적 감성을 격상시킬 수 있도록 하기 위하여 미술관 운영자가 참신한 작품들을 찾아내는 데는 시간이 오래 걸리지만, 이는 극복되어야 할 사항이다. 그러한 고충에도 불구하고 모든 미술관은 늘 새로운 작품을 찾아 나서야 한다고 하는 한 이론가의 다음 견해는 에노의 생각과도 통한다. "'현대적인' 미술관은 놀라울 정도의 어떤 새로운 것을 전시하고 지금까지 관심을 끌지 못했던 어떤 감성을 건드릴 수도 있다고들 말할 것이다. 그래서 천 개 중 그림 하나가 미술관에 도착할 수도 있는 일이다. 하지만 이때 그 그림을 찾는 데는 시간이 오래 걸려서 힘이 든다."[50] 에노도 미술관은 대중과 호응할 수 있는 새로운 작품들을 항상 준비하여 예술의 대중화에 힘써야 한다고 한다.

---

48) L'entrée du Musée d'art contemporain de Montréal, photo contenue dans l'article de Gilles Hénault ('Le Musée d'art contemporain', *Vie des Arts*, n.63, *ibid.*, p.35).

49) 박신의, 『문화예술경영; 복합학문으로서의 전망』, 서울, (주)이음스토리, 2013, p.52.

50) Herbert Read, *La Philosophie de l'art moderne*, traduit de l'anglais par Simone Manceau, Paris, Éditions Sylvie Messinger, 1988 (Herbert Read Discretionary Trust, 1964), p.67.

에노가 몬트리올 현대미술관 책임자로 있던 20세기 중반 무렵 미술관들의 상황은 현재 21세기 미술관들의 상황과 다르기는 했지만, 어쨌든, 그에 따르면, "대중 매체"로서 그와 같은 역할들을 더욱더 충실히 수행하기 위해 미술관은 그 기능을 대폭 증대해야 한다.

> 현대미술관을 확산시키는 방법이 전면 재검토되어야 함을 자각하는 것이 급하다. 특히 녹음기나 라디오, 슬라이드, 영화, 텔레비전, 녹음테이프 등의 모든 시청각 수단들, 요컨대, 카탈로그나 포스터, 신문, 잡지가 물론 배제되지 않는 '대중 매체'의 모든 무기를 집약적으로 활용할 수 있도록 하기 위해서다.

> Il est urgent de se rendre compte que les moyens de diffusion d'un musée d'art contemporain doivent être revisés radicalement pour permettre l'utilisation intensive de tous les moyens audio-visuels, notamment du magnétophone, de la radio, des diapositives, du cinéma, de la télévision, des bandes magnétoscopiques, bref de tout l'arsenal des *mass media*, ce qui n'exclut pas, bien sûr, les catalogues, affiches, journaux et revues.[51]

에노는 다양한 매체 수단을 집중적으로 활용하여 작품들에 관한 많은 정보를 관람객에게 적극적으로 전파한다는 의미로 "벽 없는 미술관"을 생각한다.

> 우리는 그렇게 해서 내가 "벽 없는 미술관"이라고 부르는 것을 만들어내게 될 것이고, 이 미술관은 그에 관한 정보를 많이 늘려 갈 것이다.

> On arriverait ainsi à créer ce que j'appelle le «musée sans murs», qui multiplierait son information par cent et par mille.[52]

---

51) Gilles Hénault, 'Le Musée d'art contemporain', *Vie des Arts*, n.63, *op.cit.*, p.36.

52) Gilles Hénault, 'Le Musée d'art contemporain', *Vie des Arts*, n.63, *ibid.*, p.39. 여기서 "나 je"는 질 에노다.

에노의 주장대로, 작품들을 소장한 미술관을 적극적으로 홍보하기 위해 "벽 없는 미술관" 역할을 가능하게 하는 여러 기구나 자료를 구비한다 해도, 사실상 전시 기간 동안 많은 관람객에게 같은 서비스를 제공하므로 미술관 경영자 입장에서는 경비가 그렇게 많이 들지 않는다. 다음 인용문도 그렇게 말한다. "전시라는 서비스의 큰 특징은 한계 비용이 한없이 0에 가깝다는 것이다. [...]. 미술관의 전시 서비스는 감상자 수가 늘어나도 비용은 거의 변화하지 않는다는 특징을 갖는다. 물론 일부 인기 회화 기획전처럼 발 디딜 곳도 없을 만큼 붐비는 상태에서는 같은 서비스라고 할 수는 없을 것이므로, 어디까지나 '극단적 혼잡이 생기지 않는 범위에서'라는 가정이 필요할 것이다."[53]

경영자는 그처럼 전시 기간 내내 추가 경비를 들이지 않고도, 관람객이 인간 존재 문제를 상기시키는 작품을 자신의 미적 감성에 따라 보며 자기 존재를 확인하고 결국은 작품을 구매하는 데까지 가도록 함으로써 미술관 운영의 경제적 효용성을 살릴 수 있다.

*　　　　　*　　　　　*

대중에게 조형예술작품 구매를 촉진하고 또는 작품 전시 등을 위한 미술관의 기능을 극대화해야 하는 예술 행정가, 예술작품을 예술적 시각으로 분석하는 예술 비평가, 그리고 글을 쓰는 시인, 이 모든 역할을 동시에 한 에노는 아주 독창적인 인물이다. 시인이

---

53) 片山泰輔, 「예술경영으로의 경제학적 접근」, 『예술경영과 문화정책』, 이토오 야스오 외, 이흥재 옮김, 서울, 도서출판 역사넷, 2002, p.100 (pp.92-131).

든 예술 비평가든 모두 이들은 감각세계의 이면을 볼 수 있는 사람들이고, 예술 경영자도 작품에 관한 특별한 안목을 가진 사람이라고 생각할 때, 이 역할들을 직접 수행한 그의 문학적 시각과 예술적 시각이 평범하지 않은 것은 당연하다. 따라서 그의 시 작품이나 조형예술비평, 조형예술경영은 다각도로 연구할 수 있는 많은 가능성을 내포하고 있다.

인간의 주체 문제를 생각하며 시를 쓰고 예술비평론과 예술경영론을 피력함으로써 에노는 문학에 관한, 그리고 예술에 관한 그의 다양한 관점들을 보여준다. 문학 언어와 조형예술 '언어'는 다르기 때문에 그는 시와 예술비평과 예술경영, 이 영역들의 자립화, 즉, 크게는 문학과 예술의 독립성을 고려한다.

에노의 시 작품을 보면 무엇보다도 인간의 존재 문제에 관한 그의 주관적인 판단보다는 객관적인 이미지를 창출하여 독자의 언어를 유도하려고 한다. 현대시가 흔히 시인 본인의 생각이나 정서를 독자에게 주지시키기보다는 독자의 생각이나 감정의 흐름을 유도하는 데 있다고 한다면, 에노의 시는 그러한 현대시의 전형적인 특징을 지닌다고 할 수 있다.

그리고 미술과 조각 분야의 추상예술작품에 관한 에노의 비평을 보면 그는 추상예술의 가치를 확인하는 방향으로 간다. 추상예술작품은 기계장비 등을 활용한 여러 조형요소들과 빛의 율동적인 움직임으로 형체들을 흔들려 보이게 하거나, 또는 정확한 계산으로 구성된 공간 형태를 관람객 시각기능의 착각에 따라 달리 나타나게 할 수도 있기 때문에 혹자는 작품 자체의 신빙성을 의심한다. 하지만 에노는 그러한 추상예술작품에도 작가의 사고 영역을 따라 인간 존재의 정체성 문제가 주요 주제로 자리잡고 있다고 보고 작품의 정당성을 주장한다.

예술행정을 직접 담당하는 행정가로서 에노는 '조형예술이 과연 무엇인가'라는 근원적인 의문을 던진다. 대중의 취향만을 따라 만든 상업적인 작품은 인간 표현에 관련되는 예술적 가치도 없고, 또 상업적인 작품은 대중이 예술적 가치를 알게 됨으로써 주체로서의 자기 존재를 확인할 수 있는 기회를 박탈하기 때문에, 그는 상업성을 띠지 않고 오직 예술성만을 지닌 작품을 우선으로 그 근본을 밝히려 한다. 예술적 가치가 우수한 작품이라도 그 판로 문제를 생각해야 할 경우가 있으므로 에노의 예술경영에서는 훌륭한 예술가가 이 문제에 직접 신경 쓰지 않도록 하는 것도 중요하다.

그와 같이 에노의 작품들이 보여주는 시와 예술비평과 예술경영이라는 영역들은 형식상 또는 내용상 각각 독립적이다. 그러나 다른 한편으로 보면, 이 세 영역은 서로 영향을 주고받으며 형성할 상호보완적 관계도 생각하게 한다. 따라서 차후의 고찰은 바로 이 점을 밝히는 방향에서 심화될 수 있을 것이다.

제4장

장 기 필롱의 작품에 표현된
생태학적 자연의 이미지
- 시집 『억류된 물처럼; 1954-1963년의 시』를
중심으로

퀘벡 시인 장 기 필롱(Jean-Guy Pilon)[1]이 창작 활동을 활발히 하던 1960년대 무렵부터 세계는 다양한 문화와 사상을 통과하면서 인간 삶의 터전인 물질적 환경으로서의 자연을 깊이 생각하게 되었다. 인위적인 문명으로 훼손된 물질 자연환경을 원래의 생태계로 회복시키고 오염된 물질들로 인해 점점 황폐해져 가는 인간의 의식을 새롭게 하기 위해서는, 인간과 물질적 자연의 관계를 복원하려는 일종의 문화의식이 필요함을 세계인들은 강력히 인식하게 되었다. 과학의 발달과 산업기술의 혁신으로 물질적 자연이 급격히 파괴되기 때문에 인간은 자연을 지배하려는 생각을 버리고 이제는 자연과 필히 공존하는 길을 모색해야만 했다.

필롱의 작품들은 그와 같은 사고의 흐름과 맞닿으며 인간의 생존에 꼭 필요한 서식지인 물질적인 환경과 인간의 사회·문화적 상황과 같은 비물질적인 환경을 모두 가리키는 자연에 관해 생각

---

1) 장 기 필롱(1930-2021)은 몬트리올(Montréal) 법과대학을 졸업하고 변호사가 되기 위한 연수를 받은 후 이를 접고 문학계와 방송계로 진출했다. 문학계에서 그는 1953년경 가스통 미롱 (Gaston Miron) 등과 함께 퀘벡 시인들의 시집 출간을 담당할 출판사 '에그자곤 Hexagone' 설립에 참여하며 시 쓰기에 주력했고, 1959년에는 잡지 「리베르테 *Liberté*」 창간에 참여하여 1979년까지 이 잡지사 책임자로 일했다. 또 그는 1972년부터 1997년까지 퀘벡에서 열린 '세계 작가들의 만남'을 주선했고, 1994년부터 1998년까지는 잡지 「레제크리 *Les Écrits*」도 이끌었다. 그리고 방송계에서 그는 '라디오 캐나다 Radio-Canada'의 버라이어티 쇼 프로그램 연출을 맡는 등 1970년대부터 1984년까지 문화 관련 프로그램 제작 일을 했다. 이러한 그의 모든 활동은 펜 (PEN)클럽이 주는 국제평화상, 캐나다훈장, 퀘벡민족훈장, 프랑스문예훈장 등으로 보상받았다.

해 보도록 한다. 그의 작품들에서 자연의 영역은 이렇듯 광범위하기 때문에 넓은 의미의 생태학 영역에서 이해되어야 한다. 물론 그의 작품들은 민족주의 색채를 보여주기도 한다. 퀘벡의 주민들은 영어를 사용하는 캐나다 다른 지역의 사람들 앞에서 프랑스 민족의 후손이라는 정체성을 굳건히 지키기 위해 많은 노력을 하기 때문에, 그의 시 작품들은 퀘벡 사람들이 그들의 정체성 확립을 위해 어떤 절대적인 정신의 힘을 필요로 한다고 보고 이를 표현하기도 한다. 그렇기는 하지만 그의 작품들에서는, 공간 속에서 형태나 빛깔 등을 가진 객관적인 실체로서 인간의 삶과 불가분의 관계에 있는 물질들의 자연계와 이에 관련되는 사회·문화적인 비물질적인 영역을 모두 지칭하는 광범위한 생태학적 의미의 자연에 관한 사색이 더 많이 나타난다.

생태학(écologie)이라는 말은 1869년 독일의 에른스트 하인리히 헤켈(Ernst Heinrich Haeckel, 1834-1919)이 처음 사용한 것인데 어원상으로는 생물체가 존재하는 장소를 연구하는 학문이라는 뜻이다. 물론 생태학의 역사는 이 생물학자 이전에 벌써 고대 그리스 철학자 히포크라테스(Hippocrates, BC 460?-BC 377?)와 아리스토텔레스(Aristoteles, BC 384-BC 322)로부터 시작되었다. 이 두 철학자가 자연의 역사를 연구함으로써 사실상 생태학이라는 학문의 시발점을 만들었기 때문이다. 이러한 내력을 바탕으로 생태학은 현대에 들어와 그 개념을 확대하여[2] 생물과 생물의 서식지인 환경의 관계(즉,

---

2) 생태학 개념을 확대한 대표 학자로 미국인 유진 오덤(1913-2002)을 들 수 있다. "생태학자 유진 오덤Eugene Odum은 생태학의 개념과 영역을 조금 더 구체적으로 규정했다. 그는 생태학을 "우주선 지구호에서 상호 의존하는 존재들로 더불어 살고 있는 동물, 식물, 미생물, 사람들을 포함한 거주지에 대해서 연구하는 학문, 즉 지구의 생명 부양계life-support-system에 대한 학문"으로 이해하고, 생명 부양 기능의 핵심으로서 태양 에너지의 흐름과 순환을 통해 자연과 사회의 상호 작용과 내부 역학을 설명하고자 했다. 이처럼 자연과학으로서의 생태학은, 설사 경계를 넘어서 사회과학에 적용된 경우라 할지라도 어디까지나 생물과 환경, 인간과 환경의 상호 작용

인간과 물질환경의 관계), 그리고 한 생물과 다른 생물의 관계(즉, 인간과 인간의 관계)가 이루어지는 생태계를 연구하는 학문으로 정의된다. 따라서 생태학은 인간을 위시한 모든 생명체가 상호작용하며 사는 생물적인 영역과 인간의 사회·문화적인 상황 등의 비생물적인 영역을 모두 가리키는 바로 그러한 총체적인 자연계를 탐색하는 분야로 요약된다.[3]

필롱의 시 작품들은 그와 같이 인간의 의식과는 별개로 감각세계의 바탕이 되는 물질적 자연뿐 아니라 인간의 정신에 토대를 두는 사회·문화적 활동 영역까지를 광범위하게 포함하는 생태학적 관점의 자연을 상기시키며, 이 자연에 관련된 이미지들이 어떻게 표현되는지 보게 한다. 그의 작품들 외에도 자연이라는 주제를 상기시키는 시 작품들은 많이 있다. 하지만 그의 작품들은 생태학적 관점에서 포괄적 의미의 자연 문제를 상기시키고 있어 특히 주목할 만하다. 그가 직접 의도하지는 않았을지라도, 그의 시 작품들은 인간에게 물질적인 자연과 사회·문화적인 환경의 관계가 중요함을 인식시키고 결과적으로 물질자연의 신비로움을 깊이 느끼도록 한다. 따라서 본고는 문학과 생태학을 함께 생각하며, 즉, 문학 생태학적인 관점[4]에서 그의 작품들을 파악하려고 한다. 사물, 존재,

---

과 진화의 과정을 추적하고 설명하는 학문의 성격을 띤다." (이상헌, 『생태주의』, 서울, 책세상, 2011, pp.29-30).

3) 물질자연과 인간의 사회·문화적 상황을 다루는 것을 프랑스 생태학자 미셸 퀴젱은 "인간개체생태학"이라고 이름 붙인다. "동물 또는 식물생태학과는 달리 인간생태학은 하나의 순수과학적인 문제에 그칠 수는 없다. 즉 윤리학과 도덕이 우선으로 개입되어야 하는 것이다. 앞에서 소개한 생태학의 分科를 다시 인용해 본다면 人間個体生態學은 인간에 미치는 생물 및 非生物的 要因의 영향을 다루는 것이며 집단생태학은 인구학을, 그리고 군집생태학은 인간이 세계에서 차지하는 위치를 취급하게 된다." (미셸 퀴젱, 『生態學이란 무엇인가?』, 이병훈 역, 서울, 전파과학사, 1975 (Michel Cuisin, *Qu'est-ce que l'écologie?*, Paris, Bordas, 1971), p.161).

4) 문학과 물질적 자연에 관련하여 문학생태학을 정의한 한 설명을 보면 다음과 같다. "문학생태학은 자연의 본질에 대한 해석에 문학을 끌어들여 생태의식의 저변을 확대하는 데 주요 목적이 있다. 문학생태학자들이 구현하고 있는 대지의 포근하고 아늑한 원시적 감성은 자연에 대한 마음

도시 그리고 인간의 참된 정주지라는 작은 주제들을 중심으로 본 논문은 그 시인의 작품들이 넓은 의미의 생태학적 관점에서 자연을 어떻게 나타내고 있는지, 총체적 개념의 자연을 어떻게 표현하고 있는지 그 예들을 살펴볼 것이다. 이때 작품들 속에서 자연 문제를 상기시키는 이미지들(본고의 제목에 언급된 용어)은 단지 자연을 표현하기 위해 작품들을 구성하는 일종의 의미적인 내용을 뜻할 수 있기 때문에 물질적 상상력 등에 토대를 둔 이미지론에 입각하여 분석되지 않는다. 이와 같은 방향들에 따라, 본 논문은 일종의 회고집처럼 이미 발행된 다섯 개의 작은 시집들(참고문헌에 명시됨)을 수록하고 있는 시집『억류된 물처럼; 1954-1963년의 시 *Comme eau retenue; poèmes 1954-1963*』를 중심으로, 사물이나 생명체 그리고 도시 등의 생태학적 의미를 생각하며 인간이 진정으로 정주할 수 있는 최상의 장소가 어디에 있는지 찾아가 본다.[5]

1. 물질적 자연과 비물질적 자연에 대한 명명

필롱이 다섯 개의 작은 시집들을『억류된 물처럼; 1954-1963년의 시』라는 한 시집에 수록한 것은 각 시집의 작품들에 표현된 "잡히

을 움직이는 효과를 준다. 정원 속에 스며들고 있는 바람, 물, 대지, 빛 등의 자연적 요소들은 한 지역의 스토리로만 끝나지 않고 생생하게 살아있는 이야기가 되어 특별한 장소와 연관되어 우리로 하여금 자연을 보고 느끼고 생각하게 만드는 계기를 제공한다. 장소와 관련된 자연 이야기는 먼저 감수성을 고양시키고, 자연에 대한 인식의 지평을 확장하여, 생태의식을 자연 속에서 실천하게 한다." (공명수,『생태학적 상상력과 사회적 선택』, 서울, 도서출판 동인, 2010, p.61).

5) 필롱의 시 작품들은 퀘벡의 문학평론가들에게 잘 알려져 있기는 해도 깊이 연구되어 있지 않고 짤막한 평론 기사들을 통해 전체적인 윤곽을 드러내고 있는 정도다. 그의 작품들은 또 한국의 프랑스어문학계에 아직 소개되지 않았다. 따라서 본 논문은 특히 한국에 그의 작품들을 소개한다는 데 의의를 둔다.

지 않으려는 물"의 격렬한 움직임과 "잡혀버린 물"의 조용한 모습을 동시에 보여주기 위해서다. 이러한 이중의 상반된 두 면을 함축하고 있는 "물"의 이미지를 통해, 그 시집의 시들은 어떤 행위를 가능하게도 하고 또 동시에 억제하게도 하는 경계선에 서 있는 인간 내면의식의 불편함을 그린다. 시의 이 경향은 인간이 삶 동안에 통과하게 되는 모든 형태의 자유와 구속의 경계에서 존재 위기를 겪으며 오히려 "물"과 같은 물질적인 자연을 통해 그러한 위기가 없는 어떤 다른 세계를 느끼고자 함을 말하는 데 있다. 전반적으로 이와 같은 관점을 함축하고 있는 그의 작품들은 광의의 생태학을 통해 이해될 수 있는 포괄적 의미의 자연, 즉, 인간을 둘러싼 물질적인 자연과 사회적 환경 같은 비물질적인 자연, 이 두 자연에 대한 명명 문제를 제기한다.

1.1. 사물 또는 생명체의 본성 명명

명명은 생명이 있든 없든 어떤 물질적인 대상이 진정으로 존재하며 그 스스로 가치를 발현할 수 있도록 하려는 것이다. 따라서 사물 또는 생명체에 대한 명명은 정확해야 한다. 존재를 위시하여 물질로 이루어진 대상은 정확히 명명을 받을 때 어떤 억제된 (어쩌면 왜곡된) 현실로부터 벗어나, 원래 그대로의 물질적인 자연환경이 주는 순수한 자유를 상징하는 듯한 빛 속에서, 그 존속의 의미를 지니게 된다.

> 사물들을 명명하라, 초목들과 돌들과 물체들을 명명하기를 결코 멈추지 마라.
>
> 각자의 얼굴에, 각자의 몸에, 각자의 포옹에 붙여진 이름을 잊지 마라. 그대가

존재하고 세우고 믿고 사랑하는 것을 말하라. 그대가 미워하는 것도, 하지만 경멸하지 않고, 말하라. 그대의 집 이름과 동무들 이름, 도시 명을 말하라. 그대가 누구인지 알려면 그들 이름에 따라 존재들과 사물들을 명명해 보라.

자신의 몸에 무관심해서도, 자신의 나라에 무관심해서도 안 된다.

Nomme les choses, ne cesse jamais de nommer les plantes, les pierres, les objets.

N'oublie pas le nom qui est rivé à chaque visage, à chaque corps, à chaque étreinte. Dis ce que tu es, ce que tu bâtis, ce que tu crois, ce que tu aimes. Ce que tu hais aussi, mais sans mépris. Dis le nom de ta maison, le nom des camarades, le nom de la ville. Nomme les êtres et les choses par leur nom, pour savoir qui tu es.

Il ne faut pas être étranger en son propre corps, il ne faut pas être étranger à son pays.[6]

이 시는 인간 각자의 "얼굴"과 "몸"이, 그리고 "초목"과 "돌"과 같은 "사물"들이 언어에 의해 명명되는 순간 그들의 가치를 발산할 수 있어야 함을 말한다. 명명은 "사물"이나 "존재"에 내재해 있는 본질적인 것으로부터 솟아나는 어떤 실재성을 지칭해야 한다. 명명은 왜곡되어 피상적으로만 투영되어 있던 현실로부터 "사물"과 "존재"를 해방하여 이들이 물질 자연계 안에서 본래대로 존재하며 그들만의 참된 가치를 드러내게 할 수 있도록 하는 데 있다.

언어로 명명되는 순간 "존재"와 "사물"이 물질적인 자연 생태계 안에서 그들의 본성에 맞게 실재하며 자유를 누릴 수 있는 상황을 시가 창출하려고 하는 시도는 문장이 그 스스로 마멸될 정도로 최대한 단순하고 구체적인 낱말들("초목", "돌", "물체", "얼굴", "몸",

---

6) Jean-Guy Pilon, 'VIII, Nomme les choses...', *Recours au pays*, dans *Comme eau retenue; poèmes 1954-1963*, Ottawa, Éditions de L'Hexagone, 1968 / Montréal, Bibliothèque Nationale du Québec, 1968, p.126.

"포옹", "집", "동무", "도시", "나라" 등)로 구성되기 때문에 가능하다. 필롱의 작품들에 대한 한 평론도 그것을 주목한다. "장 기 필롱은 생명과 행복과 희망의 가장 단순하고 진솔한 언어를 확보한다. 바로 언어가 생명으로서 (통찰력을 가지고) 마모의 위험을 무릅쓴다."7) "사물"과 "존재"의 본성을 가장 정확하게 명명하기 위해 문장은 "마모될 위험을 무릅쓰고" 최대한 가식이 없는 언어를 사용한다. 그렇게 함으로써 그의 시 언어는 담화 형식을 통해 추상적 낱말에 도전하며 낱말의 구체성을 극대화한다. 이 점에 관해, 앙리 메쇼닉의 "문학은 문학을 두려워하는 언어학자에 대한 도전이다. 담화는 언어가 낱말에 던지는 도전이다."8)라는 문장을 차용할 수 있겠다.

그처럼 최대로 단순한 언어로 "사물"과 "존재"가 정확하게 명명되어 그들의 본성적 가치가 제대로 발현될 수 있는 물질적인 자연환경을 생각하게 한 후, 필롱의 시는 비물질적인 자연환경인 "나라"의 사회적 환경을 정확히 명명하기 위해 "사랑"의 힘이 필요함을 말한다. 그의 시는 "나라"가 처하는 사회적 상황에 관심을 가지는 인간의 "사랑"의 마음환경을 파악하려고 한다.

1.2. 나라에 대한 사랑의 명명

인간의 사고는 정확하지 못하기 때문에 비물질적인 자연 생태계, 즉, 사회·문화적 상황 속에서 전개되는 현상들에 정확한 명칭을

---

7) Gilles Marcotte, 'Jean-Guy Pilon, poète' (pp.54-55), *Liberté*, vol.16, n.5-6, 1974, p.55.

8) Henri Meschonnic, 'Le langage comme défi' (pp.9-15), *Le Langage comme défi*, à l'initiative de Henri Meschonnic, Saint-Denis, Presses Universitaires de Vincennes, 1991, p.14.

부여하지 못한다. 자기 "나라"에 관계되는 모든 현상을 왜곡하지 않고 "사랑"을 다해 정확히 명명할 때, 인간은 "나라"를 새롭고 자유롭게 존재하게 할 수 있다.

자기 나라의 이름을 길들이고자 사랑을 담을 때까지 되풀이 부르는 것은 인간의 삶에서 그 얼마나 기이한 야망인가! 사랑은 결코 완전하게 얻어지는 것이 아니니...

Quelle étrange ambition dans une vie d'homme que de vouloir apprivoiser le nom de son pays et de se le répéter jusqu'à l'amour! L'amour qui n'est jamais définitivement acquis...[9]

그들의 시는 우리의 장소들이 중요하고 또 유대감과 열의 같은 마음의 부르짖음이 중요함을 보여주고 있었다. 그래서 차차, 대지에 대한 사랑이, 우리의 꿈과 희망 속에서, 우리가 명명했고 우리의 온 혈기로 신뢰하고 있는 이 나라에 어떤 현실적인 실존성을 부여했다.

Leurs poèmes étaient faits de la gravité de nos espaces et des appels du cœur, - de fraternité et de chaleur ; et peu à peu, l'amour de la terre a donné, dans nos rêves et nos espoirs, une existence réelle à ce pays que nous avions nommé et auquel nous croyons de tout notre sang.[10]

"결코 완전하게 얻어질 수 없는", 그러나 "대지에 대한 사랑"의 눈으로 "나라"를 보려고 하는 인간이 본인의 생각과 경험을 통해, "나라"의 시대적 상황 등 모든 비물질적인 사회·문화적 요인들을 언제 어떤 방향에서 인지하는가에 따라, 그 요인들은 다른 식으로 언어 기호화 되어 어떤 구속적인 제한도 받지 않고 사실과 정말로

---

9) Jean-Guy Pilon, 'XII, Sache au moin...', *Recours au pays*, dans *Comme eau retenue; poèmes 1954-1963, op.cit.*, p.130.

10) Jean-Guy Pilon, 'Adresse aux jeunes du Québec' (pp.3-4), *Liberté*, vol.21, n.3, 1979, p.4. 인용 문에서 "leurs poèmes 그들의 시"는 "les poèmes des poètes de notre génération 우리 세대 시인 들의 시"를 의미한다.

같게 또는 어떤 구속을 받으며 다르게 이름 붙여질 수 있다. 언어에 의해 명명되는 사회 현상들이 실제 현상들을 정말로 그대로 표현하는지는 확실히 알 수 없지만, 인간이 자신의 "나라"를 "부르짖는 마음"으로 깊이 "사랑"하며 "나라"의 모든 사회·문화적 현상의 참모습을 정확하게 명명할 수 있다고 한다면, "나라"는 넘치는 생명력으로 자유롭게 "살게" 될 것이다. 마치 "사랑(love)"과 "살다(live)"라는 낱말들이 같은 어원에서 출발한 것처럼 그렇다. "원자와 그 입자들이 거의 전부 인력(자연적 사랑)으로 이루어져 있다는 것은 '사랑이 세계에 존재하는 유일한 실재이다. 왜냐하면 그것밖에 없기 때문이다.'라는 관찰이 사실임을 알게 한다. '자연이 이루어낸 지혜는 사랑이다.'라는 것 또한 수십억 년을 지나온 사실임을 알 수 있다. 사랑(love)과 살다(live)는 같은 어원일 수도 있다."[11] 따라서 인간은 "꿈과 희망"을 따라 안락하고 풍요로운 삶을 살기 위해 자신의 "온 혈기로 신뢰하는 나라"를 "최대한 완전할 수 있는 사랑"의 마음으로 정확하게 명명해야 할 것이다.

인간이 "나라"의 사회·문화적인 자연환경 생태계를 오직 개인 자신만을 위해 특별히 제한적인 환경으로 만들려는 의식적인 목적을 가지지 않을 때, "나라"를 향한 그의 "완전한 사랑"의 마음이 태어난다. 인간의 마음이 "나라"를 하나의 인격체로 생각하고 그에 "완전한 사랑"을 보낼 때 인간과 "나라"는 "나"와 "그것"의 관계가 아닌 "나"와 "너"의 관계를 갖는다. 실제로, 한 설명에 따르면, 비

---

11) 마이클 코헨, 『자연에 말 걸기: 우리 내면의 53가지 감각적 끌림을 일깨우는 생태심리학』, 이원규/박진희 옮김, 서울, 도서출판 히어나우, 2007 (Michael J. Cohen, *Reconnecting with Nature*, 1997), p.67. 본 논문이 이 인용문에서 빌리고자 하는 주요 표현은 "사랑과 살다는 같은 어원일 수도 있다"이다. 하지만 본고는 이 표현 앞에 오는 세 문장을 더 중시한다.

물질적인 사회·문화적 자연환경 속에서 서로 관계를 맺는 사람들의 마음환경이 "사랑"과 "목적" 중 어느 것을 택하느냐에 따라 그들의 관계가 달라진다고 한다. "그는 '나-그것 I-It' 관계를 인간과 무생물 사이의 통상적인 상호작용 패턴으로 규정하면서 '나-너 I-Thou' 관계와 구별한다. 그는 또한 나-그것 관계를, 목적이 사랑보다 더 중요한 경우에 항상 나타나는 인간관계의 특징으로 간주한다."[12] 비물질적인 자연환경으로서 "나라"가 그처럼 포괄적 의미의 생태학적 영역인 인간의 마음과 "나와 너"의 관계를 유지하며 "완전한 사랑"을 유지할 때, "나라"의 사회·문화적인 현상들이 정확히 명명되며 자유를 향유할 수 있음을 필롱의 작품들은 결국 말한다.

"나라"를 구성하는 요소로 도시가 있는데, 필롱의 작품들은 도시를 비물질적인 자연과 또는 물질적인 자연과 관련하여 생각하게 한다.

2. 생태학적 거주지로서의 도시

현대인은 화학 성분으로 분석될 수 있는 동물(인간 포함)의 몸을 위시하여 세계를 이루는 모든 물질적인 자연이 수학적으로 계산될 수 있는 아주 작은 원자로 구성되어 있다고 보는 기계적 자연관을 따르면서, 대신 우주를 신의 오묘한 창조 능력의 산물이라고 보는

---

12) 그레고리 베이트슨, 『마음의 생태학』, 박대식 옮김, 서울, 책세상, 2006 (Gregory Bateson, *Steps to an ecology of mind*, Chicago, Univ. of Chicago Press, 2000), p.674. 인용문에서 "그"는 마르틴 부버(Martin Buber)라는 한 학자를 지칭한다.

초자연적 세계관을 부정하는 경향이 있다. 원자론적 세계관을 따르는 일부 현대인의 그러한 관점과 달리, 보다 현실적인 생태학적 관점에서, 인간은 물질자연을 필요로 하고 그래서 그것과 뗄 수 없는 관계에 있으므로 그것을 정복 대상으로 삼지 말고 그것과 상호관계망을 구축해야 한다고 생각할 수도 있다. 인간은 물질적인 자연과 불가분의 관계를 지니고 또 사회·문화적 요인 등 비물질적인 자연과도 뗄 수 없는 관계를 갖는다. 이를 도시에 관련해서 생각하면, 필롱의 작품들에서 도시는 두 자연이 각각 인간과 관계를 갖는 현장이다. 실제로, 그의 작품들은 캐나다 퀘벡주의 주도인 퀘벡을 비물질적인 자연환경 쪽에서, 그리고 캐나다에서 두 번째로 큰 도시로 퀘벡주에 있는 몬트리올을 물질적인 자연환경 쪽에서 생각하게 한다.13)

2.1. 퀘벡 : 삶의 체험지로서의 조국이라는
영혼의 집

도시는 사회 구성원들의 주관적인 사고나 정서에 따라 그 가치를 형성하고 다시 사회 성원들의 또 다른 이념이나 감성 형성에

---

13) 일반적으로 도시 안에서 인간이 비물질적인 자연과 관련되는 것, 그리고 물질적인 자연과 관련되는 것은 다른 한편으로 "시학" 관점에서 볼 수도 있을 것이다. 이때 "시학"은 시문학뿐 아니라 조형예술 또는 산업기술 등을 통해 어떤 물질적인 결과물을 만들어내기 위해 효율성을 지향하는 비물질적인 생산 과정 중시의 경제적 차원에서 도시를 보는 관점에 기반을 둔다. "고대 그리스에서 시학poetics이라는 용어는 현대인들이 말하는 시poetry로 국한되지 않는다. 아리스토텔레스의 영문 번역자 케네스 텔퍼드 Kenneth Telford는 고대 그리스어에서 포에틱스 poetics는 생산 과학productive science로 옮겨질 수 있으며, 모든 종류의 제작, 즉 유용한 기술과 조형미술의 생산물뿐만 아니라 그것들의 생산과정을 포함한다고 주석을 달았다." (김성도, 『도시 인간학; 도시 공간의 통합 기호학적 연구』, 파주, (주)안그라픽스, 2014, p.706). 도시는 이러한 "시학" 관점에서 그 두 자연이 어우러지는 곳으로 생각될 수 있지만, 본고는 필롱에게서의 도시를 각각의 자연에 비추어 생각해 본다.

영향을 줌으로써, 도시와 인간은 비물질적인 것을 서로 주고받는 상호작용을 계속한다. 필롱의 시에서 "퀘벡 Québec"이라는 도시도 사회 구성원들의 사회·문화적 차원의 그러한 비물질적인 정신 활동을 통과시키는 곳이다. 이 도시는 더 나아가 구성원들의 집단적 가치관을 품고 있는 "조국"으로 정의된다.

> 바로 이 기슭 위에서 최초의 나무들이 쓰러졌어요. 내가 태어나려 했던 그 땅의 한없이 넓은 공간을 환하게 비추던 격렬한 번갯불 속에서.
>
> 그대의 얼굴을 다시 찾으러 이곳에 절대 오지 마세요. 내 나라의 태내(胎內)로부터 올라와 바다를 향해 외쳐대는 거친 숨소리, 즉, 대하(大河)의 순례가 말없이 행해지고 있으니까요.
>
> 어느 날 내가 나의 조국을 인정하게 될 때, 이는 열의에 찬 그대의 집요함 때문일 것입니다.
>
> C'est sur cette rive que tombèrent les premiers arbres dans un grand éclair qui illumina les espaces infinis de la terre où j'allais naître.
>
> Ne viens jamais ici pour retrouver ton visage : s'accomplit sans parole le pèlerinage au grand fleuve, respiration bruyante qui monte du ventre de mon pays et claironne vers la mer.
>
> Si je parviens un jour à reconnaître ma patrie, ce sera par la chaleur de ta persistance.[14]

"퀘벡"은 프랑스어를 사용하는 지역이지만 캐나다의 영어 사용 지역들과의 교류를 통해 영어권 문화가 많이 유입된 곳이고, 또 근세부터 금속과 조선, 섬유산업 등 상공업이 발달함에 따라 이민자

---

14) Jean-Guy Pilon, 'Québec', *Pour saluer une ville*, dans *Comme eau retenue; poèmes 1954-1963*, *op.cit.*, p.174.

들의 수가 증가하여 다양한 이질적인 문화가 들어와 있는 곳이기도 하다. 따라서 시의 주체인 "나 je"는 먼 옛날 "퀘벡"을 건설하기 위해 "쓰러졌던 최초의 나무들"을 상상하며, 그 도시에서 "조국"의 "태내(胎內)로부터 솟아나는" 국가적 정체성이 이제 재확립되고 있음을 말한다. "퀘벡" 시민들이 "열의에 찬 집요함"을 보이는 가운데 그들 본래의 태곳적 영혼이 간직되어 있는 그들의 집단적인 민족문화가 계속 다양한 발전을 하고 있음을, 시의 주체는 말한다.

그래서 "퀘벡" 사람들은 "퀘벡"이라는 장소에 그들에게만 고유한 "조국"이라는 영혼의 집을 짓고 거주한다고 할 수 있다. 이곳은 그들이 그저 거주하는 단순한 물질적인 공간이 아니고 그들의 집단적인 정신이 숨 쉬고 있는 공간이다. 인간의 거주지가 정신적인 의미를 지닌다는 것은 다음과 같은 뜻이기도 하다. "고유한 성격을 가진 모든 공간은 하나의 정신, 혼을 갖고 있으며 모든 장소 역시 정신, 혼을 갖고 있다. 하나의 장소는 우리가 그 안에서 식별할 수 있는 특징들의 합 그 이상의 것이다."[15] 따라서 "퀘벡"은 다양한 양상의 사회·문화적인 자연환경 속에서 "퀘벡"인들만이 했던 여러 체험이 그들 내면의 정신에 응축되어 있는 곳이다. 그곳은 "퀘벡"주의 주도라는 단순히 장소를 지칭하는 이름보다는 그들의 정신이 담긴 "조국"이라는 이름을 부여받을 때 그 진짜 가치를 갖게 된다.

"퀘벡"의 그러한 비물질적인 자연환경은 과거와 현재 인간의 모든 정신적인 사회·문화적 활동의 침전층들이 서로 관계하는 일종의 퇴적층이다. 실제로, 이전에 누군가에 의해 이루어진 글쓰기에

---

15) 김성도, 『도시 인간학; 도시 공간의 통합 기호학적 연구』, 앞의 책, p.731.

새로운 글쓰기가 계속 덧붙여짐으로써 상호관계를 맺게 되는 텍스트들의 상황을 "풍경"의 이미지에 비유하는 관점("유추해서 말하면, 풍경은 우리에게 그 자신과 다른 것에 관해서는 아무것도 얘기해 주지 않는다. 사실 세계 그 자체는 상호관계를 갖는 텍스트들과 같다. 장소들은 텍스트들이 갖는 상호관계적인 성격을 지닌다. 장소들 자체는 다양한 텍스트들로 구성되고 또 앞선 다른 텍스트들에 토대 둔 담화의 실행으로 구성되기 때문이다. [...]. 풍경은 보다 일반적으로 주체의 겉으로 드러나는 생각만큼이나 그의 예술적인 생산물들도 지칭하기 때문에, 풍경은 따라서 그 의미가 아주 불분명한 문화적인 순수한 산물이다."16))에서 생각하면, "퀘벡" 사람들 삶의 모든 형태를 간직하고 있는 "퀘벡"은 비물질적인 자연의 퇴적장소다. "퀘벡"인들은 그처럼 다양한 성분으로 된 퇴적층의 생태학적 "풍경"요소, 즉, 정신적이고 사회·문화적인 "풍경"요소들로 둘러싸인 그들 삶의 체험지인 그곳에서 그들만이 느낄 수 있는 어떤 공통성 속에서 존재한다. 그들은 "퀘벡"이라는 장소 자체다.

필롱의 시에서, "퀘벡" 사람들 영혼의 안식처인 "조국"으로서 큰 의미를 지니는 "퀘벡"은 사회·문화적인 비물질적 자연환경 쪽에서 어떤 부정적인 의미의 변화를 겪는 다른 현대 도시들과 다르다고 할 수 있다. 혹자는 이렇게 말한다. "오늘날, 보수 정치로부터 오는 그 어떤 힘도 더 이상 거기에 개입할 수 없지만, 도시 계획의 위기는 지금부터 실제적으로 사회·정치적 위기가 되는 만큼 더욱더 위기가 된다. '단지들의 병리학'이나 그곳에 살아야만 하는 사

---

16) François Walter, *Les Figures paysagères de la nation; territoire et paysage en Europe (16e-20e siècle)*, Paris, Éditions de l'École des hautes études en sciences sociales, 2004, p.9.

퀘벡 시인과 언어, 예술, 자연

람들의 정서적 고립, 또는 주로 젊은이들에게 나타나는 어떤 극단적인 거부 반응들에 관하여 의료사회학이 보여주는 진부한 태도는 현대 자본주의, 즉 관료 소비사회가 '거의 어디서나 바로 자기 자신만의 생활환경을 만들기 시작한다'라는 오직 그러한 사실만을 말해준다."[17] 이 인용문을 통해 알 수 있듯이, 현대 도시들은 흔히 도시 전체가 사회·정치적인 기능을 가장 잘 수행할 수 있도록 그 형태를 획일화하기 때문에, 시민들이 실제로 체감할 수 있는 행복한 삶의 조건이 도시에서 사라질 수 있다. 도시는 사회·정치 제도 등에 관련되는 정형화된 외적 변화를 통과하며 그 고유의 문화적 특색을 잃어버릴 것이고, 결국은 사회 성원들이 그들 거주지의 사회·문화적인 변화 과정을 잘 받아들이지 못해 사회 전체가 위기에 처할 수도 있다. 하지만 "퀘벡"은 현대 도시들이 겪는 이러한 비물질적인 자연환경의 위기 상황을 "퀘벡" 사람들에게 주기보다는 오히려 그들 영혼의 쉼터로 자리잡고 있다.

필롱은 그와 같이 사회·문화적 요인들로 구성되는 비물질적인 자연을 표현하기 위해 "퀘벡"에 관한 시를 썼고, 반면에 물질적인 자연을 표현하기 위해서는 "몬트리올"이라는 시를 썼다.

2.2. 몬트리올 : 생물학적 순환과 새로운 변화를 따르는 물질적 자연의 도시

필롱의 「몬트리올 Montréal」[18]이라는 시에서 "몬트리올"은 "아름

---

17) Guy Ernest Debord, 'Internationale situationniste' (pp.164-175), *Le Grand jeu à venir; textes situationnistes sur la ville*, Libero Andreotti, Paris, Villette, 2007, p.166. 인용문에서 "단지들"은 "les grands ensembles"을 지칭한다.

18) 도시 "몬트리올(몽레알 Montréal)"은 프랑스 탐험가 자크 카르티에(Jacques Cartier, 1491-1557)

다운" 물질 자연환경과 공생하며 긍정적인 미래를 여는 찬란한 도
시로 표현된다.

온화하고 다정하며 충만한 것, 그녀를 위한 모든 말이다. 타오르는 나의 근심.
날마다 새로워지는 얼굴, 전날보다 더 아름다운 육체. 더 아름답다 말하리. 나
는 이 도시를, 이 여인을 사랑한다.

온 계절이 우리 사랑의 집을 아름답게 장식한다. 눈빛인가 햇빛인가, 잡을 수
없는 봄, 게으름 피우는 가을. 나는 그녀의 몸을 결코 충분히 알 수 없으리. 나
는 그녀의 마음을 결코 실컷 사랑하지 못하리.

나는 날마다 그녀의 화려한 옷을 벗기고 열광 속에서 그녀 곁에 눕는다.

Tendres, doux et pleins, tous les mots pour elle. Mon ardente inquiétude. Chaque
jour, figure renouvelée, corps plus beau que la veille. Je dis plus beau. J'aime
cette ville, j'aime cette femme.

Toute saison embellit la maison de nos amours. Neige ou soleil, printemps
insaisissable, automne de paresse. Je ne saurai jamais assez son corps, je n'aimerai
jamais assez son cœur.

J'enlève chaque jour ses vêtements magnifiques pour m'allonger près d'elle dans le
délire.[19]

이 시는 하얀 "눈빛"에서 "햇빛"으로 바뀌려는 "몬트리올"의 다
양한 풍경을 그린다. "게으른 가을"이 또는 겨울이 아직 떠나지 않
고 주저하는 듯하나 도시의 "봄"은 서둘러 와 매일 "화려한 옷"을
입고 있다. 순환하는 물질의 흐름에 따라 전개되는 찬란한 "계절"

가 1535년경, 현재 퀘벡주에 속하는 세인트로렌스(Saint-Laurent)강을 끼고 형성된 작은 산을
'왕의 산 Mont royal'이라고 지칭한 이래로 생겨났다.
19) Jean-Guy Pilon, 'Montréal', *Pour saluer une ville*, dans *Comme eau retenue; poèmes 1954-1963*,
op.cit., p.165.

의 이 모습은 시 주체인 "나 je"의 주관적인 시적 영감에 의해 분출된 이미지로, 혈액 순환이 잘되는 "몬트리올"의 집단적인 물질 자연환경 상황을 보여준다. 시는 이때 "아름다운" 물질자연의 이미지를 확대하여 어떤 희망을 솟아나게 하는 "날마다 새로워지는" 도시를 그린다. 극히 세속적인 가치관에 의해 물질문명의 혜택을 누리는 범위 안에서만 물질적인 자연환경을 보호하려는 현대 사회의 편협한 시각에 반대하는 듯, 시 주체는 "날마다 화려한 옷"을 입는 "아름다운" 도시의 생명력 넘치는 물질적 자연, 그 자연이 보여주는 생물학적 순환 법칙에 순응하며 자신을 "눕히고" 도시환경 전체와 융합하려 한다. "봄날"의 다양한 새 생명 물질들의 성장 리듬에 맞추어 인간이 그들과 공생할 수 있는 도시를 꿈꾸며, 주체는 사물과 같은 물질요소들로 구성된 자연환경의 무한한 힘을 "사랑"의 도시, "몬트리올"이 체감할 수 있기를 원한다. 따라서 시는 물질적인 자연 생태계에 관한 관점에서, "도시 공간의 시간성의 펼쳐짐으로써 계절 변화에서 도시의 일상적 리듬까지를 포함하는 템포의 문제"[20]를 상기시킨다. 이처럼 "계절"의 시간을 따라 전개되는 "몬트리올"은 "아름답고 화려한" 사물들로 가득한 물질적 자연세계 속에서 내일의 희망찬 삶을 향해가는 인간이 지적 의지를 실현하는 "열광"의 도시 또는 환희의 도시가 된다. 시의 내용상으로 표현되는 그 도시의 이러한 풍경은 그 시인의 작품들에 나타나는 전반적인 특성을 상기시킨다. "필롱의 시는 그 내용과 형식에서 물질의 빛과 지성의 빛으로 나타난다."[21]

---

20) 김성도, 『도시 인간학: 도시 공간의 통합 기호학적 연구』, 앞의 책, p.743.

21) Joseph Bonenfant, 'Lumière et violence dans la poésie de Jean-Guy Pilon' (pp.79-90). *Études françaises*, vol.6, n.1, 1970, p.85.

필롱은 시의 주체를 통해 그와 같이 "몬트리올"의 물질 자연환경을 예찬하고, 또 자신이 직접 "몬트리올"의 "여름" 풍경에 감탄하기도 한다. 무수한 "별들"로 수놓아진 "여름밤"의 이곳은 "논리적으로 말할 수 없는 신비"의 풍경을, 현대적인 "대도시의 신비함"을 보여준다.

> 우리는 줄곧 졸고 있고 또는 한밤중까지 별들을 헤아릴 수도 있다. 이 여름밤, 몬트리올에는 내가 많은 세월이 지난 후 아직도 이해할 수 없는 일종의 마력, 아니 일종의 경이로운 평화가 있다. 다시 말해, 그건 그래서 아마도 우리가 반드시 논리적으로만 말할 수 없는, 아무튼 이성적으로 따지지 않고서 환기될 수 있는 그 모든 의미로 사랑해야만 하는 그러한 대도시들의 심오한 신비로움일 것이다.

> On peut rester à somnoler ou compter les étoiles jusqu'au milieu de la nuit. Dans ces nuits d'été, à Montréal, il y a une sorte de magie ou de paix magique que je ne parviens pas encore à saisir après tant d'années. Ou c'est peut-être alors le mystère profond des grandes villes dont on ne peut pas toujours parler avec logique, mais qu'il faut aimer de tous ses sens alertés, avec un cœur irraisonnable.[22]

필롱의 이 글에서 "몬트리올"은 "일종의 마법과 같은 평화"를 몰고 오는 듯한 "별들"로 가득한 "신비"의 도시다. 이 도시의 시민들은 "한 여름밤", 이 "별들"과 같은 물질자연과 관계를 굳건히 하며 "사랑"의 마음으로 날마다 "평화로운 몬트리올"을 꿈꾼다.

위에 소개된 필롱의 두 작품에 언급된 "몬트리올"을 조금 더 생각해 보면, 사실 이 도시는 지리적인 물질 환경적 조건으로 볼 때 다양한 특성들이 세분되어 있는 "모자이크화" 된 장소다. "몬트리올"의 이 상황에 대한 한 설명이 있다. "우리는 또한, 블랑샤르가

---

22) Jean-Guy Pilon, 'Éloge de l'été' (pp.113-114), *Liberté*, vol.8, n.4, 1966, p.113.

이미 관찰한 몬트리올 사회지리의 두 번째 양상, 즉, 유동성을 강조한다. 개인들이 그들의 사회적 직업상 지위가 상승함에 따라 바로 이동하는 것처럼, 사회·민족적인 장소들이 도시의 확장과 더불어 동시에 이동한다. 따라서 모자이크적인 상황이 매우 활기 있게 진행된다. 기마 곡예에서처럼, 민족의 장소들이 이주민들의 이동에 의해 몇몇 축을 따라 중심으로부터 외곽 지역 쪽으로 이동한다."23) 이 인용문이 말하고 있듯이, 다른 현대 도시들에서처럼 "몬트리올"에도 여러 다른 민족의 이민자들이 영입되어, 다양한 문화들이 "모자이크"처럼 분할된 채 도시 중심을 기점으로 하여 그 주변 지역으로 확산하고 있다.

그런데 이질적인 문화들의 이동은 도시 공간을 이루는 사물과 같은 물질 자연요소들의 배치 구조를 달라지게 해서 도시의 실질적인 활용 공간의 구조가 바뀐다. 도시 "몬트리올"이 발전하는 동안 나타나는 이러한 물질적인 자연환경 구조의 변화는 어쨌든 새로운 현상이라고 할 수 있는데, 이는 그 도시가 좋게 또는 나쁘게, 어떤 식으로든 변화한다는 의미의 진보 과정을 통과하기 때문이다. 현대의 진화론적 자연관에 의하면, 물질 자연계에 있는 모든 사물에서는 어떤 순환이 반복적으로 이루어지지 않고 긍정적이든 부정적이든 어떤 새로운 변화가 지속적으로 진행된다. 물질자연에 내재해 있는 실체가 항상 어떤 변화를 향해감으로써, 새끼 고양이가 어미가 되고 어미 고양이가 늙는 식으로, 물질 자연계의 외양이 쇠퇴하거나 발달한다는 것이다. "'역사는 결코 스스로 반복하지 않는다'

23) Gilles Sénécal, 'Les lieux sensibles du quartier ethnique : Montréal' (pp.177-190), *Penser la ville de demain; Qu'est-ce qui institue la ville?*, sous la direction de Cynthia Ghorra-Gobin, Paris, Éditions L'Harmattan, 1994, p.184.

는 원리에서 나오는 진보 또는 발전이라는 관념에 지배된 현대인들은 자연 세계를 아무것도 반복하지 않는 진보의 이차적 세계, 즉 새로운 것이 끊임없이 출현하는 역사와 유사한 세계라고 생각한다. 변화는 사실상 진보적이다. 순환하는 것처럼 보이는 변화들도 실제로는 순환되지 않는다. 단지 겉으로만 순환적일 뿐이고, 사실상 항상 진보로 설명할 수 있다."[24] 따라서 필롱의 그 두 작품에서, 도시 "몬트리올"은 활용될 수 있는 공간 구조의 변화를 겪기는 하지만 생물학적 순환 과정을 통과하며, "아름답게" 변화하는 "평화로운" 물질 자연환경 속에서 새롭게 계속 "진보"한다고 하겠다. 시인의 두 작품은 인구의 유동성이 많은 현대 산업도시의 전형적인 특성을 보여주는 "몬트리올"의 물질적인 자연환경이 그와 같이 계속 새롭게 바뀌며 인간과 조화롭게 융합되어 "열광"의 도시, "신비"의 도시가 만들어지기를 원한다.

"몬트리올"과 "퀘벡"은 사물로 구성되는 물질적인 자연과 또는 인간의 사회·문화적인 삶으로 구성되는 비물질적인 자연과 관련되는 인간의 생태학적 거주지라는 데서 의미를 갖는다. 그런데 사실 현대인의 거주지는 점점 안정된 곳이 되지 못하고 있다. 이 두 자연이 조화를 이룰 때 인간의 생태학적 거주지는 참으로 이상적인 장소가 될 것이다. 따라서 이를 궁극적인 지향점으로 삼기 위해, 앞에 소개된 필롱의 작품들은 먼저 이 두 자연의 각각에 초점을 맞추고 그 두 도시를 거의 이상적인 장소들로 드높이려 하며 현대인의 거주지 문제를 제기한다.

---

24) 콜링우드, 『자연이라는 개념』, 유원기 옮김, 서울, 이제이북스, 2004 (Robin George Collingwood, *The Idea of Nature*, United Kingdom, Clarendon Press, 1945), pp.34-35.

3. 현대인의 참다운 거주지 ; '지금 여기'

주거, 생활, 환경 등 생태적인 의미를 지니는 에코(éco)라는 접두사가 상기시키듯, 생태학적 관점에서 볼 때 도시에서든 시골에서든 집은 인간이 자신의 "생명을 살리기" 위해 절대적으로 가져야 할 중요한 곳이다. "원래 '생태'를 뜻하는 '에코(eco)'는 희랍어 '오이코스(oikos)'에서 나왔는데, 이 말은 집을 의미한다. 살림하는 집과 살림살이가 위기를 맞고 있다는 것은 죽임과 죽음의 논리가 우리를 위협하고 있다는 말이다. '살림'이라는 명사는 '살리다'라는 동사에서 나왔으며, 죽임의 반대말이다. '살림살이'는 단순한 집안 일이 아니며, 전 가족의 생명을 책임지는 고귀한 생명 살리기이다."[25] 현대인은 특히 대지와 바다 등 물질적인 자연환경의 위협을 받지 않고 영원히 안정되게 정주할 수 있는 집이라는 장소를 찾으려 하는데, 이는 바로 "살림하는" 집이 "생명을 살게 한다"라는 궁극적인 이유 때문이다. 이와 같은 영원한 정주지를 찾는 현대인에게 있어 "거주한다는 것은 사람 인간이 주체가 되어 집 속에 머무는 것이다. 여기에서 주체란 스스로가 자기의 주인이라는 말뜻과 개체화되는 개별성으로서의 주체이다. 개체와 개인이 성립하는, 또한 성립시키는 공간이 집이다."[26] 따라서 현대인의 항구적인 "생명"의 거주지는 인간이 물질적인 자연환경의 위기를 극복하고 개체화된 주체로서 존재 가치를 재확립할 수 있는 곳이다.

필롱의 작품들에서 현대인은 그처럼 안정된 물질적인 자연 생태

---

25) 박준건, 「생태적 세계관, 생명의 철학」(pp.61-83), 『인문학과 생태학; 생태학의 윤리적이고 미학적인 모색』, 경상대학교 인문학연구소 엮음, 서울, 도서출판 백의, 2001, p.62.

26) 정기용의 표현 (『사람, 건축, 도시』, 현실문화, 2008, p.52), 김성도, 『도시 인간학; 도시 공간의 통합 기호학적 연구』, 앞의 책, p.727.

계 안에서 자신의 존재적 정체성을 확립할 수 있는 "생명"의 집을
그의 영원한 거주지로 생각한다. 이러한 집이 있는 참다운 거주지
를 찾아 떠나야만 하는 것이 현대인의 운명일지 모른다.

3.1. 물질자연과 인간의 공동 항해

현대에 들어 물질적인 생활이 더욱 풍요로워지고 물질자연의 오
염도 더욱 심해짐에 따라 자연환경의 위기로부터 벗어나기 위해,
현대인은 흩어져 계속 이동하는 '디아스포라 diaspora'의 여정을 통
과하며 영원히 머무를 수 있는 생명의 장소를 찾아가야만 한다. 필
롱의 작품들은 이처럼 새로운 거주지를 찾아 그곳에 항구적으로
정주하고자 하는 인간의 욕망을 그린다.

> 갈매기는 파도의 푸른 풀밭에서 그의 길을 잃으려 한다. 그리고 인내의 여객선
> 들은 새로 거둔 양식거리가 있는 작은 집들 앞을 지나간다.
>
> 새벽이 임박하면 바다의 무도회가 있으리니, 내가 그대를 은밀히 데려가 그대
> 의 힘찬 날갯짓을, 그대 사랑의 공간을 측정해 보리라.
>
> 해안의 환상을 잊어라. 그대의 충실한 보초의 무게를 내려놓고 오열 저편으로,
> 흩어진 시간의 이미지 저편으로 가거라. 내 자유의 장신구여, 가거라.
>
> La mouette se prononce pour sa perte aux herbes bleues de la vague. Et passent
> les paquebots de patience, aux pavillons de pain nouveau.
>
> Il y aura bal sur la mer à la prochaine aube, et je t'amènerai en silence pour
> mesurer la force de tes ailes, l'espace de ton amour.
>
> Oublie le mirage des côtes, laisse tomber ta pesanteur de fidélité sentinelle et
> viens, par-delà les sanglots, par-delà l'image du temps défait, viens, ma parure de
> liberté.[27]

이 시는 "푸른 파도" 위를 취한 듯 날아가는 "갈매기", "새로 거 둔 양식거리"로 채워진 풍족한 인간의 "집들", 그리고 "새벽녘" 동 이 틀 무렵 "바다" 위를 나는 온갖 새들의 "무도회" 등을 말하고 있어, "힘찬" 생명력 넘치는 물질 자연환경의 아름답고 풍요로운 정경을 낭만적인 감성으로 보게 한다. 하지만 이 시각을 조금 더 확대하여 시에 표현된 물질적인 자연풍경을 생태학적인 관점에 따 라 생각해 볼 수도 있을 것이다. 그래서 "바다"는 항구적인 정착지 를 찾아 "갈매기"가 "자유"의 항해를 하는 곳으로, "푸른 풀밭" 등 의 물질자연과 인간이 조화롭게 공존하는 영원한 거주지의 길목에 있는 "사랑의 공간"이라고 할 수 있다. 시는 "갈매기"를 통해 "바 다"라는 순전히 지리적인 물질적 환경을, 항구적인 거주지를 찾아 내려는 인간의 욕망을 상징하는 장소로 바꾸고 "사랑"의 개념으로 고양한다(이 "사랑"은 앞 항목들에서도 언급된 바와 같이 필롱의 작품들에 흔히 나타나는 주제다. "나는 여기서 장 기 필롱의 시 작 품들에 감동하여 경의를 표하고자 한다. 그의 시들은 지리학을 사 랑의 메시지로 호화로운 품격에 오르게 했고, 그 각각의 품위로, 영혼의 풍경을 비추는 사랑의 섬광을 만들었다."28)).

생명체인 "갈매기"가 모험 여행을 하는 장소, 즉, "바다"는 위기 에 처한 물질자연의 생태계를 회복시켜 그곳에서 항구적으로 정착 하고자 하는 인간의 욕망을 상징하는데, 인간은 이러한 욕망을 가 졌음에도 불구하고 그 자신만을 위해 대지 등을 파괴하는 이기적

---

27) Jean-Guy Pilon, 'La mouette et le large', *La Mouette et le Large*, dans *Comme eau retenue; poèmes 1954-1963, op.cit.*, p.75.

28) Henri Dorion, 'Écrire l'amour, ce paysage de l'âme : discours inaugural' (pp.9-23), *Liberté*, vol. 39, n.4, 1997, p.19. 인용문에서 "나"는 앙리 도리옹을 가리킨다.

인 욕망을 버리기 힘들다. 인간이 물질자연을 훼손하는 것은 자연 요소들이 자유자재로 다양하게, 그러나 전체적으로 조화를 이루며 지구상에 배치되어 있는 비위계적인 체계를 파괴하는 것이다. 이는 인간이 비위계적인 물질적 자연의 체계를 위계적인 사회의 체계처럼 만들기 위한 것이다. 이 과정에서 사회 전체의 위계적인 질서 체계와 물질자연의 순리적인 비위계적 체계가 서로 충돌하기 때문에, 현대인들은 물질자연의 순리를 따르는 전통 사회 체제의 성원들이 느끼는 공동체적 유대감을 갖지 못하고 존재로서의 안정성을 잃게 된다.[29] 따라서 인간이 다시 정주할 항구적인 장소를 찾을 수 있다면, 인간은 무엇보다도 원래 그대로의 물질적인 자연과 함께 살며 존재인 자신의 정체성을 재확립할 수 있을 것이다.

문화의 진보로 인간의 세계는 물질적인 생활 면에서 많은 발전을 이루었으나 그 본연의 정체성을 점차 잃어가고 있기 때문에, 필롱의 시는 인간을 새로운 영원한 쉼터에 도달하게 하려고 그 쉼터의 길목에 있는 "바다"를 "사랑"의 장소로 바꾸어 물질자연과 인간이 그곳을 함께 항해하게 하는 것이다. 그러한 "바다" 너머에 현대인이 자신의 삶을 찬미하며 살 수 있는 항구적인 거주지가 있을 것이다.

---

29) 그와 같은 모든 상황을 생태계의 위기로 보는 관점이 있다. "위계화된 사회관계가 자연 질서를 위계적인 사회 질서 안으로 편입시키면서 자연 질서의 다양성과 풍성함을 파괴했다. 즉, 자연과 사회의 유기적 조화 관계가 파괴되고, 자연 질서를 통해 형성된 사회의 윤리적 토대가 붕괴되었는데, 이것이 바로 생태계 위기이다. 생태계 위기란 단순히 자연환경의 파괴 정도의 문제가 아니라 자유와 다양성, 창조성을 제공하던 윤리적 토대를 위협하는 위기이다." (이상헌, 『생태주의』, 앞의 책, pp.109-110).

3.2. 공유지에서의 행복

"바다" 저편에 있을 현대인의 진정한 거주지는 우선 물질적인 자연이 파괴되지 않는 곳이어야 한다. 물질자연의 생태계는 인간에 의해 활용되거나 향유되지 않을 때, 또는 인간이 그것을 어느 정도 활용할 때, 최적의 상태에서 인간에게 혜택을 주고 그 자원 가치가 상승한다고 한다. 이 후자 관점에서는 휴식하고 있는 물질자연을 인간이 얼마만큼 활용하는 것이 좋은가가 문제 된다. 휴식하는 자연을 개인들이 서로 많이 활용하려고 하면 각 개인의 욕구들이 서로 충돌하여 결국 사회가 파멸될 수밖에 없는, 즉, "공유지의 비극"[30]이 초래되기 때문이다. 이 "비극"을 겪지 않기 위해, 인간은 개인의 이익만을 위해 물질 생태계를 망치는 "환경 사용자"가 되지 말고, 물질 생태계를 보호하며 개인의 이익을 취하는 "환경 향유자"가 되어야 한다.

필롱의 시에 표현된 "여름" 한 계절 텅 비어 있는 도시는 그러한 "공유지의 비극"이 잠시 멈추어진 장소이고, 시를 말하는 주체는 한산한 도시의 분위기를 즐기는 "환경 향유자"가 된다.

> 얼굴 없는 시끄러운 소리가
> 회한의 약한 마음을 빠져 지나간다
> 맑은 여름비 아래
> 추억들로 멍든

---

30) "공유지의 비극"에 관한 구체적인 예를 본다. "목초지를 공유하는 모든 목동이 똑같은 결론에 도달하여 무한정으로 소를 추가하면 이것은 목초지의 붕괴로 이어지고 결국에는 모든 목동들에게 '비극'이 된다. 하딘은 이 상황을 이렇게 표현하고 있다. '사람들이 공유지를 마음대로 사용하여 자신만[원문대로] 이익만을 추구하는 사회가 된다면 그 사회의 운명은 몰락으로 귀결될 수밖에 없을 것이다.'" (마틴 셰퍼, 『급변의 과학; 자연과 인간 사회의 아주 사소한 움직임에서 미래의 거대한 변화를 예측하다』, 사회급변현상연구소 옮김, 서울, 궁리출판, 2012 (Marten Scheffer, *Critical Transitions in Nature and Society*, Princeton University Press, 2009), p.452).

어렴풋하나 강렬한 약속이다

그토록 격렬한 긴장된 폭풍우 앞에서
그토록 강한 침묵의 손 앞에서
오 해방된 삶의 노래여
오 우리 육체의 무한한 환상이여
오 그대 나의 끓어오르는 이여

Le bruit sans visage contourne et dépasse
Les remords du cœur mal défendu
La parole est à la pluie d'été
Intense rendez-vous imprécis
Meurtri de souvenirs

Ô chant de vie libéré
Ô fantaisie illimitée de nos corps
Ô toi ma frémissante
Devant tant d'orages tendus
Devant tant de mains de silence[31]

이 시에서 주체 "나 je"는 푸르른 나무들 아래로 지나가는 사람
들과 차들로 가득했던 "여름"의 도시 거리에 이제 떠들썩한 "소음"
이 사라진 것을 말한다. 거센 "폭풍우"와 "빗줄기" 소리만이 들리
는 한산한 도시 풍경 속에서 주체는 "무한한 상상"의 나래를 펴며
평화롭고 여유 있는 "삶"의 자유를 만끽하고 있다. 사회·경제 활
동 등을 하며 물질자연을 훼손하는 현대인의 이기적인 행위가 멈
추어진 "여름"의 빈 도시에서 주체는 잠시 "공유지"에서의 행복을
맛본다. 이 이미지를 조금 더 확대해서 생각하면, 이 도시에서는,
사회의 발전을 위해 물질적인 자연환경을 파괴한 바로 그 과학기

---

31) Jean-Guy Pilon, 'Des mots de la mer...', *Les Cloîtres de l'été*, dans *Comme eau retenue; poèmes 1954-1963*, *op.cit.*, p.29.

퀘벡 시인과 언어, 예술, 자연

술에 의해 다시 병든 물질자연을 치유하여 새로운 환경으로 바꾸는 것도 멈추어져 있다.[32] 그리고 텅 빈 그 도시는 가로수 등 자연요소들의 배치 상황을 바꾸고 또 길과 주거지가 되는 공간들을 햇빛이나 공기가 잘 통과할 수 있도록 배치하면서 그 형태를 팽창하는 것도 멈추고 있다.[33]

시의 주체가 그처럼 조용해진 "여름"의 도시 안에서 "해방된 삶의 노래"를 하며 "끝없는 환상"의 자유 시간을 통과할 때, 즉, "공유지"에서의 행복을 누릴 때, 그는 물질재화도 소유하지 않은 듯 잠시 자신의 순수한 존재감에 취해 있다고 할 수 있다. 물질재화의 풍요와 인간 존재의 가치 하락은 현대 사회의 전형적인 양면성이다. "오늘날 생산과 소비 그리고 교류 활동에 의한 경제발전은 '심신 상태'에서 인간이 퇴보되는 것으로 나타난다. '가진다는 것'에서의 풍요로움이 '존재한다는 것'에서의 빈곤화를 초래한다."[34] 생산과 소비의 증가로 물질적인 생활환경이 넉넉해진 그만큼 인간은

---

32) 그러한 상황에서 사람들은 이와 같은 생각을 하지 않을 것이다. "기술 분야의 발전은 받아들일 수 있을 만큼 오염을 줄일 것이고 자원의 고갈을 막을 것이다. 현재의 삼림들은 사라질 수도 있다. 하지만 우리는 산성의 비를 맞으며 꽃이 필 수 있는 새로운 종류의 나무들을 다시 발견하고 만들어낼 수도 있다. 게다가 또 우리는 완전히 나무를 필요로 하지 않고 지내는 방법을 찾아내 살아갈 수도 있다." (Arne Næss, *Écologie, communauté et style de vie*, traduction de l'américain, Paris, Éditions MF, 2008 (*Ecology, community and lifestyle*, Cambridge University Press, 1989), p.153).

33) 따라서 그 도시에서는 다음과 같이 진행될 수 있는 보수 공사도 휴식 상태다. "건축물이 있는 공간과 비어 있는 공간 간의 관계에서, '보수 공사'는 건축물이 있는 공간을 중시하지 않고, 공기나 햇빛이 잘 순환하며 통과할 수 있는 기술적인 배치를 따라야 하는 그러한 흐름을 중시한다. 개량한다는 것은 장애물을 피해 여러 흐름의 이동을 보호하는 것이다. 하지만 예술이 우리에게 알려주는 바가 있듯이, 개량한다는 것은 역사의 중심지를 보존하고 교외 외곽 지대를 위해 경치가 좋은 미학적인 효과를 남기면서 예술적으로 그렇게 하는 것이다." (Maria Stella Martins Bresciani, 'Améliorer la ville; interventions et projets esthétiques. São Paulo 1850-1950' (pp.169-192), *Parler en ville, parler de la ville; Essais sur les registres urbains*, sous la direction de Paul Wald & François Leimdorfer, Paris, UNESCO, 2004, p.180).

34) Philippe Saint Marc, 'De «l'économie barbare» à la crise de l'homme' (pp.173-182), *L'Écologie au secours de la vie; Une médecine pour demain*, l'ensemble d'articles coordonnés par Philippe Saint Marc et Jacques Janet, Paris, Éditions Frison-Roche, 2004, p.179.

정신적으로 빈곤해져 자존감을 잃게 되는데, 현대 사회의 이 모순을 시의 주체는 잠시 극복한 듯하다. 그는 물질적인 재화를 지향하는 "삶"의 목표와는 관계없이 오직 자신의 여유로운 "삶"의 한순간을 즐기며 "생"을 찬미하고 있다. 그가 이처럼 "삶"을 기뻐하며 자신의 존재감에 충만해 있을 수 있는 곳, 그리고 물질적인 자연의 강인한 생명력이 파괴되지 않는 곳, 이러한 곳이 현대인의 항구적인 거주지이다. 그곳은 "바다" 너머에 있으리라 생각되었던 곳, 하지만 그곳은 "공유지" 안에서, 즉, 텅 빈 "여름" 도시의 안락한 물질자연 생태계 내에서 시의 주체가 바로 '지금 여기'에서 향유할 수 있는 곳에 있다. 이곳이 사회·문화적 상황인 비물질적인 복잡한 자연조건과 조화를 이룰 수 있는 곳이라면 주체에게는 더욱 안락한 장소가 될 것이다.

*   *   *

지금까지 살펴본 바와 같이, 필롱의 시 작품들은 자연을 크게 물질적 환경에 관한 생태학 쪽에서, 그리고 다양한 요인들로 구성되는 사회·문화 현상 등에 관한 생태학 쪽에서 생각하게 한다. 이 넓은 의미의 자연에 관련하여, 그의 작품들은 사물 또는 기타 생명체 등과 같은 물질 자연요소들의 본성과 한 "나라"의 사회·문화적인 비물질적 상황 등을 왜곡하지 않고 정확히 명명하며 궁극적으로 자신의 존재에 대한 의식을 재확립하려는 인간을 표현한다.

명명 문제에 이어 필롱의 작품들은 인간의 도시 문제를 다룬다. 도시 "퀘벡"은 자연을 비물질적인 사회·문화 현상 쪽에서 드러내며 퀘벡 사람들의 정신적인 조국이 된다. 반면에, 도시 "몬트리올"
은 자연을 물질 현상 쪽으로 부각하며 계절의 순환 법칙 속에서
신비로운 생명력을 발산하는 장소가 된다. 이 도시는 특히, 대지의
시간적·공간적 조건에 따라 생명력을 확장해 나가는 물질자연에
무한한 사랑과 강렬한 신뢰를 보내는 것이 인간의 보편적인 삶의
가치임을 확인해 준다.

　필롱의 작품들은 "퀘벡"과 "몬트리올"을 이상적인 도시들로 고
양하고 있는데, 이는 현대인의 실제 거주지가 물질재화의 풍요로움
에도 불구하고 인간의 정체성을 점점 불안정하게 한다는 것을 말
하려는 것이기도 하다. 그의 작품들이 인위적인 물질문명의 혜택을
누리기 위해 물질 자연계를 파괴하는 현대인과 이 물질자연과의
관계 회복을 생각하게 하고 또, 다시 정주하기 위해 새로운 장소를
찾아 떠나는 현대인의 유동적인 삶을 생각하게 하는 것은 바로 그
때문이다. 산이나 바다, 그리고 식물과 동물로 꾸며진 지리적 환경
을 지칭하는 물질적인 자연에 관해 사색해 보지 않은 시인은 동서
양을 막론하고 없을 것이다. 하지만 필롱에게서 자연은 그 어느 시
인들에게서보다 더 그러한 방향에서 시적 영감을 주는 좋은 자원
이다. 따라서 그의 시 작품들은 "바다", "여름", 풍경 등 물질자연
에 생명의 빛을 부여하며 그것과 함께 살 수 있는 새롭고 영원한
인간 공동체를 건설하려 한다. 현대인이 항구적으로 거주할 수 있
는 참다운 장소는 "바다" 저편에 있다고 생각되지만, 사실 이 장소
는 현대인이 물질자연과 함께 그의 감성적 심미관을 따라 삶의 행
복을 누릴 수 있는 바로 '지금 여기'에 있다.

　필롱의 작품들이 보여주는 그러한 모든 경향은 "인간이 만물의

영장"이라는 인간중심주의적인 사고에 근거하여, 물질 자연계에 대한 윤리의식을 저버린 채 자연을 무분별하게 파괴하며 자연과 충돌하는 인간의 이기적인 욕망과 정서적 불안을 완화하려는 데 있고, 그 결과 인간이 주체적 존재로서 균형 잡힌 의식세계를 구축할수 있도록 하려는 데 있다. 그리고 그의 작품들은 문학작품이 그처럼 존재 위기에 처한 상황에서 현대인에게 물질적인 자연환경과사회·문화적인 자연환경이 조화를 이루는 생태계를 지향하도록 그의 실천의식을 고취할 수 있음을 보여준다. 인간 삶의 환경적 요인, 즉, 물질적인 영역과 비물질적인 영역에 관련되는 생태학적 자연은 인류가 지구상에 생존하는 이상 언제 어느 곳에서나 항상 탐색되어야 할 정도로 아주 중요하다. 따라서 그의 작품들은 문학 생태학적인 관점에서, 인간이 현대 물질문명의 지배 아래 놓인 물질적인 자연의 위기는 물론 사회·문화적 요인에 관계되는 비물질적인 자연의 위기도 극복해야 함을 상기시킨다.

필롱의 작품들이 생태학적 자연에 직접 관련되는 용어들을 사용하고 있지 않기 때문에, 작품들 속에 표현된 물질자연의 이미지를순전히 은유적인 시적 의미로만 분석할 수도 있다. 하지만 그의 시작품들 전체가 주로 물질적인 자연의 이미지로 관통되고 있음은 조금 더 나아가 다시 생각해 볼 여지를 준다. 즉, 과학기술 등을통해 물질자연을 파괴하며 문명을 발전시키고 그에 따라 우선 외적으로 더욱 고양된 사회·문화적인 상황을 만들려는 인간의 욕심때문에 물질적인 자연환경과 비물질적인 자연환경이 위기에 처하게 되자, 이 두 자연환경의 중요성을 생태학적인 관점에서 환기하기 위해 그는 작품들을 그렇게 구성한 것이다.

제5장

퀘벡의 가시엥 라포엥트 시 작품에 표현된
몸의 무용술과 언어의 몸짓

가시엥 라포엥트(Gatien Lapointe)[1]는 수사학적인 면에서나 주제 면에서 전통을 따르지 않는 새로운 시를 썼기 때문에 퀘벡 시의 현대성이 지나가는 길목에 서 있는 작가로 평가받는다. 실제로 그는 초기에는 단순히 서정적인 감성으로 '나라 pays'에 관한 시를 주로 테마 면에서 썼으나 점점 현대적인 시각으로 춤추는 인간의 '몸 corps'을 언어와 관련시키며 시를 씀으로써 글 쓰는 주체의 현존성을 정립하려 했다. 한 비평가의 말이 이를 확인해 준다. 즉, "가시엥 라포엥트가 처음 작품부터 마지막 작품까지 시인으로서 중시했던 것은 우선 몸동작들, 즉, 주체의 강력한 현존성을 확립하는 그러한 다양한 '몸짓들'이다."[2]

몸은 순간적인 것에서 영원성이 발견되는 일종의 절대적인 장소

---

1) 가시엥 라포엥트(1931-1983)는 캐나다 퀘벡주에 있는 몬트리올대학교에서 프랑스 시인 폴 엘뤼아르(Paul Éluard) 연구로 문학 석사 학위를 받은 후 시 창작에 주력했고 1969년부터 생이 끝날 때까지 퀘벡대학교에서 학생들을 가르치며 문학창작 아틀리에를 운영했다. 그는 또 몬트리올의 그래픽 아트 학교(École des arts graphiques)에서 그림 등 조형예술을 공부하며 미학에 심취하기도 했다. 특히 1971년에는 제자들과 함께 <포르즈 출판사 Les Éditions des Forges>(<Écrits des Forges>의 전신)를 설립하여 본인의 작품은 물론 다른 시인들의 작품도 출판했는데, 퀘벡 시인들의 작품을 멕시코에서, 멕시코 시인들의 작품을 퀘벡에서 출간해 주기도 했다. 그의 이 행적을 기리기 위해 퀘벡 문단은 그의 사후인 1980년대 말부터 '라포엥트 상 Prix Lapointe'을 매년 번갈아가며 퀘벡 시인과 멕시코 시인에게 수여하고 있다. 그의 문학적 발자취를 굳건히 지키려는 퀘벡 독자들의 의지 속에서 라포엥트의 작품들은 명실공히 퀘벡 시의 최고봉을 차지하고 있다.

2) Joseph Bonenfant, 'Gatien Lapointe, l'enfance-radar', *Lettres québécoises : la revue de l'actualité littéraire*, n.33, 1984, p.23 (pp.23-24).

라고 생각하고 라포엥트는 신체적 창작 활동의 결과인 춤을 언어 창작 활동의 결과인 시와 결부시킨다. 인간의 육체를 본인만의 새로운 시각으로 바라보며 그는 춤을 추는 몸의 동작이 어떻게 언어 현상과 상징적인 관계를 갖는지 생각한다. 그는 입술을 통해 발음 되는 낱말의 언어 기호적인 특성이 무용술 또는 안무법과 어떤 상관관계를 갖는다고 보고 이 점을 시 속에 표현한다. 따라서 춤추는 몸이 시의 장소가 되고 시가 춤추는 몸이 된다. 무용수의 자연스러운 몸짓이 글쓰기 관점에서 보면 그대로 한 편의 시가 되는 것이다. 그에게 있어 시가 인간이 할 수 있는 최선의 표현 방법인 것처럼 춤도 인간의 가장 완벽한 표현 방법이다. 그가 필로볼러스 공연단(Pilobolus Dance Theatre, 이 무용단은 1971년 미국의 다트머스대학교 무용과 학생들이 창단한 무용단으로 퍼포먼스 댄스를 주로 보여줌)의 <오셀러스 *Ocellus*> 상연 때에 무용수들의 춤을 직접 보고 시를 쓴 것은 바로 그 때문이다.

움직이는 주체의 몸은 그가 능동적이고 강력한 현존성을 건립하기 위한 가장 직접적인 수단이 되기 때문에 라포엥트는 필로볼러스 공연단 무용수들의 춤추는 몸에 집착하고 이를 그의 시 작품들의 중심 주제로 삼는다. 시와 무용의 관계를 정립하고 서로 다른 이 두 장르를 접목하는 것이 그의 시학의 핵심이다. 따라서 본 논문은 시에 관한 이론과 언어학 이론, 그리고 무용 이론 등에 근거하여 그의 시학이 어떻게 전개되는지 살펴보려고 한다. 본고는 시 언어와 몸 언어가 어떻게 그의 작품들 속에서 서로 관련되며 그의 글쓰기의 독창성을 만들어가는지 파악한다. 무용을 할 때 몸의 기능과 이를 상징적으로 표현하는 시 언어의 기능을 파악하며 본 논문은 몸동작과 낱말, 춤추는 몸과 시, 그리고 말하기와 춤추기가

퀘벡 시인과 언어, 예술, 자연

그의 글 쓰는 방법을 통해 각각 서로 어떤 관련성을 갖는지 본다.

1. 몸과 낱말의 유기적 결합

1.1. 낱말과 말하는 몸

라포엥트에게서 낱말(mot)은 언어를 구성하는 구체적인 생물학적 단위이다. 텍스트 낱말이 발음되는 조음 과정을 보면 몸의 음성기관과 이 기관으로부터 표출되는 음성적인 표현은 연관성이 크기 때문이다. 낱말의 자음과 모음 등 각 음소는 입술 모양에 따라 서로 결합이 되기 때문에, 낱말은 곧 음성을 만들어내는 근육 활동의 총체이다. 따라서 그 시인에게서는 음성기관의 조음 활동이 이미 육체적인 동작이다. "그에게 있어 언어는 무엇보다도 지상의 것이고 감각적인 것이다. 낱말들은 유기체적인 것, 생물학적인 것, 신체적인 것에 속한다."[3]라는 표현이 그에게 합당하다.

라포엥트에게서 언어는 신체적인 것이고 생물학적인 것이기 때문에, 그가 말하는 "생체 언어"는 이 의미에서 이해될 수 있다.

생체 언어, **언어**
오, 침해할 수 없는 현존

biologique langage, LANGAGE
Ô, inaliénable présence[4]

---

3) Caroline Bayard, 'Gatien Lapointe : le sens, le paradoxe pragmatique et le visiteur du soir', *Lettres québécoises : la revue de l'actualité littéraire*, n.27, 1982, p.45 (pp.44-45).

4) Gatien Lapointe, *Corps et Graphies*, Québec, Écrits des Forges, 1999 (Sextant, 1981), p.57.

위의 시에서 "생체 언어"는 시 속에서 말을 하는 주체에게 "침해할 수 없을 정도로" 존재로서의 "현존성"을 체험하게 한다. 생물학적인 몸으로부터 나오는 언어가 추상적 개념인 주체의 존재성을 공고하게 한다. 따라서 인간의 존재적 가치는 언어를 소리 내어 말하는 몸과 몸의 발성기관으로부터 나오는 언어, 즉, 몸과 언어의 관계에 따라 확립된다.

라포엥트는 그처럼 인간의 몸과 언어를 분리할 수 없다고 보고 이 둘의 유기적인 결합에 많은 관심을 가진다.

> 간결한 낱말들로 말하는 것,
> 갑자기
> 온몸으로
> 숨이 막힐 정도로 말하는 것,
> 위협하는 죽음에
> 우리가 돌을 던지듯이,
> 벌어진 입술 위에서
> 우리가 불을 훔치듯이,
>
> 영혼을 다해 말하는 것.

> Parler à mots brefs,
> Dire tout d'un coup
> Et de tout son corps,
> A souffle coupé,
> Comme on lance des pierres
> A la mort qui menace,
> Comme on vole du feu
> Sur la bouche éclatée ;
>
> Parler d'âme à âme.[5]

---

5) Gatien Lapointe, *Le Premier mot*, texte précédé de *Le Pari de ne pas mourir*, Montréal, Éditions du Jour, 1970, p.52.

이 시에서 "간결한 낱말들"은 "온몸으로 숨이 막힐 정도로 말하는 몸"으로부터 나온다. 시의 주체가 언술하는 "낱말들"은 텍스트라는 공간 속에서 시간의 흐름을 따라가며, 인간에게 다가오는 "죽음"을 거부하는 주체의 "몸"으로부터 그의 "불"과 같은 "영혼"을 꺼낸다. 인간의 격렬한 호흡을 따라 발음기관을 거쳐 "입술 위에서" 표출되는 "낱말들"이 인간 존재에 관련되는 모든 것을 함축하는 "죽음"의 문제를 인간 자신에게 탐색하게 한다.

인간의 말하는 몸은 다른 한편으로는 음성기관으로부터 나오는 "낱말들"과 "손"으로 "타협"하는 글 쓰는 몸이기도 하다.

> 몸, 근육들, 손 전체가 바로 거기서 어떤 직관들이나 망상들을 저버린다. [...].
> 경련하는 손가락들 속에서, 낱말들의 마력에 의해 어떤 타협과 승리가 바로 같
> 은 순간에 동시에 이루어진다.

> Le corps, les muscles, la main entière sont là qui trahissent des intuitions ou des
> obsessions. [...]. Sous les doits qui se crispent, une capitulation et une victoire
> dans la magie des mots s'accomplissent au même moment.[6]

즉, 만져지지 않는 비물질적인 음소들로 구성되어 인간의 발성기관을 통해 나오는 "낱말들"은 살과 뼈, "근육" 등의 물질로 구성되는 인간의 "몸"을 통해, 다시 말해 그의 글 쓰는 "손"을 통해 언어 텍스트 위에서 그 형체를 드러낸다.

그런데 라포엥트의 작품들은 언어를 말하고 쓸 수 있도록 기능을 하는 인간의 몸의 의미를 더 확대한다. 그의 작품들에서는 인간에게 말을 하게 하는 몸의 의미가 춤을 추는 인간의 몸의 의미로

---

6) Gatien Lapointe, 'Nelligan vers tel qu'en lui-même : dispersant mon rêve en noires étincelles', *Lettres québécoises : la revue de l'actualité littéraire*, n.28, 1982-1983, p.65 (pp.65-69).

확대된다. 이는 조음기관을 통해 음성으로 나오는 낱말들과 무용수가 춤을 출 때 보여주는 동작들이 모두 신체적 활동성을 공통분모로 갖기 때문이다.

1.2. 낱말과 춤추는 몸동작

인간의 입을 통해 각각 따로따로 발음되는 낱말들이 즉시 서로 모여 전체적인 의미를 지니는 하나의 문장을 이루듯이, 무용수가 춤을 출 때 보여주는 각각의 작은 동작들도 즉각적으로 서로 연결되어 의미를 지니는 문장과도 같은 동작 전체를 구성한다. 낱말들과 춤 동작들은 각각 분절하여 표출되면서 다시 전체적으로 연결되기 때문에 서로 공통점을 지닌다. 낱말들의 분절적 성격은 언어학상으로 다음과 같이 설명된다. "단절은 **부분적이다.** 즉, 그 단절은 발화연쇄를 결코 완전히 자르지 않고 단지 발화연쇄에 구멍이 나게 할 뿐이다. 상황이 이렇지 않다면, 담화의 흐름이 중단될 것이고 낱말들도 그들 간에 관련성이 없이 이어질 것이다. 그렇지만 낱말은 일련의 담화 속에서는 결코 완전히 **고립**되지 않는다."[7] 물론 낱말들과 춤 동작들은 그러한 공통점을 가진다 해도 분명히 다르다. 춤추는 몸 각 부위의 움직임은 언어의 문법 체계와 무관하게 무용수의 생각과 감정을 표현하고, 반면에 낱말들은 언어의 문법체계를 따르는 문장구조 속에서 말을 하는 사람의 언어 행위를 만들어내기 때문이다. 이처럼 낱말들의 언어 체계와 춤추는 몸의 동작 체계가 다르기는 하지만 그의 작품들은 이 두 체계의 만남을

---

7) Lucien Tesnière, *Éléments de syntaxe structurale*, Paris, Éditions Klincksieck, 1969, p.26. 인용문에서 "단절"은 원문의 "les coupures des mots"를 표현한 것이고, "발화연쇄"는 원문의 "la chaîne parlée"를 번역한 것이다.

시도한다.

라포엥트의 시 작품은 낱말들과 춤추는 몸동작의 만남을 시도하기 때문에, 그의 작품 속에서는 시의 주체가 낱말들을 발음하며 텍스트 공간에 그의 음성을 새기듯이 무용수도 자신의 몸에 각각의 동작을 새긴다. 아래에 시 한 편을 소개한다. 이 시는 그 시인이 1971년경 필로볼러스 무용단의 <오셀러스> 공연을 보고 영감을 받아 1977년에 쓴 것이다.[8]

> 움직임들, 감정들, 연금술의
> 음소들　땀의 음악 이론을
> 만드는 놀라운 것　점액을 분비하는
> 피의 지리학　그 어떤 신에 의해
> 이 낱말들은 아직도 여명기로 충만해 있는가?
> 문신 편주를
> 운송하는 이 기호들은 어디로 향하는가?

> motions, émotions, alchimiques
> phonèmes　inouï qui se fait
> solfège de sueurs　muqueuse
> géographie du sang　de quel
> divin ces mots encore pleins d'enfance?
> vers où ces signes transitant
> le tatoué esquif?[9]

---

8) 그 시가 수록된 시집 『몸과 그래픽 *Corps et Graphies*』 전체는 시인이 필로볼러스 무용단의 <오셀러스> 공연을 보고 쓴 것으로 이 시집의 첫머리에서 그가 그 점을 밝힌다. 즉, "필로볼러스 무용단의 작품 <오셀러스>의 여백으로, 몬트리올에서 1977년 2월 1일, En marge d'«Ocellus» du PILOBOLUS DANCE THEATRE le 1er février 1977 à Montréal" (Gatien Lapointe, *Corps et Graphies, op.cit.*, p.45).

9) Gatien Lapointe, *Corps et Graphies, ibid.*, p.61.

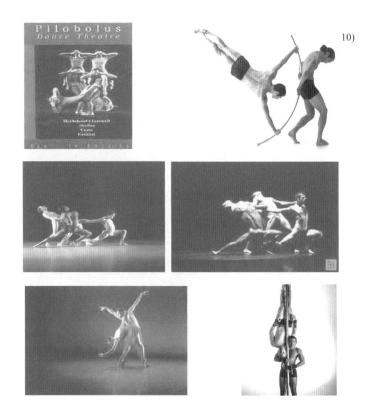

10)

위의 시는 필로볼러스 무용단의 <오셀러스> 공연을 표현하고 있기 때문에, 시에서 그 무용단의 무용수들 몸의 "움직임들"과 "낱말들"이 상징적으로 관련되는 듯하다. 그래서 입술이나 손, 발 등 몸의 각 부위를 활용하는 비언어적 표현인 무용수들의 몸동작들이 "낱말들"로 구성되는 실제 언어처럼 의미나 "감정"을 전달하는 개별적이

10) 제시된 여섯 개 무용작품은 필로볼러스 무용단이 <오셀러스> 공연 때 표현한 것이다. 라포엥트의 그 시가 이 공연을 표현한 것이 확실하기 때문에(주 8 참조), 본 논문은 시가 표현하는 장면과 가장 유사한 모습을 보여주는 그 무용들을 제시한다. 시의 문장들이 분출하는 이미지가 무용수들의 각 동작이 표출하는 이미지와 잘 일치한다고 볼 수 있어 본고는 그 시와 그 무용들을 동시에 제시한다. 본고는 차후에 언급되는 모든 내용에서도 이와 같은 맥락으로 무용작품들을 소개한다.

퀘벡 시인과 언어, 예술, 자연

고 보편적인 특성을 갖는다. 실제로, 의과대학에서 해부학을 연구한 프랑스 현대 무용 이론가 프랑수아 델사르트(François Delsarte)는 춤추는 무용수 몸의 각 부분이 그의 내면세계를 표현하는 의미적인 역할을 한다고 했다. "의미 차원에서 몸을 구분하는 델사르트(F. Delsarte, 1811-1871) 원리에 의하면, 신체의 상단 부분인 머리 부위는 정신적 의미를 나타내고, 허리 윗부분은 감정적 의미를 내포한다. 허리 아래 부분은 육체적 활력을 의미한다. 몸통 부분을 다시 구분하면, 호흡을 관장하는 폐가 위치한 몸통 윗부분은 정신과 연결된 부분이고, 심장이 놓여있는 중간 허리통은 감정과 연결된 부분이며, 내장기관과 성별기관이 있는 몸통 아랫부분은 육체적 활력 부분이다."[11]

그와 같이 신체의 각 부위가 무용수들의 춤 상황에서는 각각 의미적인 단위들이기 때문에 춤 동작들이 어떤 "감정"을 표현한다고 할 수 있다. 마찬가지로, 시에서 "음소들"로 구성되는 "낱말들"도 의미적인 단위들로서 풍부한 표현적인 힘을 지닌다. 따라서 "낱말들"은 춤추는 몸의 "움직임들"로부터 "점액질"을 분비하며 흘러내리는 "피"와 "땀"의 결과물인 "놀라움"이라는 표현성을 찾아낸다. 이 "놀라움"은 춤 표현의 기교적인 면을 가리키는 것으로, 이러한 기교는 무용수들이 신체 각 부위를 최대한 활용할 때 연결되거나 끊어지는 동작들이 기하학적인 이미지를 구성하기 때문에 빛을 발한다. 시도 그러한 "놀라운" 기교의 동작들을 표현하듯 "낱말들" 사이의 공간을 규칙적으로 배치하거나 "낱말들" 사이에 공간을 남겨두어 불규칙한 공간 배치를 하고 있다. "시나 문학이나 그림에

---

11) 나경아, 『무용의 원리: 춤추는 몸에 대한 이해』, 서울, 도서출판 보고사, 2007, p.128.

관한 모든 새로운 기법들은 더 이상 필수적이고 작위적인 버팀대로서가 아니고 시의 실제적이고 현실적인 조건"12)이라고 생각하면 시 공간을 배치한 그러한 방식은 쓰여지는 시의 공간예술로서의 조건을 충족시키고 있다고 할 수 있다.

그처럼 "낱말들"의 배치가 비록 불규칙적이라 해도 "낱말들"은 문장을 이루는 계열축과 통합축(또는 연사축)에서 그들 상호 간에 결합한다. "낱말들"의 이 결합 과정이 바로 그 무용단의 춤 동작들의 결합 과정과 유사하다. "낱말들"은 문장의 통합축 위에서 가로로 연이어 배열·결합하면서 의미적인 단위들로서 역할을 한다. "낱말들"은 또 문장의 계열축 위에서 서로 선택적으로 대체될 수 있도록 배열되면서 문장이 의미를 만들어내도록 한다. 벤베니스트는 문장과 낱말의 관계를 이렇게 설명한다. "우리가 말했듯이, 한 편으로는 의미작용을 하는 단위들이 있고, 둘째로는 이 기호들이 의미를 나타내도록 배치하는 능력이 있고, 또 셋째로는 '연사적인' 특성, 즉, 연관성이 있는 몇몇 규칙들 안에서 그리고 단지 이 방식으로만 그러한 기호들을 결합하는 연사적인 특성이 있다고 말할 수 있을 것이다."13). "우리가 알다시피, 랑그의 계열축은 연사축에 대하여, 랑그가 정확하게 연사적인 활용 가치를 가지는 범위 내에서 어떤 한 용어를 다른 용어로, 또 어떤 한 기능을 다른 기능으로 대체할 수 있다는 것에 의해 바로 특징지어지는 것이다."14) "낱말들"이 이처럼 문장의 연사축과 계열축 위에서 직렬로 그리고 병렬

---

12) Martial Lengellé, *Le Spatialisme (selon l'itinéraire de Pierre Garnier)*, Paris, Éditions André Silvaire, 1979, p.29.

13) Émile Benveniste, *Problèmes de linguistique générale*, II, Paris, Gallimard, 1974, p.97.

14) Émile Benveniste, *Problèmes de linguistique générale*, II, *ibid.*, p.101.

로 결합하며 상호관계를 갖듯이, 무용수의 동작들도 위아래로 향하며 수직으로 또 좌우로 향하며 수평으로 전개되면서 상호작용을 한다.15)

요약하면, 앞에 소개된 그 시에서, 무용 동작들 각각이 역동적으로 그리고 복합적으로 결합하며 무용작품 전체를 만들듯이, "낱말들"도 시 문장 전체를 구성하기 위해 역동적으로 결합하는 본능적인 힘을 발휘한다. "낱말들"의 불규칙한 배치구조 속에서 "음소들"의 울리는 힘을 따라 경련하는 듯한 문장들은 "땀 흘리며" 요동하는 춤추는 몸의 불규칙한 동작들의 연속성을 상기시킨다. 춤추는 몸의 펴지고 구부러지는 각각의 동작이 시 문장의 연사축과 계열축을 따라 전개되는 "낱말들"과 만난다. "낱말들"의 힘으로부터 오는 언어의 불규칙한 리듬이 무용수의 감각적인 몸을 통과하는 불규칙한 리듬과 흡사하고, 그래서 시 텍스트 속에서는 이 리듬들을 중심으로 "낱말들"의 스펙터클과 몸동작의 스펙터클이 하나를 이룬다. "낱말들"이 무용수들의 끊어지거나 연결되는 기하학적이고 기교적인 "움직임들"을 표현함으로써, "낱말들"의 언어적인 속성과 춤추는 몸동작들의 비언어적인 속성이 서로 다름에도 불구하고 시 텍스트 공간 위에서 만난다. 무용수가 하는 각각의 동작들이 춤을 구성하는 것과 시 속에서 주체의 입술을 통해 나오는 각각의 낱말들이 시의 문장을 구성하는 것은 같은 맥락이기 때문에, 라포엥트

---

15) 춤 동작들에 관한 그러한 구성은 안무과정에서 결정되는데, 실제로 안무는 이렇게 이루어진다. "안무과정은 일정하게 정해진 방식으로 작동되면서 다음 단계에 영향을 주고, 그러한 부분이 모여서 전체를 구성하는, 직선적으로 연결된 연속적 구조라기보다는 하나의 유기체적 구조 아래에서 각 부분이 상호 의존적으로 활동하는 구조이다. 따라서 안무과정을 구성하는 부분의 내용과 형식은 전체적 기능에 따라서 결정되고 그에 따라 상대적으로 변화되는 구조라고 할 수 있다." (황인주, 『무용비평의 이해와 접근』, 파주, 한국학술정보(주), 2012, p.63).

의 작품에서는 춤추는 몸이 그대로 시가 된다.

2. 춤추는 몸 : 시의 장소

2.1. 시와 무용의 상호텍스트성, 즉흥성

시의 문장을 구성하는 구문법과 춤을 만들기 위해 움직이는 무용수의 몸이 하나의 종합을 이룸으로써 라포엥트에게서 시의 첫번째 장소는 무용수의 춤추는 몸 그 자체가 된다.

> 소리의 몸, 충동의 몸,
> 송악의 이온, 전율하는 몸의 보강재
> **- 운명으로부터의 탈주자들,**
> **그들이 춤을 춘다 -**
> 생체 구문론, 창조하는 천연의 리듬들
> (그리고 **무대 밖에서는** 무슨 일이람
> 이 그림자가 콧방울로
> 우주의 새로운 냄새를 덥석 물기라도 하는가?)

> corps de sons, corps de pulsions,
> ions de lierres, liernes du frisson du
> corps ‒ ÉCHAPPÉS DU DESTIN,
> ILS DANSENT ‒ organique
> syntaxe, bruts rythmes de
> créer (et quoi HORS SCÈNE
> cette ombre happant du mufle la
> neuve odeur de l'univers?)[16]

---

16) Gatien Lapointe, *Corps et Graphies, op.cit.,* p.62.

17)

위의 시도 앞에 소개된 시처럼 필로볼러스 무용단의 <오셀러스>를 표현하고 있다. 앞에서도 이미 밝혔듯이 이 무용단의 공연은 1971년경에 있었고 라포엥트는 이 공연 장면을 상기하며 이 시를 1977년에 썼다. 물론 시인은 1971년에 공연을 보는 현장에서 그 시 작품의 초안을 썼을 수도 있다. 이 두 경우에 모두 무용의 시각적인 장면이 먼저 있었고 시의 언어적인 장면은 무용의 장면 뒤에 나타났다(두 번째 경우에는 두 장면의 선후 차이가 크지 않다). 시간상으로 볼 때 시의 언어성과 무용에 대한 시각적인 측면은 동시

---

17) 제시된 다섯 개의 무용 장면은 필로볼러스 무용단의 <오셀러스>에 나온다.

에 이루어진 것이 아니다. 그러나 언어적인 면과 시각적인 면이 비동시적이고 또 서로 다름에도 불구하고 이 두 측면은 시의 공간 속에서 함께 전개된다. 시의 언어성과 무용에 대한 시각성이 생성 과정에서 시간상으로 불일치 상황에 있다 해도, 시의 언어 공간 속에 무용의 시각적인 동작이 움직이고 있다. 따라서 시와 무용은 일종의 확장된 의미에서 텍스트들의 "상호성 intertextualité"과 관련된다고 할 수 있지 않을까 한다. 다음 인용문은 이러한 "상호성"을 인정하게 한다. "시간성에 대한 기준은 동시성과 비동시성의 관계를 구분하도록 한다. [...]. 다른 경우에는 두 요소 중 한 요소의 선행성이 확인된다. 그래서 우리는 언어적인 것과 시각적인 것 간의 관계 영역에서 폭넓은 텍스트 상호성 현상과 관련된다."[18]

시의 언어 공간 속에서 시의 언어성과 무용의 시각성이 불가분의 관계를 갖고 그래서 이 언어성과 시각성이 "상호텍스트성"의 확장된 개념 안에서 서로 관련될 수 있다고 생각한다면, 이는 무용 작품을 시 작품처럼 '언어 텍스트'로 보기 때문이다. 실제로, 시는 몸의 유기적인 구성을 표현하는 "소리의 몸", "충동의 몸", "전율하는 몸의 보강재", "창조하는 천연의 리듬들", "생체 구문론" 등의 용어들을 각각 관사 없는 동격의 명사 그룹에 놓음으로써 "춤추는 그들", 즉, 그 무용단의 무용수들의 몸 자체가 원시적인 리듬을 타는 하나의 "구문 구성"이 되는 것을 보여준다. 시 속에서, "그들"의 "춤추는" 몸 자체가 "천연적인 생체 리듬"을 따라 문장구조를 만들면서 몸짓 그 자체인 "춤을 춘다". 춤추는 몸 자체가 '언어 텍스트'

18) Aron Kibédi-Varga, 'Le visuel et le verbal : le cas du surréalisme', *Espace et poésie*, textes présentés par Michel Collot et Jean-Claude Mathieu, Paris, Presses de l'École normale supérieure, 1987, p.162 (pp.159-170).

처럼 문장을 단위로 하는 담화의 기능을 하며 의미를 생산한다. 더 나아가 무용 동작은 몸 위에서 읽히며 '구술의 시 poésie orale'가 된다.[19)

'구술의 시'를 자신의 몸으로 실천하는 무용수들의 몸짓은 그들이 두 발을 모았다가 도약하기 위해 미끄러지며 "도망치듯이" 양쪽 옆 수평으로 두 발을 밀면서 무릎을 펴는 발레(ballet)에서의 "에샤페 échappé" 동작을 통해 절정에 이른다. 시의 주체는 무용수들의 이 동작을 세계 "우주" 속에서 자기 존재의 근본을 확인하기 위해 역설적으로 "운명으로부터 탈주"하려는 인간의 몸짓으로 간주한다. 춤추는 몸에 관한 이 생각은 또 언어 문제를 통과하는 글쓰기에 관한 확인이기도 하다. 즉, 이렇게 말할 수 있다. "가시엥 라포엥트는 춤을 "인간의 가장 완벽한 표현"으로 간주했다. 몸이 그의 시의 전형적인 장소가 된 이유다. 라포엥트는 오직 몸의 있는 그대로의 표현을 유발하는 무용술에 의해 매료될 수 있었다. 글쓰기의 관점에서다."[20)] 따라서 시는 세계 속에 자리잡은 존재의 뿌리를 파악하기 위한 글쓰기의 장소이면서 동시에 춤추는 무용수들의

---

19) 시의 언어성과 무용의 시각성을 "상호텍스트성" 개념 속에서 관련시킬 때, 그리고 시 속에서 춤추는 몸이 행동하는 '구술의 시'가 이루어지는 장소라고 할 때, 이러한 점들은 라포엥트의 시가 춤추는 무용수들의 몸이 구성하는 공간성을 어떻게 표현하는지 봄으로써 더욱 분명해질 것이다. 따라서 이 문제는 본 논문의 필자가 앞으로 계속 연구를 하려고 한다. 여기서는 단지 다음의 내용에 관해서만 우선 부연 설명을 한다. 즉, 시 속에서 춤추는 몸이 행동하는 '구술의 시'가 이루어지는 장소라고 할 때, 이 상황은 다른 한편으로 보면 마치 춤이 인간의 집단 공동체 문화로 형상화될 때의 상황과 거의 유사하다는 점이다. 이에 관련해, 한 이론가의 설명을 소개한다. "인간의 모든 문화는 어떤 거대한 몸 연극과, 무한히 다양한 표현들, 그리고 우리의 일상적 몸짓만큼이나 다각적으로 펼쳐지는 기교들을 보여주는 것 같다. 그리고 그 몸 연극의 무대 위에서는, 행하여지는 하나의 행동처럼 구술의 시가 즉시 나타난다... 따라서 수행 상황에서, 엄격한 규칙이 그를 구속하지 않는 한, 춤추는 사람은 부동의 표정으로부터 춤으로, 춤으로부터 시선의 효과를 통과한다. 또 완벽한 통일성 안에서 균형이 느껴지면 질수록 춤추는 사람은 그러한 대조적인 상황으로부터 더욱더 강렬한 조화를 끌어낸다." (Paul Zumthor, *Introduction à la poésie orale*, Paris, Seuil, 1983, p.200).

20) André Gaulin et al., 'Dossier : Gatien Lapointe', *Québec français*, n.58, 1985, p.36 (pp.32-39).

몸짓 그 자체이다.

라포엥트가 무용수의 몸을 구술하는 글쓰기 관점에서 바라보며 시를 쓸 때, 무용수의 몸과 시는 아주 불규칙한 즉흥적인 상황 속에서 서로 만난다. 앞에 소개된 시에서, 무용수들의 춤추는 몸짓이 어떤 "소리"의 흐름을 타면서 "충동적"이고 급진적이며 불규칙한 모습으로 전개되듯이, 대문자로 구성된 낱말들("ÉCHAPPÉS DU DESTIN,/ ILS DANSENT")도 소문자로 구성된 그들의 앞 명사 구문들("corps de sons, corps de pulsions,/ ions de lierres, liernes du frisson du/ corps")을 설명하기 위해 연결부호(tiret) 속에 들어가면서 언어 리듬의 연속적인 흐름에 변화를 준다. 그리고 안무가 철저히 계획되지 않고 거의 즉흥적으로 추어지는 현대 무용에서처럼, 시도 소문자 용어든 대문자 용어든 구분 없이 낱말들을 첫 행들에 놓음으로써 구술하는 글쓰기의 즉흥성을 보여준다.

물론 시 주체가 강조하고자 하는 낱말들을 의도적으로 대문자로 쓰며 이 낱말들을 소문자로 구성된 낱말들과 구분하고 있다고 생각할 수도 있을 것이다. 그러나 시는 주체의 언어 리듬을 타고 자연스럽게 전개되기 때문에 시에서 주체가 의도적으로 그렇게 했다고 보기는 어려울 것 같다. 소문자로 구성된 낱말들에서보다는 더 대문자로 구성된 낱말들에서 주체의 언어 리듬이 자연스럽게 강화된 것이다. 이렇게 전개되는 즉흥적인 상황 속에서 주체의 글 쓰는 손은 그의 발음하는 목소리에 맞추어 무용수들의 몸짓을 받고, 시 주체와 무용수들의 몸은 그들 각자의 언어적 담화와 몸짓 담화 속에서 서로, 상호작용을 한다. "몸을 언어 속에 통합하는 구술성"21)

---

21) Henri Meschonnic, *Les États de la poétique*, Paris, PUF, 1985, p.133.

퀘벡 시인과 언어, 예술, 자연

이 불규칙한 시 언어의 흐름 속에 있고 또 불규칙한 무용수들의 동작 속에 있다. 시 주체와 무용수들에게서는 "목소리로부터 몸짓으로, 피부로까지, 몸 전체가 담화 속에서 활동한다."[22]

무용을 쓰는 라포엥트의 시에서 그와 같은 즉흥성이 강조되는 것은[23] 시에서든 무용에서든 순간의 개념이 중요하기 때문이다.

2.2. 문장 : 순간의 영원성 추구

라포엥트는 시를 쓰는 동안 문장 하나하나를 쓰고 또, 다시 쓰며 문장이 구성되는 매 순간의 지속적인 힘을 느낀다. 그가 즉흥적으로 글을 쓸 때에도, 그는 "순간들"의 계속성, 즉, "순간의 영원성"이 문장에 내재함을 느낀다.

> 답답한 나의 창문을 초록색으로, 푸른색으로 가득 채우는 식물 제라늄의 도약에서 내가 안도의 숨을 쉬며 희망을 되찾을 때, 그리고 그것만이 오직 내 것이고 또 그렇게 해야만 하기 때문에 내가 집요하게 강박관념에 사로잡혀 어떤 한 문장을, 언제나 같은 문장을 다시 시작할 때, 나는 현재 순간의 그러한 영원성을 말한다.

> Je dis cette éternité d'un instant comme je respire et reprends espoir dans l'élan de ce géranium qui remplit de vert et de bleu mon inquiète fenêtre, comme je

---

22) Henri Meschonnic, *Les États de la poétique, ibid.*, p.133.

23) 특히 무용에서 몸이 처음부터 춤의 정해진 기술에 따라 움직이는 전통 무용 기법을 따르지 않을 때 무용수는 즉흥적인 동작을 할 수 있다. 즉흥성은 무용수가 약간의 기본 기법만을 따르며 춤을 추다가 갑자기 다양한 움직임을 계속할 때 춤 자체가 몸동작을 이끌어가는 순간 나오는 것이다. 몸동작이 춤을 유도하는 전통 무용에서와는 달리, 현대 무용에서는 주로 춤이 몸동작을 유도하기 때문에 즉흥성이 현대 무용의 한 특징이 된다(춤의 내용과 몸의 기능에 관해 부연 설명을 하면, 이 둘은 무용수가 실제로 어느 것에 더 우선권을 부여하는가에 따라 종속 관계가 바뀐다고 한다. "일례로 춤 테크닉 중심으로 몸을 대하는 태도와 테크닉의 가능성을 염두에 두고 일상 동작 중심으로 몸을 대하는 태도는 완전히 딴판이다. 다시 말해 춤의 틀 내에서 몸을 대하는 것과 몸의 잠재력을 중시하여 몸을 대하는 것은 서로 질적으로 다른 춤을 만든다는 것이다.", 김채현, 『춤, 새로 말한다 새로 만든다』, 서울, (주)사회평론, 2008, p.76).

recommence une phrase, toujours la même, obstinément, obsessionnellement, parce que c'est la seule qui m'appartienne et qu'il ne doit pas en être autrement.[24]

문장의 그러한 특성은 다음의 시 작품에서는 이렇게 표현된다.

시간에 온통 젖은 한 문장,
타오르는 혈기의 애무,
그리고 내가 응할 수밖에 없는 이 신들!

오 불꽃으로 날아가는 몸이여,
내가 해안가에서 계속 태어날 것인가?

Une phrase tout imprégnée de temps,
Une caresse brûlante de sang,
Et ces dieux qui m'obligent de répondre!

O corps volant en flammes,
Naîtrai-je sans fin au bord de la mer?[25]

위의 시는 라포엥트가 필로볼러스 무용단의 춤을 보고 쓴 작품은 아니나 그가 생각하는 시 문장의 개념을 보여준다. "해변에서 계속 태어날 수 있을지" 자문하는 "나 je"와 "시간에 젖은 문장"이 서로 관련된다고 보면, "문장"은 해체될 위기에 처하는 불연속적인 순간들 속에 있다. 하지만 "문장"은 활활 "타오르며 불꽃으로 날아가는 몸"이 되는 듯 "시간"의 연속선 위에서 전개된다. 이 "문장"은 "몸"일 수 있고 또 시의 구성분이기 때문에, "몸"은 글을 쓰는 "몸"으로 순간순간 점철되는 시 텍스트 자체라고 할 수 있다. 이 "몸"은 춤추고 있지는 않지만 마치 무용수의 몸처럼(라포엥트의 작

24) Gatien Lapointe, 'À ras de souvenir à ras d'avenir', *Liberté*, vol.13, n.1, 1971, p.47 (pp.43-48).

25) Gatien Lapointe, *Le Premier mot, op.cit.,* p.49.

품들에서는 말을 하는 인간의 몸이 흔히 춤추는 사람의 몸의 의미로 확대되기 때문) 불연속적인 시간으로 이어지는 연속선상에서 글을 쓰고 있는 듯하다. 결국, 라포엥트에게서 시 "문장들"은 해체될 듯하면서도 해체되지 않는, 즉, 불연속적인 "시간"의 선을 따라가면서 "계속" 이어지는 가운데 구성된다.

라포엥트의 시 문장들은 그와 같은 특징을 가지고 있어서 즉흥적이고 우발적으로 동작을 펼치는 무용수들의 전위적인 무용기법을 상기시키며 문장들과 춤 동작들의 연속성이 불연속성에 토대를 두고 있음을 보여준다. 현대 무용의 전위적인 기법에 따라 필로볼러스 무용단의 무용수들이 몸의 움직임을 이끌어가며 즉흥적인 춤을 출 때, 이 상황을 표현하기 위해 시의 문장들은 주체의 글 쓰는 순간순간이 마치 점들처럼 끊어지면서도 계속되는 듯한 "순간의 영원성"을 만들어내려고 한다.

문장들을 통해 춤추는 몸과 시가 만난다는 것은 무용수의 몸과 그리고 그의 몸이 담기어 있는 자연의 세계가 서로 소통하여 또 다른 새로운 무엇인가를 시 속에서 만들어낸다는 뜻이기도 하다. 따라서 무용수의 몸으로부터 분출되는 감각적인 리듬과 자연으로부터 솟아나는 원초적인 리듬이 결합하여 시 속에서 새로운 형태의 리듬이 솟아난다.

2.3. 강-춤추는 몸-말

라포엥트의 시에서는 "강"과 같은 자연의 리듬과 춤추는 몸의 리듬이 "말"이라는 명분을 얻고 하나가 된다. 시는 바로 이 합일이 거행되는 장소이다.

나의 언어는 아메리카 태생이다
나는 이 풍경으로부터 태어났다
나는 강의 진흙 속에서 숨을 쉬었다
나는 땅이고 나는 말이다
태양이 내 발치의 초목에서 일어난다
태양이 내 머리 밑에서 잠이 든다
나의 팔들은 내 몸을 따라 흐르는 두 개의 대양이다
전 세계가 와서 내 옆구리를 친다

Ma langue est d'Amérique
Je suis né de ce paysage
J'ai pris souffle dans le limon du fleuve
Je suis la terre et je suis la parole
Le soleil se lève à la plante de mes pieds
Le soleil s'endort sous ma tête
Mes bras sont deux océans le long de mon corps
Le monde entier vient frapper à mes flancs[26]

위의 시가 수록된 시집 『생로랑강에 바치는 서정단시 *Ode au Saint-Laurent*』는 493행으로 구성된 한 편의 장시이다. 이 시집 전체에서, "아메리카" 대륙에 뿌리를 두는 생로랑강(캐나다의 온타리오(Ontario)주와 미국의 뉴욕(New York)주를 통과하는 온타리오 호수에서 출발하여, 캐나다 동부에 있는 퀘벡주를 통과한 후 대서양으로 흘러감)은 퀘벡이라는 한 주를 통과하는 장소로서 모든 퀘벡 사람을 결합하는 상징체가 된다.

그 시의 시행들에서, 생로랑강은 "나 je"의 몸으로 의인화되어 그의 몸을 이루는 "팔"과 "발", "허리" 등이 시 텍스트 안에서 움직이고 있다. 이처럼 움직이는 "나"의 몸은 "이 풍경", 즉, "아메리카" 대륙에서 태어났다. 그런데 "이 풍경"이라는 표현에 포함된 지

---

26) Gatien Lapointe, *Ode au Saint-Laurent*, Québec, Écrits des Forges, 2007 (Montréal, Éditions du Jour, 1963), p.79.

퀘벡 시인과 언어, 예술, 자연

시사 "이"는 "나"라는 주체가 자신의 주관적인 관점에서 그가 발화하는 바로 그 순간에 그가 위치한 공간을 한정한다. 지시사 "이"에 관한 정의를 우선 본다. "지시사의 탐지 체계는 자연 언어가 사용할 수 있는 유일한 것이 아니다. 하지만 그것은 아마도 가장 중요한 것이고 틀림없이 가장 독창적인 것이다. 왜냐하면, 이 탐지는 담화에 내재하는 별개의 단위들에 대해서가 아니고 그 담화와 무관한 이질적인 어떤 것에 대해서, 즉, 의사소통 상황의 구체적인 정보에 대해서 행해지는 특징을 가지기 때문이다."[27] 따라서 그 시에서 "나"는 그 자신이 말을 하며 자리잡고 있는 한 장소인 바로 "이 풍경" 속 '여기서 지금, 이 순간에' 흘러가고 있다.

'여기서 지금, 이 순간에' 흘러가고 있는 "강"인 "나"는 출렁이는 물결처럼 '여기서 지금, 이 순간에' 춤추는 무용수인 "나"일 수 있다. 그 시는 필로볼러스 무용단의 춤을 직접 표현하고 있지는 않지만 "강"이 "나"라는 사람이기 때문에 그 시는 시와 무용의 관계를 탐색하는 데 차용될 수 있을 듯하다. 따라서 무용수가 몸의 감각적인 리듬에 따라 무대 위에서 팔과 발로 자신의 몸의 역사를 쓰듯이, "나"라는 자연, "강"도 자신의 출렁이는 본래대로의 자연적 리듬에 맞추어 시 속에서 자신의 "팔"과 "허리"로 시각적인 장면을 연출하며 흘러가는 자신의 몸의 역사, 즉, 퀘벡의 근원지인 "아메리카" 대륙의 역사를 쓴다. 시 속에서 "강물"의 흐름은 물의 유동적인 리듬에 맞추어 진행되는 춤과 같은 것으로, 이는 무용수의 몸이 그대로 물 공간 자체임을 상기시킨다. 물론 무용수의 몸이 움직

---

27) Catherine Kerbrat-Orecchioni, *L'Énonciation; De la subjectivité dans le langage*, Paris, Armand Colin, 1980, p.55.

이면서 무엇인가를 만드는 공간이 전형적인 공간 개념이지만 이 개념을 확장하면 그렇다. 실제로, "무용은 공간 속에서 가시적인 몸의 움직임을 행하는 예술이다. 춤추는 주체자인 몸도 하나의 공간이요, 몸의 그 공간이 춤추는 장소 또한 하나의 공간이다."[28]라고 말할 수 있다.

"나"라는 주체가 "강"이라는 몸이고 더 나아가 "말"이기 때문에, 그리고 "강"은 춤추는 무용수의 몸과 동일하기 때문에, 시는 "나"라는 감각적인 출렁이는 몸과 "나"라는 "말"을 통해서, 즉, '강-춤추는 몸-말'이라는 새로운 감각 리듬의 형태를 따라, 퀘벡 역사의 생성 원리에 다가가는 장이라고 할 수 있다. 춤추는 몸과 "강"이라는 두 개의 감각체들이 그들 각자의 감각적인 "말"을 기반으로 하나의 감각체가 되는 그러한 상황은 다음 논리로도 설명될 수 있을 것이다. "감각 덩어리인 몸은 역시 감각 덩어리인 세계가 발휘하는 감각의 리듬과 유형에 의해 틀지어짐으로써 세계 속에 제대로 존재할 수 있는 것이다. 감각 덩어리인 몸에 틀지어진 감각의 리듬과 유형은 구체적인 세계의 상황을 맞이할 때 이제 거꾸로 자신에 구비된 감각의 리듬과 유형을 역시 감각 덩어리인 세계에 전달할 수가 있다. 그래서 이제 세계로부터 오는 감각의 리듬과 유형은 몸으로부터 발산되는 감각의 리듬과 유형과 겹쳐져 새로운 종합적인 감각의 리듬과 유형을 형성하게 된다."[29]

그 시에서 몸이 "강물"로서 춤추는 무용수의 모습을 상기시키는

---

28) 이혜자, 「몸과 함께 춤추는 공간; 몸으로 그려지고 지워지는 공간」, 『공간과 도시의 의미들』, 철학아카데미 지음, 서울, 소명출판, 2004, p.136 (pp.119-162).

29) 조광제, 「몸과 몸 소통」, 『몸과 몸짓 문화의 리얼리티』, 성광수/조광제/류분순 외 지음, 서울, 소명출판, 2003, p.489 (pp.483-509).

퀘벡 시인과 언어, 예술, 자연

것은 흘러가는 몸 또는 춤추는 몸이 바로 시를 쓰는 주체의 몸, 시가 되는 주체의 몸이고 결국은 시의 장소라는 것을 말해준다.

춤추는 몸이 시의 장소가 된다는 것은 춤을 추는 것이 시를 쓰는 것 또는 시 속에서 말하는 것과 같다는 것을 의미한다. 그래서 라포엥트의 시는 말하기와 춤추기를 동시에 보여준다. 이 상황은 앞 항목들에서 이미 확인되었다. 따라서 다음 항에서는 앞에서 언급된 내용을 기반으로 하여 그의 또 다른 시 작품들이 어떻게 춤추는 몸과 시를 배치되는 상황 속에 놓고 말하기와 춤추기의 일원화를 시도하는지를 조금 더 다양한 관점에서 살펴보려고 한다.

3. 말하기와 춤추기

3.1. 시 문장의 구속력과 춤추는 물질적인 몸으로 부터의 해방

라포엥트의 시 작품들은 시의 주체가 말을 하는 것이 무용수가 춤을 추는 것과 같다는 원칙을 정립하기 위해 필로볼러스 무용단의 <오셀러스> 공연을 표현한다. 앞 항목들에 제시된 시 작품들처럼 다음의 시도 그 예를 보여준다.

> 놀란 몸 노래하는 몸 -
> **춤** - 근육 작품 외침
> 빛나라 이전에 정해진 도로여.
> **의미를 넘어**, 끊임없는 변화,
> 오직 목마름 입술만을
> 찾으려 하며 근거 없이

무심코 혈액이 번뜩인다

corps étonnés corps entonnés -
DANSE – muscles écrits cris
luis   route jamais fixée,
HORS DU SENS, incessante variation,
le sang étincelle sans preuves et
sans desseins ne cherchant
qu'une soif   une bouche[30]

31)

---

30) Gatien Lapointe, *Corps et Graphies, op.cit.,* p.53.
31) 소개된 네 개의 무용작품은 필로볼러스 무용단의 <오셀러스> 공연 때 나온다.

194

그림자 댄스 <섀도우랜드 Shadowland>를 비롯하여 서커스, 아크로바틱32) 등 다양한 연기로 단순하고 가벼운 내용의 퍼포먼스를 주로 보여주는 필로볼러스 현대 공연단은 사람의 몸을 운동 역학적인 관점에서 최대한 활용한다. 따라서 무용수는 춤추는 주체로서 자신의 정신적인 내적 인식 차원을 넘어 동작 기술을 최대한 사용하며 몸 감각기관의 힘을 최대한 체험하려고 한다. 무용수는 자신의 삶이 몸으로부터 분리되지 않고 몸과 완벽하게 하나가 되기 위해 세포나 호르몬 등에 의해 영향을 받는 유기체로서의 몸의 물질적인 기능을 벗어나기를 원한다. 아방가르드적인 몸동작을 보여주는 무용수의 이러한 상황은 다음과 같은 표현으로 대변될 수 있을 것이다. "'나는 몸을 가지고 있다'라고 말하는 것으로는 충분하지 않다. '나는 몸이다'라고 말하는 것이 역시 사실이고, 더 사실이기까지 하다(이 두 표현의 어떤 표현도 만족스럽지 않음에도 불구하고)."33) 결국, 춤추는 무용수의 몸은 외부 감각세계를 향해 자신을 개방함으로써, 즉, 몸 자체가 갇혀있는 유기체적인 구조로부터 해방됨으로써, 요동치는 물질적 생명력을 분출하며 매 순간을 포착하

---

32) 아크로바틱 동작은 다음과 같이 특징지어진다. "신체적 기능의 한계를 넘는 아크로바틱 동작 기술은 유연성과 근력의 최대치를 보여주는 다양한 동작을 시도하게 되므로 발끝으로 서고, 쉬지 않고 돌고, 높이 뛰어오른다. 인간의 신체적 한계를 뛰어넘는 동작은 무용수에게 커다란 성취감을 가져다주기 때문에 계속해서 좀 더 어려운 테크닉에 도전한다." (나경아, 『무용심리학』, 서울, 도서출판 보고사, 2011, p.51). 아크로바틱 동작 기술이 이렇게 정의된다면, 필로볼러스 무용단의 춤은 아방가르드적이긴 하지만 "부정의 미학"을 실현하는 포스트모던 댄스와는 조금 다르다. 춤 기술의 기본 또는 세련된 구성을 무시하고 각 동작을 따로따로 반복하며 동작들이 연결되는 표현성을 파괴하는 "부정의 미학"을 필로볼러스 무용단은 보여주지 않는다. "'스펙터클 부정, 탁월한 기량 부정, 마법과 가장, 전환 부정, 스타 이미지의 매력과 탁월함 부정, 과장된 영웅주의 부정, 반 영웅주의 부정, 시시한 이미지 부정, 공연자나 관객의 몰입 부정, 스타일 부정, 꾸미는 태도 부정, 책략으로 관객을 유혹하는 일 부정, 기발함 부정, 감동을 주고받는 것 부정'이다." (김말복, 『무용예술코드』, 파주, 한길아트, 2011, p.446)라는 "부정의 미학" 정의에 따라 그렇게 생각할 수 있다.

33) Xavier Lacroix, *Le Corps et l'esprit*, Paris, Vie Chrétienne, 1995, p.50.

려고 한다. 춤추는 몸처럼 위에 소개된 시도 문장의 질서정연한 구속적인 체계로부터 해방되려는 듯 간결하면서도 다소 뒤틀리는 구조 속에서 날것 그대로의 음성으로 표출된다. 앞 항목들에 소개된 시들에서처럼 그 시에도 대문자와 소문자로 구성된 낱말들이 섞여 있고 낱말들 사이의 여백도 일정하게 배치되어 있지 않은 점 등은 마치 불규칙하게 춤추는 몸짓, 즉, 기하학적 구조의 전위적인 춤 동작을 보여주는 듯하다.

다소 자유분방한 문장구조를 따라 시 언어는 격정적인 리듬으로 진동하며 전위적이고 격렬하게 "외치듯이" 춤추는 몸에 "혈액이 번뜩이는" 남성성을 부여한다. 시는 이때 주체가 그 자신이 말하는 순간에 자신의 언어 리듬에 맞추어 움직이는 그러한 행동이 되어 무용수가 춤을 추는 바로 그 순간에 말하는 몸 자체가 된다. 시는 운율 리듬의 순간순간을 따라가며 입을 통해 낭송되고, 말하는 몸인 이 시는 춤추는 몸을 통해 계속되는 순간마다 언어 행위를 한다. 시는 "입술" 위에서 숨 쉬는 행위적인 것이고 동시에 몸 위에서 숨 쉬는 예술인 움직이는 춤인 것이다. 요컨대 이렇게 말할 수 있다. "'시'는 예를 들면 '행동'이다. 왜냐하면, 시는 낭송하는 순간에만 존재하기 때문이다. 그래서 시는 '현재 실행되고 있는' 것이다. 이 행위는 춤처럼 어떤 상황을 만들어내는 것만을 목표로 삼는다. 그러니까 이 행위는 자신의 고유한 법칙들을 설정한다. 그 행위는 또한 그에 적절하고 본질적인 어떤 시간과 그 시간의 어떤 크기를 만들어낸다. 그래서 그 행위는 자신의 계속되는 형태와 구분될 수 없다. 시를 낭송하기 시작하는 것은 말로 하는 춤추기로 들어가는 것이다."[34] 따라서 몸을 사용하는 무용수의 춤추는 행동

체계와 언어를 사용하는 시 주체의 언술 행위가 모두 각 행위의
순간을 잡으려 하며 서로 분리되지 않는다. 춤추는 몸이 시를 "노
래하는" 몸이 되고, 말하는 몸인 시가 춤추는 몸이 되는 것은 몸의
행위에 순간마다 나부낄 수 있는 본능적인 감각을 일깨워주려는
시 주체의 현대적 개념의 글쓰기를 상기시키기도 한다.[35] 이때 춤
을 추든 말을 하든, 몸은 일상생활을 하는 현대인의 몸에 부여된
이성적인 삶의 "의미를 넘어"간다.

시를 쓰는 주체의 언술 행위와 춤을 추는 사람의 무용 행위가

---

34) Paul Valéry, 'Philosophie de la danse', Œuvres, I, édition établie et annotée par Jean Hytier, Paris, Gallimard, 1957, p.1400 (pp.1390-1403).

35) 말하는 사람의 몸 그 자체가 시가 되는 몸, 즉, 시를 쓰는 주체의 몸, 이 몸이 무용하는 사람의 몸이 되는 것, 이러한 연결 상황을 시 주체의 글쓰기가 만든다. 그로써 무용수는 자신의 몸속에 내재하고 있는 감각물질들의 생명력을 따라 분산되고 다시 모이는 각각의 열정적인 동작들을 만들어내고, 시도 말하기가 피상적이지 않고 창조적인 힘을 발휘할 수 있도록 낱말들의, 즉, 문장 속에서 서로 충돌하며 해체되고 다시 집결하는 낱말들의 격렬한 운동을 만들어낸다. 시 낱말들의 모임과 해체, 다시 모임, 그리고 무용 동작들의 모임과 해체, 다시 모임은 결국은 하나가 되기 위해 시의 말하기와 무용의 춤추기가 각각 생성되는 과정이 같다는 것을 의미한다. 시집 『생로랑강에 바치는 서정단시』에 수록된 시 한 편에서 이 점을 확인할 수 있다. «Ce paysage est sans mesure/ Cette figure est sans mémoire// J'écris sur la terre le nom de chaque jour/ J'écris chaque mot sur mon corps// Phrase qui rampe meurt au pied des côtes// J'ai refait le geste qui sauve/ Et chaque fois l'éclair disparut/ Tu nais seul et solitaire ô pays// 이 풍경은 무한하고/ 이 모습은 추억에 없다// 나는 나날의 이름을 대지 위에 쓰고/ 나는 각각의 낱말을 내 몸 위에 쓴다// 기어오르는 문장이 해안 기슭에서 죽는다// 내가 구해내는 몸짓을 되풀이했고/ 매번 번갯불은 사라졌다/ 오, 나라여 너는 홀로 외로이 태어나는구나» (Gatien Lapointe, Ode au Saint-Laurent, op.cit., pp.87-88). 이 시의 주체인 "나 je"는 (앞에서도 그랬듯이) 강을 의인화한 사람이다. 따라서 넘실넘실 흘러가는 강은 곧 시의 주체인 "나"일 뿐만 아니라 춤추는 사람인 "나"일 수도 있다. "나"로 표현되는 강물과 무용수의 몸짓이 하나다. 즉, 무용수는 자신의 감성에 따라 몸의 근육을 긴장시키거나 이완시키며, 격정적인 몸짓으로 공간 속에 무엇인가를 채우고 지우며, 그가 움직이는 시간과 공간에 변화를 준다. 마찬가지로, 시 속에서 생로랑"강물"도 "낱말들"을 모아 스스로 "쓴 문장"들이 자신의 "해안 기슭에서 죽는 것"을 보고 다시 "살리기"를 "되풀이"하며 흘러간다. "강물"의 이와 같은 상황은 다른 한편으로 보면 시가 언어의 모호한 의미 대신 간결하면서도 확실한 의미를 극대화하려 한다는 것을 보여준다. "문장"들이 "죽고 다시 사는 것"은 궁극적으로 언어가 명증성과 간결성을 확보하기 위해 통과해야 하는 일종의 속임수와 같다. 이는 라포엥트 시 작품의 한 특징이기도 하다. 실제로 한 비평가는 이렇게 말한다. "말과 언어의 극도의 간결함은 시를 막연하고 게다가 판독이 어려운 전달 매체라고 생각하는 사람 누구든지를 그저 놀라게 할 수 있다. 적어도 말할 수 있는 것은, 확실성이란 것이 숨김없이 나타난다는 것이다. 말하자면, 그러한 간결함은 어떤 눈속임처럼 작용한다." (Michel Beaulieu, 'Gatien Lapointe : Ode au Saint-Laurent', Nuit blanche, le magazine du livre, n.14, p.48 (pp.48-48)).

하나가 되는 상황에서, 시는 문장의 구속적인 체계로부터 벗어나려
하고 무용수의 춤도 몸의 물질적인 한계를 벗어나려 한다. 이때 시
의 주체와 무용수는 격렬하게 말하고 격정적으로 춤을 춘다. 따라
서 시와 춤은 어떤 추상적인 의미를 추구하는 시의 주체와 무용수
의 이성적인 힘에 따라 전개되기보다는 오히려 그러한 함축적인
의미를 배척하는 그들의 충동적인 정서에 따라 전개된다.

3.2. 시와 춤 : 추상적인 의미 거부

라포엥트의 시에서, 그리고 시에 표현된 춤에서 추상적이고 함축
적인 의미가 배제된다는 것은 시와 춤이 모두 전체 균형을 깨는
듯이 거의 즉흥적으로 격하게 전개된다는 것을 뜻한다. 다음의 시
에서 그러한 면이 나타난다.

> 그리고 단자음, 저기, 도장 밖의
> 사슴, 껑충껑충, 단도직입적인
> 낱말들, 굴절된 어조들이
> 수축시키고 팽창시킨다
> **- 구술의 몸, 합창의 몸 -**
> 목덜미의 둥근 부분과 화염 방사기들을,
> 비(非) 사유작용의 곡선들을, 정체불명의 얼굴들을,
> 별빛의 투사로
> **- 기이한 불법자 -**
> 검은색을 흐트러뜨리는 혜성의
> 급경사진 앞부분을, 나선형 꼬리 부분을.
> 낱말의 몸짓 속에서
> 몸짓하는 바로 그 살 속에서 **전율하는**
> **비밀** 돌발적인 순간
> 이 그어진 줄들은 예언자의 푸가 소리를
> 헤아리는 듯

et consonne seule, là, cerf hors du
gymnase, par bonds, mots sans
phrases, flexions d'intonations
contractent dilatent – CORPS
ORAL CORPS CHORAL -
croupe et lance-flammes du cou,
courbes im-pensées, figures d'inconnu,
abrupte gueule vrille queue
d'une comète émiettant le noir
- CLANDESTIN DE L'EXTRAORDINAIRE -
en jets d'univers
l'instant irrupte SECRET
TREMBLÉ dans le geste du mot
dans la chair même du geste ces
ratures nombrant la prophétique
fugue[36]

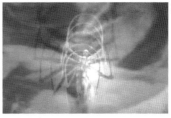

---

36) Gatien Lapointe, *Corps et Graphies, op.cit.,* p.58.
37) 소개된 다섯 개 무용작품은 필로볼러스 무용단의 <오셀러스>에 나온다.

위에 제시된 시도 앞에 소개된 시 작품들처럼 라포엥트가 필로 볼러스 무용단의 <오셀러스> 공연을 보고 쓴 것이다. 시는 "도장으로부터 벗어난 사슴" 같은 무용수의 춤이 "비(非) 사유작용의 곡선들"을 그리듯이, 이성적인 사고를 배제한다. 시는 꾸밈이 많은 수사학적인 용어가 아닌 "단도직입적인 낱말들"로, 그리고 대문자로 구성된 "낱말들"을 통해, 소문자로 구성된 "낱말들"의 흐름을 부수며, "돌발적인" 불안정성을 추구하는 듯 격렬하게 춤추는 몸을 표현함으로써 ("껑충껑충", "도장 밖의 사슴", "구술의 몸", "합창의 몸", "혜성의 급경사진 앞부분과 나선형 꼬리 부분", "몸짓하는 살" 등) 아방가르드적인 현대시의 면모를 보여준다. 즉, "억양과 리듬의 급격한 불규칙성은 격한 감정의 공명기 같은 몸을 관통하는 진동과 같다. 이때 격한 감정 속에는 사유작용, 즉, 반성적 사고가 가능한 한 가장 작은 자리를 차지할 수밖에 없다."[38]라고 말할 수 있다. 따라서 시에서 무용수의 춤은 외부로 보이는, 그러나 피상적이지 않은 진정한 표현성에 중점을 두는 예술이 된다.

춤은 일상생활에서 하는 동작처럼 겉으로 드러나는 단순한 기표

---

38) Jacques Paquin, 'La rétine, la parole, le sensible (Gatien Lapointe)', *Lettres québécoises : la revue de l'actualité littéraire*, n.98, 2000, p.50 (pp.49-50).

적인(signifiant) 몸짓이 아니고 무용수가 예술적인 미의식에 따라 창조적인 의미작용(signifiance)을 만들어내는 기의적인(signifié) 몸짓이기도 하다. 하지만 무용수가 외형적인 몸동작 자체에 집중하지 않고 오직 이성적인 정신으로만 춤을 춘다면 춤 표현은 너무나 추상적인 의미를 표현하여 불완전한 세계만을 보여줄 우려가 있다. 따라서 위의 시에서 춤 동작은 지나치게 많은 함축적인 의미를 표현하지 않는다. 시가 춤에 관해 내린 이 정의는 춤을 외형적인 표현체라고 간주하지 않고 어떤 사회적 이념이나 사회적 욕망이 담겨있다는 뜻의 신화적 개념을 함축하는 총체라고 내리는 정의와 다르다. 즉, 그 시가 내린 정의는 춤을 함축적 의미에 또 다른 새로운 함축적 의미를 결합하여 신화(신들에 관한 이야기를 뜻하지 않음)를 건설하기 위한 메타언어의 실천 행위라고 보는 다음의 정의를 배제한다. "춤에 있어, 기호학은 춤이라는 공연텍스트에 나타나는 기호를 통해 외시의미 속에 함축의미를 드러내고, 다시 그 속에 잠재된 메타언어를 드러내는 작업이라 할 수 있다. 그것은 바로 공연텍스트 속에 담긴 신화를 밝혀내는 작업인 것이다."39)

시에서 춤은 외형적인 표현에 치중하며 무용수의 "구술의 몸, 합창의 몸"을 통과한다. 따라서 춤은 시 속에서 말하는 주체의 입을 통해 파롤(parole)이라는 언어 체계를 따라간다. 즉, 시 주체는 자신이 말하는 순간 사회의 집단적인 표현 체계보다는 그 본인에게만 고유한 개인적인 표현 체계를 따라가는 파롤 체계 안에 있게 되고, 무용수도 춤추는 순간 시 주체의 이와 같은 파롤 체계 안에 있다. "낱말들"은 원래 문장 속에 배치되는 중에 랑그(langue) 체계를 따

---

39) 민성희, 『춤 기호학』, 파주, 한국학술정보(주), 2009, p.58.

라 파롤이 되어야 하는데, 위의 시에서는 "낱말들"의 흐름이 불안정하여 랑그 체계 대신 파롤 체계가 중심이 된다.[40] 랑그 체계보다는 파롤 체계를 따라가는 시 속에서 무용수도 이 파롤 체계를 따라가며 주관적인 격한 감정에 몸을 맡긴 채 전위적인 표현을 하게 된다.

시 속에서 무용수가 격렬한 몸짓으로 춤을 춘다는 것은, 즉, 시의 말하기와 몸의 춤추기가 격정적으로 전개된다는 것은 시의 주체와 무용수가 자신들의 이성적인 힘이나 추상적인 사고에 의존해서 말하거나 춤춘다는 것을 의미하지 않는다. 여기서 그리스 신화에 나오는 두 인물인 아폴론(Apollon, 올림포스 12신 중 하나로 광명, 의술, 예언, 가축, 궁술의 신)과 디오니소스(Dionysos, 술의 신)가 상기시키는 춤의 형태에 따라 생각하면, 라포엥트의 시 속에서 전개되는 무용은 아폴론적인 춤보다는 디오니소스적인 춤이라고 할 수 있다. 이 두 춤에 대한 정의는 다음과 같다. "아폴론적 예술 충동은 형상과 형태를 만들고 제공하는 충동이자 척도를 설정하고 틀을 규정하고 인식하는 충동이다. 이 충동은 '개별화의 원리 Principium Individuatio'를 사용하여 구분 가능하고 산정 가능하며 인식 가능한 조형 세계를 만들어낸다. [...]. 디오니소스적 예술 충

---

40) 랑그 체계와 파롤 체계는 이론상으로 언어 행위 과정에서 확실히 구분된다. 랑그는 사전에 수록된 낱말들의 예에서처럼 한 나라 또는 한 사회의 모든 구성원이 공통으로 동일하게 인지하는 집단적인 언어 체계이기 때문에, 랑그 체계에서 개인은 자신의 표현 의지나 표현 능력과는 무관하게 이미 결정된 언어 체계를 따라가게 된다. 반면에, 파롤 체계에서 각 개인은 자기의 생각을 표현하기 위해 매 순간 심리적·물리적인 언어 코드를 사용한다. 실제로 랑그와 파롤은 이렇게 정의된다. "랑그는 말을 하는 주체의 기능이 아니고 개인이 수동적으로 기록하는 생산물이다. 랑그는 결코 미리 생각하는 것을 전제로 하지 않는다. 하지만 관련이 될 분류 활동을 위해서만 사고력이 랑그에 개입한다. 파롤은 반대로 개인의 의지적이고 예지적인 행위이다. 즉, 그 행위 안에서는, 첫째로, 말을 하는 주체가 자신의 개인적인 생각을 표현하기 위해 랑그 코드를 활용하는 결합 수단들을 구분하는 것이 좋고, 둘째로, 주체로 하여금 그러한 결합 수단들을 외재화하도록 하는 심리적·신체적인 기능을 구분하는 것이 좋다." (Ferdinand de Saussure, *Cours de linguistique générale*, Paris, Payot, 1969, pp.30-31).

퀘벡 시인과 언어, 예술, 자연

동은 인간 안에서 무매개적으로 솟구치는 예술 충동으로서, 울타리나 제한이나 형태를 만들지 않고 오히려 그것을 파괴하여 모든 것과 하나가 되는 일체감을 지향한다."41) 이 정의에 따라 생각하면, 시 속에서 "도장 밖의 사슴처럼 껑충껑충" 뛰며 격렬하게 표현하는 무용수의 춤은 춤의 각 단계에 따라 요구되는 구체적인 형식으로부터 벗어나 오로지 춤추는 순간 자체만을 즐기는 디오니소스적인 충동 상태에 있다고 하겠다. 시 속에서 "낱말들" 흐름의 불안정성과 "굴절된 어조들"이 무용수의 몸을 "수축시키고 팽창시킬 때"마다, 이 순간들은 틀에 짜인 각 동작의 다양한 개별적인 형식들이 무용수의 본능적인 몸 감각으로부터 오는 예술적 충동에 따라 하나로 모이기 위한 황홀한 도취의 순간이라고 할 수 있다. 즉, 무용수는 본능적으로 솟아나는 다소 무질서한 광란의 몸짓으로, 마치 죽으려는 듯 "수축하고" 다시 살려는 듯 "팽창하는" 인간 삶의 다양한 은유적인 이미지를 그대로 표현할 수 있는 순간을 최대한 즐긴다. 따라서 무용수는 생을 오직 즐거운 것으로 느끼며 가상적인 또는 표상적인 어떤 환상의 꿈에 젖어, 춤 동작을 하나하나 조화롭게 표현하려는 아폴론적인 충동의 몸짓을 하지 않는다. 무용수가 아폴론적인 춤을 춘다면, 그는 춤 형식에 중점을 두고 동작의 크기나 횟수 빈도 등을 조정하며 이러한 구속적인 형식에 맞게 각 동작을 형상화할 것이다. 그리고 그는 형상화된 동작들에 어떤 가상적인 의미를 주며 춤에 이야기를 부여할 것이다.

　　라포엥트의 그 시에서 무용수가 디오니소스적인 충동의 춤을 추며 "수축하고 팽창하는 몸"의 역사를 쓰는 그러한 모든 운동은 결

---

41) 백승영, 『니체, 디오니소스적 긍정의 철학』, 서울, 책세상, 2005, p.633.

국, 시 문장의 말하기와 무용수 몸의 춤추기가 어떤 피상적인 표현성을 극복하고 최대한 원초적인 상황 속에서 세계를 정말로 있는 그대로 재현하기 위해 격렬하게 전개된다는 것을 상기시킨다.

*   *   *

이상에서 본 바와 같이, 라포엥트의 작품들은 언어와 몸이 아주 다른 유형임에도 불구하고 낱말과 몸동작의 상관성을 말하며, 춤추는 몸이 곧 시의 장소가 되어 시의 말하기와 몸의 춤추기가 동시에 진행되는 것을 보여준다. 그의 작품들의 이러한 시도는 그가 필로볼러스 무용단의 <오셀러스> 공연을 직접 보고 또는 퀘벡주의 젖줄인 생로랑강의 출렁이는 물결을 일종의 춤 동작으로 보면서 언어의 작동과정과 무용기법을 결부시킴으로써 가능하다.

라포엥트는 춤을, 특히 그 무용단 무용수들의 춤을 시로 쓰는 것에 주력했다. 그가 그 무용단의 춤이 아닌 다른 무용단의 춤을 시로 썼다면 앞에서 소개한 작품들과는 다른 형태의 작품들이 나왔을 것이다. 이와 같은 관점에서 본고는 그가 자신의 시와 그 무용단의 춤을 접목하는 것을 살펴보았다.

라포엥트의 시 작품과 필로볼러스 무용단의 무용을 관련시키는 본고의 관점에서 보면, 그의 시 작품들에서 무용수의 몸 언어는 비언어적인 것이지만 시 주체가 사용하는 언어의 의미를 구체적으로 파악할 수 있도록 도와주는 보조 역할을 하지 않고 시 언어의 의미를 은유하는 상징적인 기호 자체라고 할 수 있다. 그 시인에게서 감각적인 몸은 때로는 직관과 같은 추상적인 정신 현상보다 더 우월한 차원에서 언어적인 언어와 융합되기도 하기 때문이다. 이 상황 속에서 무용수 몸의 움직임이 담화의 기능을 하며 의미를 창출한다.

언어로 구성된 시의 문장처럼 눈에 보이는 춤추는 몸도 언어 텍스트가 된다. 외적으로 전혀 다른 시의 언어적인 면과 춤의 시각적인 면이 하나가 된 시에서 시의 주체와 무용수는 그들이 속하는 세계에 대해 근본적인 물음을 던진다. 이 상황은 시와 무용이 만날 때 흔히 일어날 수 있는 일반적인 경우라고도 할 수 있으나 꼭 그렇지만은 않은 듯하다. 라포엥트의 시는 필로볼러스 무용단의 전위적인 춤을 보여주면서 그렇게 하고 있기 때문이다. 즉, 시는 마치 언어를 작동할 수 없게 사물화하려는 듯이 낱말들 사이에 빈칸들을 만들어 낱말들을 떼어놓았다 연결하면서, 또 무용은 불연속적인 동작들을 기하학적인 구성을 하듯이 즉흥적으로 연결하면서, 시와 무용은 시의 주체와 무용수가 추구하는 어떤 참된 세계에 대한 물음에 답을 하려 한다. 간결한 언어로 강렬한 이미지를 만들며, 시는 춤 동작의 우연성 또는 즉흥성을 중시하는 현대 무용의 전위적인 기법과 시 주체의 불규칙한 어법을 동일 선상에 놓고서 현대인이 추구하는 세계를 표현하려고 한다.

라포엥트에게 있어 무용은 세계의 아름다움을 비춰주는 창과 같아서 그는 이 무용을 중심으로 시를 쓴 것이다. 형태상으로 보면 도저히 융합될 수 없는 상이한 영역들인 시와 무용(특히 현대 무용), 그리고 언어와 신체를 접목하기 위해, 그는 다양한 형태의 조음 활동을 내재하고 있는 발음된 낱말들과 춤추는 몸 각 부위 동작들의 어떤 일맥상통한 점을 찾아냈고, 이와 같은 추구 과정 전체가 그의 시 작품을 구성한다.

제6장

퀘벡 작가 생 드니 가르노의
시와 그림에 표현된 '사이'의 미학

생 드니 가르노(Hector de Saint-Denys Garneau, 1912-1943)는 퀘벡 작가로 시인이고 동시에 화가다. 그는 어릴 때부터 몸이 허약했으나 문학과 그림에 재능을 가져 13세 때에 몬트리올 미술학교(École des beaux-arts de Montréal)가 주최한 한 대회에서 미술작품상을 받았고, 15세 때부터 각종 시 대회에 참가하여 여러 상을 받았다. 16세 때에 그는 심장 질환이 가중되어 중·고교를 겨우 마쳤고, 그 후 대학에 들어가 철학 공부를 했다. 그러나 21세가 되던 1934년 의사의 권고로 그는 대학 공부를 중단하고 휴식을 취하면서, 소년 시절부터 실천했던 시 쓰기와 그림 그리기에 전념했다. 1937년에 첫 시집 『공간 속의 시선과 작용 *Regards et jeux dans l'espace*』이 출간되었는데, 이 시집은 자유로운 율격의 다소 전위적인 요소를 지니고 있어 당시 퀘벡 문단의 전통적인 풍토에 부합되지 않는다는 평을 받았다. 그래도 그는 1943년 31세 때 심장 발작으로 생을 마칠 때까지 계속 시 창작에 몰두했다.

가르노는 1926년경부터 1937년경까지, 즉, 14세 때부터 25세 무렵까지 시와 그리고 동화 같은 짧은 이야기 콩트도 썼다. 또한, 그는 15세가 되는 1927년경부터 친구들에게 편지를 많이 썼고(이 편지들은 그의 사후에 『일기 *Journal*』(1954)라는 제목으로 출간됨),

19세 때부터 25세 무렵인 1931년부터 1937년까지 유화나 수채화 등 미술작품을 많이 만들었다(이 그림들은 1934년 몬트리올 예술화랑(Galerie des arts de Montréal)에서, 1937년 몬트리올 미술관(Musée des beaux-arts de Montréal)에서 전시됨).

가르노가 쓴 『일기』를 보면, 그는 시 쓰기와 그림 그리기에 강한 애착을 가지고 평생 이 두 분야에 자신의 모든 것을 바치기로 결심했다. 하지만 그는 너무 일찍 세상을 떠나 자신의 꿈과 자질을 펼치지 못했다. 그의 사후 50년이 되던 1993년부터 퀘벡 문단의 비평가들이 그의 시와 그림을 재조명하기 시작함으로써 그는 이제 그의 꿈을 세상에 보여준다. 그의 시 작품들은 그가 생존하던 당시의 평가와는 달리 20세기 퀘벡 시문학의 한 전환기를 마련한 것으로 평가받는다. 그리고 그의 이종사촌이 보관하고 있던 미술작품들도 여러 미술관에서 대중에게 소개되어 그의 그림세계 또한 재평가되고 있다.

가르노는 14세 때부터 25세 때까지 시를 썼기 때문에 그의 문학적 자질은 이미 타고났다고 평가받는다. 그러함에도 그는 그 당시 인정을 받지 못해, 일부 비평가들은 그를 "저주받은 시인"이라고 한다. 이 "저주받은 시인"의 작품들 가운데 상당수는 그가 직접 그린 그림들을 표현하고 있다. 그는 퀘벡 근처의 한 마을인 생트 카트린 드 라 자크 카르티에(Sainte-Catherine-de-la-Jacques-Cartier)에 있는 자기 부모의 저택에 살며 자신의 자아를 찾으려는 듯 그곳의 강과 나무, 집 등을 모조리 화폭과 시에 옮겼다.

가르노는 시와 그림에 대한 그의 열정을 방해하는 자신의 심장병과 평생 싸워야 했기 때문에 늘 병과 희망 사이에 중지되어버린 듯한 삶을 산다고 생각했다. 문학과 시각예술 앞에서 자신의 존재 의식이 강해지면 강해질수록 병 앞에서 점점 불확실해져 가는 자아를 느끼며, 그는 살아있는 자도 죽은 자도 아닌 그러한 존재의 모호성 때문에 때로는 자신의 의식이 분열되는 듯한 느낌도 들었다. 죽음의 그림자인 심장병과 생명의 빛인 시와 그림에 대한 열정 사이에서 그는 균형을 잡고 자신의 진짜 자아를 찾아내려고 했다. 그러나 그의 이러한 욕망은 쉽게 실현되지 않았다. 그래서 그의 번민이 시골 풍경을 표현하는 그의 그림들과 이 그림들을 표현하는 그의 시편들에 그대로 나타난다. 실제로, 그의 시와 화폭 위에 표현된 풍경들은 창작 활동이 주는 희망과 병이 주는 절망 상태의 경계선에 있는 중간 지대에서 방황하는 그를 보여준다. 따라서 이 관점에서 본 논문은 그의 그림들과 시 작품들을 <'사이'의 미학>이라는 주제에 따라 분석하면서, '의식, 무의식, 자아 추구', '자연풍경의 수용과 거부', '시와 화폭 위에 거주하는 풍경' 등의 문제를 다루려고 한다.

가르노의 시와 그림들을 <'사이'의 미학>이라는 주제로 분석하기 위해 본 논문은 심리학 또는 정신분석학적 방법론을 따른다. 그림을 그리고 시를 쓰는 창작 활동의 순간만큼은 그가 병든 자신의 현실을 잊을 수 있었기 때문에, 창작 활동 자체는 그가 스스로 실천하는 마음 치료의 한 형태였다. 병 때문에 그는 세상으로부터 버림받은 듯한 소외감도 느꼈지만, 이 소외감은 창작 활동을 통해 어느 정도 치유될 수 있었다. 그의 과거와 현재 상황을 투시하며 그 스스로가 자신의 마음의 병을 통찰할 수 있도록 창작 활동이 그 방법을 제공했다. 따라서 그가 왜 그림을 그려야만 했고 왜 시를 써야만 했는지 그의 심리 상태를 작품들을 통해 들여다볼 필요가 있다. 본 논문의 이러한 접근법은 더욱 중요하다. 그의 작품들에 관해 퀘벡 비평가들이 지금까지 부분적으로 한 연구들에는 본 논문의 그러한 방향이 전혀 나타나지 않기 때문이다.

그리고 본 논문은 시학적 관점과 미학적 관점도 취하면서, 가르노의 시와 그림들이 어떻게 <'사이'의 미학>을 펼치며 그의 자아 추구 문제와 풍경 인지 문제를 다양하게 제시하는지 살펴본다. 이 목표를 향해 본 논문은 그의 시집들(<*Regards et jeux dans l'espace et autres poèmes*>, <*Poésies: œuvres posthumes*>)에 수록된 시편들과 그리고 그가 일기(<*Journal*>)에서 표명한 문학과 예술에 관한 생각들, 또 그의 회화작품들을 분석할 것이다. 그가 생전에 그린 그림들 가운데 약 80여 점 정도가 대중에게 소개되고 있는데, 이 그림들은 그가 시 창작을 하던 거의 같은 시기에 태어났다. 그는 10대 시절부터 그림과 시를 창작했고 19세 무렵부터 생을 마치게 되는 31세 때까지 본격적으로 창작 활동을 했다.

1. 의식, 무의식, 자아 추구

1.1. 심장병과 희망의 시-그림 사이에 매어 달린 존재

가르노는 병을 피할 수는 없어도 병의 노예가 되어서는 안 된다는 생각으로 죽음의 그림자인 자신의 심장병과 생명의 빛인 희망의 시-그림 사이에서 균형을 잡으려 한다. 그가 자신의 병에 대항하는 그만큼 시와 그림에 대한 그의 시각은 엄격해진다. 병은 그가 원해서 온 것이 아니지만 시와 그림에 대한 그의 압박감은 그 스스로가 만든 것이다. 창작 활동이 그가 병과 대치할 수 있는 큰 힘이 되기 때문이다.

병이 주는 압박감과 가르노 자신이 만든 압박감이 그가 시와 그림을 구성하는 작동원리가 되고, 이 압박감들이 통과하는 심리적 과정은 시와 그림에서 거의 동일한 단계를 거쳤을 것이다. 그의 그림에 표현된 심리적 상황이 그의 시에 표현된 심리적 상황과 거의 유사하다는 뜻이다. 다음의 시와 두 그림에 이 점이 나타난다.

그것은 우스운 아이다
그것은 한 마리 새이다
그는 더 이상 거기에 없다

그가 거기에 있을 때
그를 찾으려 애쓰고
그를 발견해 내는 것이 중요하다

그를 두렵게 하지 않을 필요가 있다
그것은 한 마리 새이다
그것은 달팽이이다.

그는 오직 당신을 포옹하기 위해서만 바라본다
그렇지 않으면 그는 자신의 눈을 어떻게 해야 할지

자신의 눈을 어디에 둘지 모르니까
농부가 자기 모자를 괴롭히듯 그는 자기의 눈을 괴롭힌다

그가 당신에게로 가야 한다
그리고 그가 멈출 때
그리고 그가 도착할 때면
그는 더 이상 거기에 없다

그러니 그가 오는 걸 보아야 하고
그의 여행 동안 그를 사랑해야 한다.

C'est un drôle d'enfant
C'est un oiseau
Il n'est plus là

Il s'agit de le trouver
De le chercher
Quand il est là

Il s'agit de ne pas lui faire peur
C'est un oiseau
C'est un colimaçon.

Il ne regarde que pour vous embrasser
Autrement il ne sait pas quoi faire avec ses yeux

Où les poser
Il les tracasse comme un paysan sa casquette

Il lui faut aller vers vous
Et quand il s'arrête
Et s'il arrive
Il n'est plus là

Alors il faut le voir venir
Et l'aimer durant son voyage.[1]

---

1) Saint-Denys Garneau, 'Portrait', *Regards et jeux dans l'espace et autres poèmes,* Montréal, Éditions TYPO, 1999 (première édition, *Regards et jeux dans l'espace,* 1937), p.27.

퀘벡 시인과 언어, 예술, 자연

 2)
 3)

위에 소개된 시(<Portrait>)에서 "아이"는 한 마리 "새"로, 또 "달팽이"로 표현된다. 이 "아이-새-달팽이"는 그 존재가 확인되기는 하지만 붙잡을 수 없을 정도로 연약하다. 세상을 "두려워하는" 그래서 항상 "더 이상 그곳에 없는 아이-새-달팽이"는 "당신"이라는 어떤 한 타자의 "사랑"을 필요로 한다. 타자의 "사랑"을 받지 못하고 자기 존재의 실체마저 사라질 위기에 있는 고독한 "아이-새-달팽이"는 자신의 심장병과 힘겹게 대치하는 가르노와도 같다.

위에 제시된 두 그림(<*La chambre au soulier*>, <*Arbre solitaire*>)은 시에 표현된 고독한 "아이-새-달팽이"의 이미지를 상기시킨다. 그림 <신발이 놓여있는 침실 *La chambre au soulier*>에서 신발 한 짝만 있는 침실은 쓸쓸하다. 신발이 있다는 것은 누군가가 이 침실을 사용하고 있음을 나타내지만, 신발이 한 짝만 있는 것은 이 방 주인의 존재가 절반은 소멸 상태에 있음을 상기시킨다. 그리고 그림 <고독한 나무 *Arbre solitaire*>에서는, 그림 제목도 말하고 있듯이, 잎사귀가 무성하지 않은 나무 한 그루가 곧 사라져버릴 것처럼 벌판 저 멀리에 홀로 서 있다. 이처럼 두 그림의 이미지들은 소멸

---

2) Saint-Denys Garneau, *La chambre au soulier*.

3) Saint-Denys Garneau, *Arbre solitaire*.

위기에 빠진 고독한 존재의 모습을 생각하게 한다. 사라져가는 고독한 존재는 앞에 소개된 시에서 세상을 "두려워하며 더 이상 그곳에 없는", 그래서 누군가의 "사랑"을 필요로 하는 그 "아이-새-달팽이", 즉, 가르노일 수 있다.

시와 두 그림에서, 소멸 위기에 빠진 존재 가르노가 자신의 병을 이기고 "두려움" 없이 세상을 "포옹"하며 살고자 할 때 그의 무의식적인 욕망이 관련된다.[4] 가르노의 이 무의식을 살펴보기 위해 우선 프로이트가 정의한 무의식 개념을 본다. "무의식은 그에게 있어 형이상학적인 실체('신' 또는 '자연')인 인간 외적인 것이 아니다. 그는 독일 낭만주의자들에게서처럼 '자연'의 어렴풋한 힘이나 생명의 힘을 지칭하지 않는다. [...]. 따라서 프로이트는, 무의식을 통해, 외부적인 동인과 아주 다른 것을 지칭하거나 인간이 속해 있는 '자연'과 아주 다른 것을 지칭한다. 무의식은 '신'이나 '자연'을 말하는 다른 방법이 아니다."[5] 이와 같은 프로이트의 관점으로 보면, 가르노의 무의식은 병과 대치해야 하는 순수하게 인간인 그 자

---

4) 시에 표현된 낱말들에 근거하여 시와 두 그림의 이미지를 설명하면서 가르노의 무의식적인 욕망을 생각하는 것은 심리학과 언어학이 서로 밀접한 관계를 이루고 있다는 전제하에서이다. 소쉬르를 비롯한 언어학자들은 언어가 생성되기 전에는 어떤 생각이 형성될 수 없다는 관점을 취한다. 언어구조가 생각의 형태를 만든다는 것이다. "심리학의 관점에서, 낱말들에 의한 표현으로 이루어지는 추상적 관념인 우리의 사고는 정해진 형태가 없어 불분명한 덩어리일 뿐이다... 미리 설정된 생각이라는 것은 없고 그래서 그 어느 것도 언어가 나타나기 이전에는 분명하지 않다." (소쉬르의 표현, Jacques Cosnier, *Clefs pour la psychologie*, Paris, Éditions Seghers, 1971, p.112). 반면에, 심리학자들은 언어와 사고는 서로 분리될 수 없다는 사실만을 인정하며 심리언어학(Psycholinguistique)이라는 확장된 영역을 수용한다. 심리언어학자들은 이때 심리학이 곧 언어학이고 언어학이 곧 심리학인지 자문을 한다. "언어와 사고가 밀접하게 관련되고, 게다가 동일하다고 하면, 심리학은 언어학일 뿐이고 또는 그 반대로 말할 수 있단 말인가?" (Jacques Cosnier, *Clefs pour la psychologie, ibid.*, p.113). 이처럼 심리학과 언어학이 서로 뗄 수 없는 관계에 있다는 관점을 취하면서 본 논문은 위에 소개된 가르노의 시와 두 그림뿐만 아니라 이후에 소개될 그의 시와 그림들도 파악할 것이다.

5) Catherine Desprats-Péquignot, *La Psychanalyse*, Paris, Éditions La Découverte, 1995, p.26. 인용문의 "그"는 프로이트를 지칭한다.

퀘벡 시인과 언어, 예술, 자연

신에게 고유한 정신 현상이다. 그의 무의식은 그가 병을 정복하기 위해 "형이상학적인 실체"인 절대적인 "신"의 힘과 같은 "외적인 요인"에 의존하도록 하지 않는다. 삶을 살아가면서 그는 항상 인간 외적인 것에 의존하지 않고 오직 그 스스로만의 힘으로 병을 이기고자 했다.

병과 대치하면서도 "두려움" 없이 세상을 받아들이려는 가르노의 무의식 세계를 융의 개념에서도 볼 수 있다. "무의식 세계와 마주하고서는 외부세계에 대한 것과 같은 과정을 수행해야 하고, 또 외부세계에 대한 것과 동일한 거리관계를 지녀야 한다. 그리고 외부세계에서는 물질대상들이 그 구성요소들인 것과 마찬가지로, 무의식 세계에서는 심리적 요인들이 '사물들'과 동등한 것들이다."6) 융에게 있어서, 무의식은 "외부세계"에 관련되는 의식에 예속되지 않고 자립적으로 창의적인 활동을 하게 하는 원천이다. 인간의 모든 창조적인 생각은 의도가 없는 무의지적인 상황에서 나오는 것이어서 창조 활동은 주로 무의식 부분에 관련된다. 따라서 무의식을 의식에 대한 심리적인 반사 현상이라고만 보면 안 된다는 것이다. 무의식 세계의 "심리적 요인"들은, 의식과 관계되는 "외부세계"의 주요 성분인 눈에 보이는 물질대상들만큼이나 그 자체로 중요하다는 뜻이다. 이와 같은 융의 무의식 개념에 따라 보아도, 가르노의 무의식은 그를 둘러싼 주변의 세계에 직접 관련되기보다는 자신도 모르게 무의도적으로 병에 대치하는 그의 "심리적인" 내면 세계와 관련된다.

---

6) Carl Gustav Jung, *Dialectique du Moi et de l'Inconscient,* traduit de l'allemand, préface et annoté par Roland Cahen, Paris, Gallimard, 1964, p.157.

그와 같이 융의 무의식 개념과 프로이트의 무의식 개념에 따라 설명될 수 있는 가르노의 무의식 세계에는, 병 때문에 점점 부서져 가는 자신의 몸과 마음을 다시 세우는 것은 물론 시와 그림을 창작하는 활동의 가치를 증폭시키려는 그의 욕망이 내재해 있다. 가르노의 이 욕망은 프로이트가 말한 이드(Id)와 자아(Ego) 개념들에 따라 설명될 수 있다. 즉, "이드의 과정에는 오직 두 개의 출구(出口)가 있을 뿐이다. 이드는 행동 또는 소망 실현을 통해 해소되거나 자아의 영향에 굴복한다. 자아의 영향에 굴복하는 경우에 그 에너지는 곧 방출되지 않고 '속박'된다."[7] "자아는 쾌락 원리가 아니라 '현실 원리(現實原理)'의 지배를 받는다. 현실은 존재하는 것을 뜻한다. 현실 원리의 목적은 욕구를 만족시켜 줄 실제 대상이 발견되거나 산출될 때까지 에너지의 방출을 연기하는 것이다."[8] 프로이트의 이 두 정의에 따라 생각하면, 가르노는 병을 무력화시킬 수 있도록 그에게 확실한 힘을 주는 시와 그림을 창작하려는 강박관념을 가졌고, 이 억압된 소망은 그의 주체적인 자아의식에 복종하고 있는 그의 이드의 실체이다. 표출되지 못한 그의 이드가 그의 자아의식에 종속되면서 무의식적 욕망이라는 타협 형성물이 생겼고, 이 형성물이 그가 병과 대치하며 시와 그림 창작에 대해 갖는 강박관념을 대변한다.

가르노에게서 시와 그림 창작의 원천이 되는 무의식적 욕망은 병 때문에 매 순간 좌절되는 그의 절망감으로 점철되어 있다. 그런데 절망 속에 싸여 있는 그의 무의식이 시와 두 그림의 이미지로

---

7) 캘빈 S. 홀, 『프로이트 심리학 입문』, 황문수 옮김, 서울, 범우사, 1977, p.37 (Calvin Springer Hall, *Psychology*).

8) 캘빈 S. 홀, 『프로이트 심리학 입문』, 위의 책, p.39.

표현될 때, 프로이트 방식으로 생각하면, 그의 무의식은 자아에 의해 억압당하고 있는 이드에 바탕을 두기 때문에 그를 심적으로 완전히 파괴해버리는, 격렬하게 동요되는 상태는 아니다. 프로이트처럼 무의식을 개인의 경험적 차원에서 설명하며 미술 치료의 영역에서 그림의 이미지와 무의식의 관계를 파악하는 융의 생각을 참고해도("**정서를 이미지로 옮기게** 될 정도 - 즉, 다시 말해 정서에 숨겨져 있던 이미지를 발견할 정도 - 까지 되면 나는 내부적으로 차분해졌고 안정되었다."9)), 시와 두 그림에 나타나는 가르노의 무의식은 침착한 상태라고 말할 수 있다. 가르노가 심장병과 가까스로 대치하며 존재의 소멸 위기에 빠져 있다 해도 그의 무의식은 자아의 지배를 받는 이드에 근거를 두기 때문에 차분한 상태에 있다. 그의 이드가 자아의 지배를 받지 않고 활성화된다면 그의 무의식은 본능에 따라 격렬하게 작동될 것이고 이 상태에서 그는 아주 치열하게 병과 싸울 것이다. 앞에 소개된 시와 두 그림의 조용한 이미지는 그의 무의식이 침착하게 작동되고 있음을 상기시킨다.

가르노는 시와 두 그림을 창작하면서 차분한 상태의 그의 무의식이 표현하려고 하는 대로 그의 펜과 붓을 따라갔을 것이다. 그러나 그의 무의식 세계는 순간순간 생에 대한 욕망을 잃어가는 그의 절망을 대변하고 있어, 그곳에는 그의 비관적인 무의식과 낙관적인 의식, 즉, 양립될 수 없는 두 세계가 어떤 상징적인 이미지로 연결되는 과정이 배제되어 있다. 어쩌면 그의 시와 두 그림에는 그가 자신의 병과 현실과의 관계에서 절망만을 느끼는 그의 비관적인

---

9) 융의 표현, 테오도르 압트, 『융 심리학적 그림해석』, 이유경 옮김, 서울, 분석심리학연구소, 2008, p.29 (Theodor Abt, *Introduction to Picture Interpretation According to C.G. Jung*, Zurich, Living Human Heritag Publications Munsterhof, 2005). 인용문의 "나"는 융을 지칭한다.

무의식과 비관적인 의식이 동시에 표출되어 있을지도 모른다. 한 개인이 그의 무의식 속에서 획득한 어떤 정서는 그가 처한 의식의 현실세계와 통합이 될 수 있기 때문이다. 따라서 가르노는 그의 병 때문에 절망만을 표출하게 하는 그의 비관적인 의식과 비관적인 무의식 작용에 따라 시와 두 그림을 그렸다고 결론지을 수 있을 것이다.

그리고 가르노는 병을 정복하며 살기 위해 궁극적으로 시와 그림 창작에 희망을 두기 때문에, 병으로부터 오는 그의 비관적인 의식과 비관적인 무의식은 시와 그림 창작이라는 희망의 의식과 무의식에 차츰 복종할 수밖에 없을 것이다. 그에게서 "절망"은 "희망"의 또 다른 이름이기 때문이다.

절망이란 우리에게 없는, 소유해야 할 희망의 징후.

Le désespoir, le signe de l'espérance qu'il faudrait avoir, qui nous manque.[10]

그런데 병이 주는 절망과 그리고 시와 그림 창작이라는 희망 사이에서 가르노의 자아는 분열 상태에 이르기도 한다.

1.2. 불확실한 자아와 지워지지 않는 자아

심장병을 앓고 있는 가르노는 언제 죽을지 모르는 불안한 상황에 있으므로 거의 죽은 자이고, 그가 시를 쓰고 그림을 그리며 삶의 희망을 느낄 때 그는 살아있는 자이다. 죽음과 삶 사이에서 전개되는 이러한 유랑은 그에게 불가피하다.

---

10) Saint-Denys Garneau, *Journal,* Montréal, Editeur Beauchemin, 1963, p.257.

퀘벡 시인과 언어, 예술, 자연

두 개의 언덕 위에 삶과 죽음
두 개의 언덕 네 개의 비탈
두 개의 비탈 위에 야생의 꽃들
두 개의 비탈 위에 야생의 음지

태양은 남쪽에 서서
두 개의 산꼭대기에 그의 행복을 걸어놓고
두 개의 비탈길 앞에 그리고 계곡의 물에까지
그것을 아낌없이 나누어주며
(모든 것을 바라보나 아무것도 못 본다)

La vie la mort sur deux collines
Deux collines quatre versants
Les fleurs sauvages sur deux versants
L'ombre sauvage sur deux versants.

Le soleil debout dans le sud
Met son bonheur sur les deux cimes
L'épand sur faces des deux pentes
Et jusqu'à l'eau de la vallée
(Regarde tout et ne voit rien)[11]

그러나 살아있는 자들은 죽은 자들을 불쌍히 여기지 않는다
그러니 죽은 자들이 살아있는 자들의 연민으로 무엇을 하리
그러나 살아있는 자들의 마음은 보기 좋은 나무처럼 단단하여
　　　그들은 그들의 삶을 믿으며 나아간다
그렇지만 죽은 자들의 마음은 오래전부터 이미 온통 피투성이가 되고
　　　번민에 젖어 있으며
그들의 갈라진 해골을 통해 너무도 쉽게 충격에 노출되고
　　　완전히 충격에 휩싸인다
그러나 지나가는 살아있는 자들은 바람 앞에 임시 거처도 없이
　　　영혼으로 남아있는 죽은 자들을 불쌍히 여기지 않는다.

Mais les vivants n'ont pas pitié des morts
Et que feraient les morts de la pitié des vivants

---

11) Saint-Denys Garneau, 'Paysage en deux couleurs sur fond de ciel', *Regards et jeux dans l'espace et autres poèmes, op.cit.,* p.41.

Mais le cœur des vivants est dur comme un bon arbre
et ils s'en vont forts de leur vie
Pourtant le cœur des morts est déjà tout en sang
et occupé d'angoisse depuis longtemps
Et tout en proie aux coups, trop accessible aux coups
à travers leur carcasse ouverte
Mais les vivants passant n'ont pas pitié des morts
qui restent avec leur cœur au vent sans abri.[12]

13) 14)

위에 소개된 시편들(<Paysage en deux couleurs sur fond de ciel>, <Dilemme>)은 "삶"과 "죽음", 그리고 "살아있는 자들"과 "죽은 자들"을 동시에 언급한다.

첫 번째 시(<Paysage en deux couleurs sur fond de ciel>)에서 "삶"과 "죽음"은 "두 개의 언덕들 deux collines"로, 이 "두 개의 언덕들"은 "두 개의 비탈들 deux versants"로, 이 "두 개의 비탈들"은 "야생의 꽃들"과 "야생의 음지"로 상징이 된다. 따라서 "삶"은 "야생의 꽃들"이고, "죽음"은 "야생의 음지"이다. 그리고 "두 개의 언덕들"과 "두 개의 비탈들"과도 연결이 되는 "두 개의 산꼭대기들 deux cimes"에는 "태양"이 주는 "행복"이 걸려 있고 이 "행복"은

---

12) Saint-Denys Garneau, 'Dilemme', *Poésies : œuvres posthumes,* La Bibliothèque électronique du Québec, vol.71, 2001, p.57.

13) Saint-Denys Garneau, *Cimes.*

14) Saint-Denys Garneau, *L'île aux deux arbres.*

"두 개의 비탈길들 deux pentes" 앞으로 퍼져간다. 결국, "두 개의 언덕들"과 "두 개의 비탈들", "두 개의 산꼭대기들", 그리고 "두 개의 비탈길들"로 상징이 되는 "삶"과 "죽음", 즉, "야생의 꽃들"과 같은 "삶"과 "야생의 음지"와 같은 "죽음"은 각각 분리된 채로 "태양"이 뿌리는 "행복"을 통과한다. 그러나 정작 "태양"은 자신을 통과하는 "삶"과 "죽음" 등 "모든 것을 바라보는" 듯하지만 무심코 흘려버린다.

두 번째 시(<Dilemme>)에서도 "살아있는 자들"과 "죽은 자들"로 대변되는 "삶"과 "죽음"은 같은 길을 가지만 항상 분리되어 있다. 즉, "살아있는 자들"의 힘차게 "나아가는" 발걸음은 "죽은 자들"의 "피와 번민에 젖은 영혼"에 "연민의 정"을 전혀 느끼지 않는다.

특히 두 번째 시에서는, 다른 한편으로 보면, "삶"과 "죽음"의 대립 상황이 사회 속의 선과 악의 대립 상황으로 해석될 수도 있다. 이러한 해석은 가르노가 그의 『일기』에서 표현한 생각에 따르면 가능해진다.

> 우리는 먹잇감이 된 새를 먹는다. 무엇인가를 좋아하기 때문이 아니고 무엇인가를 소유하고 향유하고자 하기 때문에, 탈취욕과 소유욕을 가지고 무엇인가를 찾으려 애쓰며 기다리는 그러한 새를 우리는 먹고 있다. 먹잇감이 된 새든, 갉아먹는 동물이든 우리가 원하는 그 모든 것, 그것이 이제 쓰러져서 모든 일을 당할 처지에 있고 우리의 뜻에 좌우될 처지에 있다. 그 새는 그 스스로 심하게 상처를 입었다. 우리는 그 점을 이용하여 그 새를 집요하게 공격한다. 그러니 그 새는 자기방어를 하기 위해 무슨 말을 할 것인가? 그 새가 그렇게 약하지 않다면, 그 새는 우리 중의 하나, 즉, 착한 겉모습으로 그리고 그 매력과 가짜 연민의 함정으로 우리 가운데 가장 나쁜 것들 중 하나가 될 터인데. 이제 그 새는 해를 끼치지 않는, 대수롭지 않은 것이 되어 우리가 그것을 먹는다. 그렇지만 그 새가 그렇게 생각하지 않아도.
> 그리고 나는 오그라드는 나의 불쌍한 작은 모습을 나의 뼈 위로 느끼고, 치욕과 비참함과 무력함과 그리고 우스꽝스럽고 불쌍한 죄의식 속에서 일그러지고

움츠러드는 아주 주름이 많이 잡힌 나의 얼굴을 느낀다.

Nous mangeons l'oiseau de proie, celui qui cherche, qui attend, qui a soif de prendre, de posséder, non pas parce qu'il aime, mais parce qu'il veut avoir, jouir. L'oiseau de proie, l'animal rongeur, tout ce qu'on voudra, il est maintenant abattu, il est à la merci de tout, à notre merci. Il s'est blessé lui-même profondément. Nous en profitons, nous le harcelons. Et qu'est-ce qu'il a à dire pour sa défense? S'il n'était si faible, il serait un de nous, un des pires parmi nous avec une apparence de bonté et le piège de son charme, de sa fausse pitié. Maintenant il est inoffensif et nous le mangeons. Pas tant toutefois qu'il le pense.

Et je sens sur mes os ma pauvre petite figure qui se crispe, mon visage qui se décompose, se ramasse, tout plissé, dans sa honte et sa misère et son impuissance et sa culpabilité, ridicule et pitoyable.[15]

위의 글(<*Journal*>)에서 가르노는 사회의 악 때문에 힘을 잃은 자신을 "희생물이 된 새"로 표현한다. 이 "새"는 사회 속에서 잡아 먹혀 완전히 분해된다. 따라서 가르노는 아주 비관적인 마음으로 자기 학대를 하며 정신분열증적인 모험을 하고 있다. 그의 이러한 자학적인 모험은 자신과 같은 약자들을 비극적인 상황으로 몰아넣는 사회의 악을 선으로 바꾸려는 시도일 수 있다. 단수 주어 인칭 대명사 '나 Je'와 복수 주어 인칭 대명사 '우리 Nous'를 사용하면서 그는 사회의 선을 추구하는 그의 개인의식이 사회의 집단의식을 향해가도록 한다. 한 비평가에 따르면, 사회를 "정화하려는" 의지 는 가르노의 작품들에 나타나는 한 특징이라고 한다. "우리는 생 드니 가르노 같은 비운의 작가를 필요로 하고 있었다. '굴레 씌워

---

15) Saint-Denys Garneau, *Journal, op.cit.*, pp.132-133. 가르노는 1937년 25세 때 첫 시집 『공간 속의 시선과 작용 *Regards et jeux dans l'espace*』을 출간했는데, 당시 퀘벡의 문학 비평가들이 이 시집에 수록된 시편들의 자유로운 율격이 다소 전위적인 경향이 있다고 하며 시집에 부정적인 평가를 했다. 그는 평가 이유가 순전히 비평가들의 취향에 의한 것이어서 정당하지 못하다고 느끼며 부당한 평가를 문단세계의 악, 즉, 사회의 악이라고 생각했다. 그 후에도 그는 계속 시 창작에 몰두했지만 심하게 상처받은 그의 마음속에서는 항상 그러한 악의 문제가 떠나지 않았다. 인용문의 "먹잇감이 된 새"는 그와 같은 상황을 겪었던 가르노 자신이라고 볼 수 있다.

진' 우리의 사회에 새겨진 악을 '정화하기' 위해 그러한 인물이 우리에게 필요했다."[16]

가르노가 항상 주목하고 있는 그와 같은 사회의 선과 악의 대립 상황은, 앞에서 언급했듯이, 위에 소개된 그 두 번째 시에 표현된 "삶"과 "죽음"의 대립 상황으로부터 추론될 수 있다. 그래서 다시 "삶"과 "죽음"에 관해 설명하기 위해 위에 제시된 시편들로 넘어간다.

위에 소개된 첫 번째 시와 두 번째 시에 표현되는 "삶"과 "죽음"의 의미는 상호 의존적인 관계에 있는 시니피앙(signifiant)과 시니피에(signifié)라는 언어 기호적인 측면에서 설명될 수 있다. 첫 번째 시에서, "두 개의 언덕들 deux collines", "두 개의 비탈들 deux versants", "두 개의 산꼭대기들 deux cimes", "두 개의 비탈길들 deux pentes"에서 수 형용사 "deux"가 반복이 되어 "삶"과 "죽음"이라는 두 상황이 반복적으로 전개된다. 그리고 반복이 되는 두 명사 "collines"와 "versants"과 연계가 되는 명사들 "cimes"와 "pentes"가 모여 수 형용사 "deux"의 의미가 한층 강화된다. 그리고 두 번째 시에서, 명사들 "vivants"과 "morts"가 동사 그룹인 "n'ont pas pitié"와 연결이 되면서 반복된다. 이러한 상황을 라캉의 시니피앙과 시니피에의 논리[17]에 입각하여 생각하면, 그와 같은 모든 단어의 반

---

16) Yvon Laverdière, 'Saint-Denys Garneau : portrait de l'artiste en coureur des bois' (pp.40-43), *Nuit blanche, magazine littéraire*, n.55, 1994, p.41.

17) 라캉은 소쉬르(F. de Saussure)가 능기(기표 signifiant)와 소기(기의 signifié)로 구분한 언어기호체계를 받아들이면서도 소쉬르와는 조금 다르게 생각한다.
소쉬르의 언어기호 이론에서는 개념을 나타내는 기의가 청각적 이미지로 대표되는 기표와 동시적인 상호의존 관계에서 의미 형성에 참여한다. 기표는 말의 물질적인 차원인 청각적 이미지로서 말소리가 정신에 남기는 심상을 간직하면서 기의와 자의적인 관계에서 결합이 되고, 결합이 된 기표와 기의는 고정불변의 관계로 분리가 되지 않는다. 따라서 하나의 기표는 반드시 단일적인 의미만을 창출하게 된다. "이 기호의 본질을 세우기 위하여, 페르디낭 드 소쉬르

복은 대립하는 "삶"과 "죽음"의 의미를 창출하기 위해 우선적으로 청각적 이미지를 만들어내는 기표들의 연쇄 사슬을 만들기 위한 것이라고 할 수 있다. 시편들의 주체들인 "나 Je"는 시를 쓴 당시 그들의 정서 상태에 따라, 결합한 그 기표들에 어떤 기의들을 묶어 "삶"과 "죽음"의 대립적인 의미를 독자에게 전달한다. 그런데 이 대립 관계의 의미는 그 주체들이 소리를 내며 말하는 기표들의 기능에 의해 예측될 수 있는 그들의 무의식들에서 나온다. 주체들의 무의식들은 순간마다 다르게 사용될 수 있는 그들의 언어가 그들에게 미치는 효과로 인하여 고정된 의미로만 해석될 수 없고, 그래서 "삶"과 "죽음"의 대립적인 의미도 다양하게 해석될 수 있다.

시의 주체들이 "삶"과 "죽음"의 대립 관계의 의미를 그들의 무의식들로부터 표출시킬 때, 그들의 무의식들은 "삶"과 "죽음"에 관해 그들이 가지는 어떤 욕구들이 저장된 그들의 이드를 기반으로 한다. 이 이드에 바탕을 둔 그들의 무의식들은 의식의 영역인 그들

는 몇몇 전통적인 생각들과 단절하기에 이르고, 특히, 우리에게 자연스럽게 언어적인 단위를 한 용어의 한 사물에의 결합으로 생각하게 하는 그러한 개념과 단절하기에 이른다. 언어기호는 실제로 하나의 사물을 하나의 이름에 결합하지 않고 '하나의 개념을 하나의 청각적 이미지에' 결합한다. [...]. 게다가, 페르디낭 드 소쉬르가 언어적인 단위를 표현하기 위하여 '기호'라는 용어를 채택할 때, 그는 그래도 '기의'를 개념에 그리고 '기표'를 청각적 이미지에 대체하기를 더 좋아한다. 따라서 기호는 기의의 기표에의 관계가 된다." (Joël Dor, *Introduction à la lecture de Lacan*, Paris, Denoël, 1985, pp.35-36).

그와 같은 소쉬르의 언어기호 이론과 반대로 라캉은 생각한다. 라캉은 정신분석학에서 인간의 무의식을 오직 어떤 하나의 의미로만 파악하는 것을 막기 위하여 어떤 지표를 만들려고 했기 때문이다. 언어기호의 근본적인 특성은 항상 임시적인 의미만을 지니는 기의보다 이 기의의 원인이 되는 기표에 기반을 둔다. 기표는 청각적 이미지를 통해 말하는 사람의 마음에 심상을 남기면서 기의를 만드는 원인이 된다. 기의는 기표의 효과로 생산된다. 라캉은 인간의 무의식을 이 기표의 논리로 설명한다. 즉, 하나의 기표는 무의식을 반영하고 이 기표는 다의적인 의미를 창출할 수 있기 때문에, 그는 무의식을 하나의 의미로만 해석하는 것을 경계한다. 또한, 그의 기표의 논리에 의하면, 은유 등 상징과 관련되는 의미적인 부분도 기표와 기표의 관계로 형성된다. "본래적인 아무것도 그것으로 하여금 그러한 은유 기능을 하게 하지 않고, 또 음소의 대립으로 단순화할 수 있는 그런 식으로 두 기표가 문제 되는 것을 제외하고, 은유는 근본적으로 하나의 연속 장치 내에서 한 기표로부터 다른 기표로의 대체 효과를 내는 것이다." (Jacques Lacan, *Écrits*, II, texte intégral, Paris, Éditions du Seuil, 1966, p.360).

퀘벡 시인과 언어, 예술, 자연

의 자아에 의해 드러난다. 앞에서도 부분적으로 언급했듯이, 프로이트의 이론에 따르면, 이드는 삶의 욕구와 죽음의 욕구가 머무는 곳이고 또 무엇인가 억압된 것이 저장된 곳이다. 이 이드의 기본은 무의식이고 자아와 초자아를 파생시킨다. 특히, 자아는 이드의 쾌락 추구 본능을 이성에 의해 현실에 적용될 수 있는 원리로 변형시키는 기능을 하기 때문에, 자아는 이드를 기본으로 하는 무의식이 드러나는 장소이면서 동시에 의식의 영역이기도 하다. 따라서 프로이트 방식으로 생각하면, 두 편의 시 주체들에게서 "삶"과 "죽음"이 대치될 때, 이 두 상황 사이에서 방황하는 그들의 이드에 바탕을 둔 무의식 세계는 그들의 의식 세계인 두 종류의 자아에 의해 드러난다고 할 수 있다. 시 두 편의 주체들을 가르노라고 본다면, 병 앞에서 "삶"이 "죽음"으로부터 위협받는 불확실한 상황을 겪는 가르노의 자아와 그래도 이 불행한 상황을 끝까지 극복하려는 그의 또 하나의 다른 자아, 즉, 그의 불확실한 자아와 그의 지워지지 않는 자아가 동시에 팽팽하게 존재한다. 가르노는 이 두 자아 사이에서 의식 분열을 일으켰고, 이 분열 의식을 극복하고자 하는 과정 중에 생긴 것이 바로 그의 시 창작물이다.

앞에 제시된 가르노의 두 그림(*<Cimes>*, *<L'île aux deux arbres>*)은 불확실하면서도 지워지지 않는 그의 두 자아가 그에게 시 창작뿐 아니라 그림 창작도 부추기는 생산적인 원동력이 된다는 것을 보여준다. 그의 두 자아가 팽팽한 것은 "죽음" 앞에서 위축되고 "삶" 앞에서 무한히 확장되는 그의 의식의 양면성이 평형을 이루기 때문인데, 그의 시 창작 동안뿐 아니라 그의 그림 창작 동안에도 이 상황이 계속된다. 팽팽하게 양면성을 이루는 그의 두 자아에 관련되는 의식 분열 상황은 그의 그림들의 경우 특히 기법에서 발견된다. 실제로, 가르노는 그림의 "형식"을 만드는 "기법"이 예술가의 "의식"을 드러낸다고 생각한다.

> 그렇게 해서 기법은 오직 인위적으로만 작품으로부터 분리될 수 있고, 그리고 그 기법이 어떤 심오한 생각과 개성적인 면을 지닌다는 데서, 기법은 의식의 고행과 완성에 긴밀히 연결된다. 그처럼 기법은 인간을, 예지를, 의식을 고스란히 드러낸다.

> C'est ainsi que la technique ne peut être qu'artificiellement séparée d'une œuvre et que, en ce qu'elle a de profond et de personnel, elle est intimement liée à l'ascèse et au perfectionnement de la conscience. Ainsi, elle est très révélatrice d'un homme, d'une intelligence, d'une conscience.[18]

> 나는 예술가이다. 내가 형식을 통해 존재를 파악하는 일이 있다는 의미에서.

> Je suis artiste en ce sens qu'il m'arrive de saisir l'être par la forme.[19]

가르노가 말한 대로 그림에 나타나는 화가의 "기법"이, 또는 화가의 "기법"에 의해 나타나는 "형식"이 그의 "의식"을 반영하고 그를 한 "존재"로, 한 "예술가"로 확인해 주는 지표가 된다고 볼 때, 앞에 소개된 그의 두 그림이 주목할 만하다.

가르노의 첫 번째 시에는 "두 개의 산꼭대기들 deux cimes"이라는 표현이 있는데, 이 표현의 "산꼭대기"와 똑같은 단어를 제목으로 하는 그림 <산꼭대기들 Cimes>을 보면, 여기에서 그림의 기법은 모든 이미지를 혼합하는 방식을 취한다. 나무들은 가르노의 자아가 아직 분리되지 않은 듯이 서로 섞여 있다. 그러나 앞에서도

---

18) Saint-Denys Garneau, *Journal, op.cit.,* p.90.

19) Saint-Denys Garneau, *Journal, ibid.,* p.175.

언급했듯이, 자아는 무의식을 바탕으로 하는 이드에 뿌리를 두면서도 이성이 작용하는 의식의 영역이기도 해서, 그림에서 분리되지 않은 듯이 보이는 가르노의 자아는 무의식에 싸여 있는 듯 겉으로는 모호한 상태로 보이지만 사실 그의 자아는 의식의 작용에 따라 두 개로 분리되어 있다.

가르노의 자아의 의식 영역은 그림 <나무 두 그루가 있는 섬 *L'île aux deux arbres*>에서처럼 그의 이드 속에 자리잡은 무의식의 영향으로 뚜렷하게 두 개로 나뉜다. 이 그림에서는, 첫 번째와 두 번째의 시편들에 언급된 인간 존재의 "삶"과 "죽음", 또는 "살아있는 자"와 "죽은 자"를 상징하는 듯한 나무 세 그루가 화폭 중앙의 넓은 공간을 사이에 두고 서로 바라보고 있다. 짙은 색깔의 나무 한 그루는 병의 위기로부터 오는 상황을 극복하려는 가르노의 지워지지 않는 자아, 소멸할 수 없는 그의 자아의 모습이고, 화폭의 넓은 공간을 통과하는 옅은 색깔의 나무 두 그루(그림의 제목은 이 두 나무를 지칭한 듯함)는 병 앞에서 그의 "삶"을 장담할 수 없는 그의 불확실한 상황의 자아의 모습이다. 결국, 나무 세 그루가, 즉, 가르노의 두 자아가 그림 한복판의 넓은 공간을 사이에 두고 서로 팽팽하게 끌어당기고 있다. 세 나무 사이에, 두 자아 사이에 존재하는 긴장은 가르노가 "삶"과 "죽음"에 대해, 또는 "살아있는 자"와 "죽은 자"에 대해 가지는 불안의 강도와도 같다. 화폭의 정면 중앙에서 강도 높은 불안이 세 나무, 즉, 두 자아 사이에 흐른다. 이는 화폭 한가운데의 빈 공간을 가득 '채우는' 가르노의 기법에 따른 것이다.

그처럼 무의식 단계에서 분화된 가르노의 두 자아, 즉, 그의 불확실한 자아와 그의 지워지지 않는 자아, 이러한 그의 자아의식의 분열 현상은 그의 시와 그림에서 보았듯이 몸을 통해 인지되는 감각적인 자연경치를 표현할 때 주로 나타난다.

가르노에게서 외부로 보이는 자연의 풍경은 자아 문제를 생각하게 할 뿐만 아니라 그의 삶을 구성하는 과거의 시간과 현재의 시간도 투영한다.

2. 자연풍경의 수용과 거부

2.1. 과거의 시간과 경치 수용

가르노 앞에 펼쳐지는 풍경은 때로는 모든 것을 감싸고 받아들이는 듯하고, 그래서 그의 마음도 경치 앞에서 열려 모든 것을 수용하려고 한다. 이러한 상황은 그가 시와 그림에서 심장병이 심하지 않았던 그의 희망에 찬 어린 시절을 표현할 때 드러난다.

가르노가 유년시절의 행복한 순간을 표현하는 시와 그림은 다음과 같다.

> 나를 방해하지 마시오, 나는 아주 바쁩니다
>
> 한 아이가 마을 하나를 세우고 있는 중이다
> 그것은 한 도시이고 행정상의 한 구역이다
> 그리고 누가 아는가
>   그것은 혹 우주일 수도 있으니.
>
> 그는 놀이를 하고 있다

이 네모진 나무들은 성들이고 그가 옮겨놓는 집들이다
기울어지는 지붕처럼 보이는 이 판자, 그것은 보기에 나쁘지 않다
도로 카드들을 어디로 넘길지 아는 것만으로도 대단하다
융단 같은 물속에 무척이나 아름다운 신기루를 만드는 다리 때문에
그것이 강의 흐름을 완전히 바꿀 수 있을 테니
커다란 나무 한 그루를 만드는 것과
나무가 위에 있도록 산 하나를 그 밑에 놓는 것은 쉬운 일이다.

Ne me dérangez pas je suis profondément occupé

Un enfant est en train de bâtir un village
C'est une ville, un comté
Et qui sait
　　　Tantôt l'univers.

Il joue

Ces cubes de bois sont des maisons qu'il déplace et des châteaux
Cette planche fait signe d'un toit qui penche ça n'est pas mal à voir
Ce n'est pas peu de savoir où va tourner la route de cartes
Cela pourrait changer complètement le cours de la rivière
À cause du pont qui fait un si beau mirage dans l'eau du tapis
C'est facile d'avoir un grand arbre
Et de mettre au-dessous une montagne pour qu'il soit en haut.[20]

[21]

---

20) Saint-Denys Garneau, 'Le jeu', *Regard et jeux dans l'espace et autres poèmes, op.cit.*, p.15.
21) Saint-Denys Garneau, *Sans titre*.

위에 소개된 시(<Le jeu>)에서 특이한 것은 언술 행위의 주체인 "나 Je"가 1연과, 2연, 3연, 4연에서 모습을 달리한다는 점이다. 한 개의 시행으로 구성된 1연("Ne me dérangez pas je suis profondé-ment occupé")에서 "나"라는 주체는 글자 그대로 "나"를 표현하고 있다. 반면에, "나"라는 주체는 2연과 3연, 4연에서 "한 아이" 또는 "그"로 자신을 바꾸어 표현한다. 1연에서 1인칭이었던 주체는 2연, 3연, 4연에서 3인칭으로 바뀐다. "나"는 주관적인 입장에서 자신을 언급하는 1인칭 인물로부터 자신을 객관화하는 3인칭 인물로 통과한다. "나"의 객관적인 시각으로 표현되는 "아이"는 "네모진 나무", "판자", "도로 카드" 등으로 "강"과 "산"이 있는 경치 속에 "집들"과 "성채들"을 짓고 "마을"과 "도시"를 건설하며 희망의 미래를 꿈꾼다.

"나"가 3인칭으로 바뀐 "아이"의 희망에 찬 그와 같은 욕망 실현의 행위를 객관적인 관점에서 말한다는 것은 "나"가 자신을 직접 통찰하는 입장으로부터 벗어나 "한 아이"로 대변되는 자신을 멀리서 바라본다는 것을 의미한다. 그리고 "나"라는 주체가 "아이"의 행동에 직접 참여하지 않고 "아이"를 다만 "나"라는 그 자신을 확인할 수 있는 타자로 생각하면서 타자인 "아이"가 욕망하는 것을 욕망하고 있음을 뜻한다. 여기서 주체인 "나"와 타자인 "아이"의 관계를 라캉의 이론에 근거하여 생각할 수 있다. 라캉은 다음과 같이 말한다. "대타자는 현재화가 될 수 있는 주체의 모든 것을 작동시키는 기표의 연계 작용이 이루어지는 장소이고, 주체가 출현해야 하는 곳은 바로 이 살아있는 사람의 영역에서이다."[22] "우리는

---

22) Jacques Lacan, *Les Quatre concepts fondamentaux de la psychanalyse (1964)*, texte établi par

따라서 여기서 주체의 구성을 대타자의 영역에서 다시 발견할 것이다."[23] 따라서 가르노의 시에서 타자인 "아이"는 주체 "나"가 자리 잡을 수 있는 곳으로 이 둘은 분리가 되지 않는다. 그리고 "나"는 "아이"가 하는 욕망 실현의 행위와 같은 행동을 직접 실천하는 실체가 아닌 주체, 즉, 언어기호, 특히 기표를 사용하는 존재로서만 ("주체는 기표에 의존한다."[24]) 기능을 수행하는 주체이다. 이러한 "나"는 타자인 "아이"의 욕망을 욕망하고 있기 때문에, "나"의 욕망은 결국 "아이"인 "대타자의 욕망"인 것이다.

조금 더 부연 설명을 하면, "대타자의 욕망"의 주체인 "나"는 타자화된 "아이"의 이미지를 통해 타자화된 자아를 갖게 된다. 달리 말하면, 타자화된 자아를 지닌 "나"라는 주체 안에 타자화된 "아이"가 자리잡는다. 왜냐하면, "주체는 근본적으로 '타자'인 어떤 것 속에서 스스로를 찾고, 발견하며, 구성한다. 타자란 주체가 자신이 아닌 것에 대해 상상하는 형태로, 그 형태에 대해 자신이라고 믿는 것 외에는 다른 가능성을 갖고 있지 않다."[25]라는 이유에서이다. 따라

Jacques-Alain Miller, Paris, Éditions du Seuil, 1973, p.228. 인용문의 "대타자"는 프랑스어 원문에서 "Autre"로 표기되어 있다.

23) Jacques Lacan, *Les Quatre concepts fondamentaux de la psychanalyse (1964), ibid.,* p.233.

24) Jacques Lacan, *Les Quatre concepts fondamentaux de la psychanalyse (1964), ibid.,* p.229. 기표의 기능에 의해서만 주체가 출현할 수 있다는 의미로 라캉은 그렇게 말한다. 따라서 라캉의 심리학은 근본적으로 언어학에 기반을 두고 있다. 물론 프로이트 심리학도 언어학과 관련이 되지만, 프로이트가 명확하게 설명하지 못한 부분들이 구조주의 언어학에 따라 해명이 되고, 또 특히 무의식에 관련된 부분이 라캉에 의해 확실히 언어 문제로 해명이 된다. 이에 관련해 알튀세르(Althusser)는 다음과 같이 말한다. "새로운 학문인 '언어학'이 갑자기 나타나지 않았다면 그의 이론화 시도는 불가능했으리라는 것을 라캉은 부인하지 않을 것이다. [...] 헬름 홀츠와 맥스웰의 에너지 물리학 모델을 통해 프로이트 이론에 투시된 그림자에 관한 잠정적인 불투명성이 구조주의 언어학에 따라 오늘날 제거되었다. 구조주의 언어학이 대상에 대한 이해 가능한 접근을 하면서 바로 그 대상 위에 빛을 투사한 날 그 잠정적인 불투명성이 제거된 것이다. 프로이트는 모든 것이 언어에 기인한다고 이미 말했다. 라캉은 '무의식의 담화는 언어로서 구조화되어 있다'라고 분명히 말한다." (Louis Althusser, *Écrits sur la psychanalyse; Freud et Lacan,* textes réunis par Olivier Corpet et François Matheron, Paris, STOCK/IMEC, 1993, p.35).

25) 베르트랑 오질비, 『라캉, 주체 개념의 형성(1932-1949)』, 김석 옮김, 서울, 동문선, 2002, p.123

서 주체 "나"가 2연과 3연, 4연에서 욕망을 실현하는 "아이"의 행위에 대해 말하는 내용은, 궁극적으로, 타자화된 그의 자아를 있게 한, 어떤 상상에 의한 상징성을 띤 그의 이드의 정신적 표현, 즉, 그의 무의식으로부터 나온 것이라 할 수 있다. "나"라는 주체는 자기 안에 있는 타자화된 "아이"가 말하는 것을 자기 스스로도 인지하지 못하는 사이에 어느 틈에 벌써 말을 하고 있는 것이다. 라캉이 말한 대로, 주체는 타자를 통해서만 존재한다고 생각하면, 가르노 시의 "나"라는 주체는 그의 무의식 속에서 타자화된 "아이"의 욕망을 욕망하면서 비로소 하나의 새로운 존재로 거듭난다고 할 수 있다. 새로 태어난 존재인 "나"를 가르노라고 보면, 가르노는 미래의 꿈을 지향하며 행복한 시간을 보냈던 그의 유년시절의 자연풍경과 "집" 등을 모두 그의 무의식을 통해 현재의 시간(시 전체에서 동사들은 "pourrait"를 제외하고 모두 현재 시제형임)으로 가져와서, 병을 앓고 있는 성인이 된 그가 현재 느끼는 절망을 치유하려고 한다.

시에서 주체 "나"를 대변하는 "아이"가 만든 집이나 자연의 풍경이 그림으로 나타날 때, 이 환경들은 가르노가 내밀한 친밀감을 가졌던 사람에게 다가가는 시간으로 점철된다. 앞에 소개된 그의 그림에서도 볼 수 있듯이, 그의 과거 유년시절 행복했던 순간들은 그의 다정한 어머니와 집과 그리고 자연의 풍경과 함께 전개된다. 실제로, 유년시절의 가르노는 그의 어머니에게 깊은 애정을 가지고 집착을 했기 때문에, "아이"와 집을 표현하는 시와 그리고 어머니와 집을 표현하는 그림이 서로 연관될 수 있을 것이다.

(Bertrand Ogilvie, *Lacan, La formation du concept de sujet(1932-1949)*, Paris, Presses Universitaires de France, 1987).

퀘벡 시인과 언어, 예술, 자연

그림(<Sans titre>)에서 가르노의 어머니는 창밖의 자연경치를 배경으로 하여 방 안쪽을 향해 앉아 있다. 이는 그녀가 창문을 경계로 한 노출된 밖의 세계로부터, 방 안에서 그녀를 바라보고 있을 어린 가르노를 보호해 줄 가장 강력한 존재라는 점을 드러낸다. 그런데 어머니의 동그란 얼굴은 원의 상징성을, 창문 유리창은 네모의 상징성을 지닌다. 원과 네모의 상징성은 심리학에서 다음과 같이 정의된다. "원은 마음을 상징한다(플라톤조차 마음을 구체라는 식으로 설명했다). 네모(그리고 자주 장방형 역시)는 땅에 뿌리를 둔 물질, 그러니까 신체나 현실의 상징이다."26) 이 정의에 준거하여 생각하면, 어머니의 동그란 얼굴은 그녀의 조그만 아들인 가르노를 생각하고 있을 그녀의 마음을 상징하고, 네모 난 창문 유리창은 그녀와 어린 가르노가 함께 살아가는 현실세계를 상징한다.

어머니의 동그란 얼굴과 네모 난 창문이 화폭에 동시에 표현된 것은 어머니의 사랑의 마음을 먹고 자라나는 아이 가르노의 심적 상태가 그의 행복한 현실의 상황에 단단히 뿌리를 두고 있음을 의미한다. 또한, 성인이 된 그가 그의 행복했던 유년시절을 회상하며 그림을 그릴 때 그 순간 그의 의식세계도 분열되지 않고 평온한 상태에 있음을 보여준다. 이 순간 그의 의식은 그의 무의식을 정복하고 있을 것이다. 그림은 아이 가르노의 일상생활에 늘 함께 한 그의 어머니와 자연경치를 사실적으로 표현하고 있기 때문이다. 그의 무의식이 그의 의식을 이겼다면 그 그림은 형상 파악이 어려운 아주 추상적인 작품이 되었을 것이다. 그림의 정경이 아주 구체적

---

26) 아니엘라 야페, 「미술에 있어서의 상징성」(pp.137-216), 『C.G. 융 심리학 해설』, 야코비 외, 권오석 옮김, 서울, 홍신문화사, 1990, p.171.

으로 명확하게 표현되지 않아 다소 추상성을 띠는 듯하지만, 이미지가 어머니와 풍경이라는 사실 같은 이야기를 담고 있는 것은 확실하다. 그래서 가르노는 어머니의 강력한 보호를 받으며 자연풍경과 함께 보냈던 그의 유년시절의 구체적인 행복의 순간들을 다시 붙잡고 싶었고, 그는 이 욕망을 분열되지 않은 평온한 의식 상태에서 그릴 수 있었다고 말할 수 있다.

그처럼 그의 시와 그림을 통해, 가르노는 그가 평화로운 어린 시절을 보낼 때, 그리고 그가 그의 과거 시간을 표현할 때, 과거의 시간과 주변의 아름다운 모든 것을 포용하는 듯한 자연경치를 그 자신이 마음껏 받아들였다는 것을 보여준다. 그러나 다른 한편으로, 그의 시와 그림은 그 앞에 펼쳐지는 현재의 시간과 자연의 풍경을 거부하는 것 같기도 하다.

2.2. 현재의 시간과 경치 거부

가르노가 바라보는 풍경은 때로는 지표 지점을 잃으며 모든 것을 거부하는 듯하고 그래서 그의 마음도 풍경에 반항한다. 자연경치에 관련되는 이러한 배타적인 상황은 그의 시와 그림에서 그가 심장병이 심해진 현재의 절망적인 우울한 시간을 표현할 때 나타난다.

다음의 시와 그림을 본다.

> 나는 고독의 긴 나날들
> 겨울의 황폐함을 꿈꾼다
> 죽은 집에서 -
> 집은 아무것도 개방되지 않은 그곳에서 죽기 때문 -
> 모진 바람으로

퀘벡 시인과 언어, 예술, 자연

가득 찬 검은 숲들,
숲들로 둘러싸인 닫혀 있는 집에서

추위로 모진 공격을 받은 집에서
겨울의 황폐함 속에서

스스로를 가두는 것 말고는
더 이상 빠져나올 수 없어
방 안으로 퍼져만 가는 권태와 함께 유일한
불의 완전한 죽음을 막기 위하여
그것이 오래가도록
조금씩 조금씩
마른 가지들로 살려내는 작은 불씨 하나를
커다란 아궁이 속에 유일하게 계속 보존하는 겨울

Je songe à la désolation de l'hiver
Aux longues journées de solitude
Dans la maison morte -
Car la maison meurt où rien n'est ouvert -
Dans la maison close, cernée de forêts

Forêts noires pleines
De vent dur

Dans la maison pressée de froid
Dans la désolation de l'hiver qui dure

Seul à conserver un petit feu dans le grand âtre
L'alimentant de branches sèches
Petit à petit
Que cela dure
Pour empêcher la mort totale du feu
Seul avec l'ennui qui ne peut plus sortir
Qu'on enferme avec soi
Et qui se propage dans la chambre[27]

---

27) Saint-Denys Garneau, 'Maison fermée', *Regards et jeux dans l'espace et autres poèmes, op.cit.*, p.48.

위의 시(<Maison fermée>)는 "모진 바람"으로 "황폐해진 겨울"의 풍경을 표현한다. "집"은 "추위의 공격"을 피하기 위해 "죽은 듯 닫혀 있는" 모습을 하고서 거친 "바람"에 시달리는 "검은 숲들" 속으로 숨는다. 그러나 "검은 숲들" 안에 갇힌 채 "겨울의 황폐함"이라는 "권태"에 젖어드는 "닫혀 있는 집", 그 안에는 아직 완전히 꺼지지 않은 "작은 불씨"가 "커다란 아궁이" 속에서 생명을 유지하고 있다. 그러한 "집"에서 희망이라고는 봄이 오면 활활 타오를 수 있는 "작은 불씨" 밖에 없다. 그러나 그 봄은 아직 멀리 있는 듯하다.

"겨울의 황량함"에 빠져 있는 "집"의 위기는 시 언어 자체가 생성하는 의미로도 표현되고, 동시에 언어 리듬의 불규칙성에 의해서도 표현된다. 5행으로 구성된 1연(음절 : 11/9/5/10/11)과 2행으로 구

---

28) Saint-Denys Garneau, *Les pommiers, l'hiver*.

29) Saint-Denys Garneau, *Arbres au vent*.

30) Saint-Denys Garneau, *Sans titre*.

31) Saint-Denys Garneau, *Paysage d'hiver (église)*.

성된 2연(음절 : 5/3)과 2행으로 구성된 3연(음절 : 8/11)과 8행으로 구성된 4연(음절 : 13/8/5/4/11/11/6/9)에서 보듯이, 음절들의 수가 일정하게 각 행에 고루 분포되지 않고 갑자기 바뀌어 언어 리듬이 불규칙하다.

시 언어의 의미는 물론 불규칙한 언어 리듬이 주체 "나 Je"의 불안정한 정서를 표현한다. "겨울의 모진 바람"에 시달리는 "죽은 집"에 머무는 "나"를 자신의 병 때문에 "죽음"의 위기에 직면한 가르노라고 보면, 특히 시 언어 리듬의 불규칙성은 그가 "죽음"을 두려워하며 절망에 빠진 상황에서 그의 정서 상태가 심히 불안정하다는 것을 상기시킨다. 이때 그의 두려움은 행동심리학에서 외부적인 자극과 반응에 관련되는 것으로 정의하는 두려움과는 다르다. "두려움에 대한 반응들은 게다가 상당히 빨리 '힘이 빠지지만', 잠시 소강상태 후에 다시 나타난다. 주목할 만한 것은 신속하게 조건화되어 제약을 받을 그러한 자극들은 성인을 깜짝 놀라게 할 때 그에게 또 강력하게 영향을 미친다는 점이다."[32] 따라서 가르노의 두려움은 외부조건과 관계없이 그의 내면의식으로부터 오는 불안감과 유사하다. 프로이트에 의하면, 불안은 인간이 자신의 내부적 위험 요소들을 두려워하는 데서 온다. 인간은 자기 자신을 제어하지 못하고 자신에게 해로운 행동이나 생각을 계속하면서 이 상황에 압도되는 것을 두려워할 때 불안을 느낀다. "신경증적 불안에서는 위협의 원천이 이드의 본능적 대상 선택에 있다. 우리는 자기 자신에게 해롭다는 것이 입증될 어떤 행동이나 생각을 하도록 하

---

32) Pierre Naville, *La Psychologie du comportement; Le behaviorisme de Watson*, Paris, Gallimard, 1963, p.184.

는, 제어할 수 없는 강한 충동에 압도당하는 것을 두려워한다."[33] 가르노 역시 인간의 이러한 신경증적 불안을 겪은 것이 아닌가 한다. 자연경치의 온전한 생명력을 영혼의 눈을 가지고 시로 표현하면서 가르노는 스스로 병과 싸워야 하는 본인 이드의 본능적인 상황을 불안이라는 위협 상태에 놓은 것으로 보인다.

그의 불안한 정서로 인해 가르노는 그가 살아있는 현재의 시간을 받아들이기 어렵고, 그래서 시 창작 당시 그 앞에 전개되는 풍경도 그는 수용하기 힘들다. 병 앞에서 수동적일 수밖에 없고 자기 존재의 미래를 확신할 수 없는 불안감에 싸여 그는 자신 앞에 전개되는 현재의 시간과 풍경을 의심하는 것이다. 이때 그의 의식 속에 있는 현재의 시간과 풍경은 다른 사람들이 느끼는 시간과 풍경과 다르고 그래서 차별적으로 그에게만 특수하게 개별화되어 인지된다. 그의 이러한 주관적인 의식세계는 시간과 풍경의 인지에 관계되는 그의 아주 작은 섬세한 지각들이 그에게만 고유하게 그들 간에 차별적으로 서로 조건화되며 형성되기 때문에 가능하다.

가르노의 아주 섬세한 지각들은 그의 정신 속에서 자동으로 서로 조건화되며 현재의 시간과 풍경에 대한 의심과 불안이라는 "지각의 질"을 형성한다. 이 "지각의 질"이 현재의 시간과 풍경 거부라는 가르노의 의식세계를 구성한다. 이와 같은 추론은 "정신적 자동기제" 현상을 설명한 질 들뢰즈(Gilles Deleuze)의 관점을 따를 때 가능하다. 들뢰즈에 의하면, 인간의 의식은 가장 최소한의 미소한 지각들이 발생하는 조건들의 총체이다. 즉, 아주 작은 지각들은 인지 주체가 처한 외적 또는 내적 상황에 따라 서로 다르게 조건화

---

33) 캘빈 S. 홀, 『프로이트 심리학 입문』, 앞의 책, p.77.

되고 이에 따라 그들끼리 "차이적 관계"를 이루며 의식이라는 "문턱"에서 "지각의 질"을 생성한다. 시간과 공간을 구성하는 요인들은 인지 주체의 "의식적 지각" 안에서 그러한 아주 섬세한 지각들이 통과하는 "차이적 관계"들이 모일 때 생성되는 산물이다. "모든 의식은 문턱이다. 물론 각 경우에 있어 왜 그 문턱이 이렇거나 또 저런지 말해야만 할 것이다. 그러나 사람들에게 문턱이 최소한의 의식만큼으로 주어진다면, 미세 지각들은 이 가능한 최소치보다 매번 더 작다 : 이런 의미에서 무한하게 작다. **각 질서 안에서 선별되는 것은, 차이적 관계들 안으로 들어가는 지각들**, 그리고 이렇게 해서 고려되고 있는 의식의 문턱에서 갑자기 나타나는 질을 생산하는 지각들이다(예를 들어, 녹색). 미세 지각들은 그러므로 의식적 지각의 부분들이 아니라, 발생적 요건들 또는 요소들, '의식의 차이소(差異素)들'이다. [...] 시공간은 순수하게 주어진 것이기를 멈추고, 주체 안에서 차이적 관계들의 집합 또는 연쇄가 된다. 그리고 대상 자체도 경험적으로 주어진 것이기를 멈추고, 의식적 지각 안에서 이 관계들의 산물이 된다."34)

그처럼 가르노의 의식세계는 그에게 자기 앞에 전개되는 현재의 시간과 풍경을 다른 사람들과 다르게 인지하도록 하며 이 두 요인을 거부하도록 한다. 병에 의한 자기 존재의 불확실한 미래는 그에게 현재의 시간과 풍경에 의혹을 품게 하며 그의 의식세계를 절망적인 불안감으로 가득 채운다. 앞에 소개된 시에서 언어의 의미와 불규칙한 언어의 리듬이 가르노의 그와 같은 불안한 정서를 표현

---

34) 질 들뢰즈, 『주름, 라이프니츠와 바로크』, 이찬웅 옮김, 서울, 문학과지성사, 2004, pp.161-163 (Gilles Deleuze, *Le Pli, Leibniz et baroque*, Paris, Les Éditions de Minuit, 1988). 인용문의 굵은 글씨체로 되어 있는 부분은 번역본 원문을 그대로 옮긴 것이다.

하는 것처럼, 앞에 제시된 그의 네 그림에서도 이와 유사한 상황이
나타난다.

네 개의 그림들(<Les pommiers, l'hiver>, <Arbres au vent>, <Sans
titre>, <Paysage d'hiver(église)>)에서는, 시에 표현된 풍경과 거의
유사하게, 태풍처럼 강력한 바람에 휘청거리는 나무들이 뿌리째 뽑
힐 것만 같고, 또 주위의 검은 숲들을 배경으로 자리잡은 집들이
거의 완전히 눈 속에 파묻혀 있다. 지루함을 주는 공간 배치 속에
서 느슨한 터치로 눈 속에 파묻힌 집들을 표현한 벌거벗은 경치는
가르노가 병과 대치하며 살아야 하는 현재의 시간을 질식시켜버리
는 듯하다. 반면에, 뒤틀리며 반항적인 모습의 나무들을 그린 그림
들에서는 터치가 갑자기 불규칙하게 급격해져서, 그림들은 가르노
의 내면의식이 그가 현재 처한 역경을 힘들게 통과한다는 것을 상
기시킨다. 결국, 가르노는 그의 현재 순간을 거부하려 하기 때문에
그의 앞에 나타나는 풍경도 부정적인 시각으로 인지한다. 병이 주
는 역경을 통과해야 하는 그의 불편한 내면의식이 그의 기법에 기
반을 둔 풍경들의 구성을 통해 드러난 것이다. 그의 내면의식과 그
림의 "공간 구성" 간의 이러한 밀접한 관계는 그의 그림 창작에
나타나는 주요 특징이다. 즉, "그는 내면의 상태들을 상기시킬 때
도 그 내면의 상태들을 실제로 '공간 구성'으로 변형시킨다."35)

가르노가 공간 배치를 다소 파격적으로 하고 터치를 불규칙하게
하거나 느슨한 터치를 통해 그림 도면의 공간 배치에 질식시키는
듯한 이미지를 잉태시키는 것은 그가 자신의 불안한 현재 상황을

---

35) Hélène Dorion, 'Saint-Denys Garneau : les métamorphoses du visible' (pp.42-44), *Vie des Arts*,
vol.44, n.178, 2000, p.43. 인용문에서 "그"는 가르노를 가리킨다.

거부하고 그래서 현실의 자연도 거부하려는 데 그 원인이 있다. 이러한 구성의 이중성은 그가 그림들의 구성을 논리적으로 엄격하게 계산한 후에 하지 않고 거의 무의식적으로, 즉, 본능적으로 하는 데서 오는 것이고, 그래서 그는 그림들을 자연공간의 표면이 다듬어지지 않은 미완성의 상태로 남긴다. 미완성인 듯한 그림들이 오히려 자연공간의 깊이를 더 울려 퍼지게 함으로써 병과 대치하며 불안해하는 가르노가 그 앞에 펼쳐지는 현재의 시간과 풍경을 거부하는 것을 배가시킨다. 이렇게 보면, 가르노 자신이 그의 그림들을 탄생시키는 통로가 되었다고 할 수 있다. 그림들에는 화가인 그가 분명히 숨 쉬고 있는 것 같고 그래서 심장병 등 그와 관련되는 상황들이 점철되어 있는 것 같다. 즉, 그림들이 가르노와 무관한 듯이 그 자체대로 존재하지 않는다. 그렇다고 그의 그림들이 훌륭하지 않다는 것은 아니다. 다만 그림들이 작품의 본체론적 측면에서 설명되지 않을 수 있다는 뜻이다. 따라서 그의 그림들은 예술작품의 근원을 본체론적 관점에서 "작품을 작품이 아닌 것과의 모든 관계로부터 떼 내어야 할 것이다."36)라고 설명하는 하이데거의 예술작품론을 거부했다.

그리고 앞에서 언급한 대로, 가르노가 권태롭고 또는 질식시키는 듯한 이미지의 자연경치나 반항하는 듯한 이미지의 경치를 표현하는 것은 다른 한편으로 보면, 창작에 관련되는 한 그의 정서 상태가 아주 자율적이었음을 말한다. 그의 정서적 자율성은 병처럼 그를 둘러싼 외부 환경에서보다는 더 창작 욕구에 불타는 그의 내면

---

36) Martin Heidegger, *Chemins qui ne mènent nulle part*, traduit de l'allemand par Wolfgang Brokmeier, Paris, Gallimard, 1962, p.42. 가르노의 그 그림들이 하이데거의 예술작품론을 거부하는 상황은 본 논문에 소개되는 그의 다른 그림들에도 고려될 수 있다.

의식으로부터 온 것이다. 칼 융의 심리학에 근거하여 생각하면, 가르노의 이러한 자율성은 그림들을 그리려는 그의 강한 충동적 욕구에 기반을 둔 그의 "정신 에너지"로부터 나온 것이다. 그의 강한 "정신 에너지"가 그림들을 태어나게 하려고 할 때, 그의 내부에서 일어나는 심리적 작용은 그에게 병을 극복하게 하는 "생명 에너지", 즉, 리비도의 역할을 했다. "정신 에너지가 현실화될 때는 특정한 심리적 현상에 反影된다. 여기서 특정한 심리적 현상이라 함은 충동, 소망, 의지, 감정, 동작 등등과 같은 심리 현상을 말한다. [...] 융은 서술하기를, 만일 과학적 상식에 기초를 두고 우리들을 너무 멀리 가게 만드는 哲學的인 사항을 피한다면, 우리들은 아마 심리작용을 단순히 생명의 작용으로써 보기 위해 최선을 다하게 될 것이다. 이와 같은 방법으로 狹意의 정신 에너지의 개념을 생명 에너지의 개념으로 확대시킬 수 있다. 여기에서 생명 에너지는 정신 에너지를 그 자체의 일부분으로 포함하고 있다."[37]

반면에, 그림들을 창작할 때 동원되는 가르노의 "정신 에너지"를 프로이트가 정의한 개념으로 해석하면, 가르노는 그림들을 그리는 순간만큼은 그의 강력한 "정신적 에너지"가 강력한 "신체적 에너지"로 바뀌는 것을 무의식적으로 체험하면서 자신의 병과 대치할 수 있었을 것이다. 실제로, 프로이트는 융과 달리 "생명 에너지" 대신 근육 작용에 관련되는 "신체적 에너지"를 말한다. 이 심리학자는 또 "정신적 에너지"와 "신체적 에너지"가 서로 변화될 수 있다고 했다. "기계적 에너지가 기계적인 일을 하는 것처럼 정신적

---

37) 욜란디 야코비, 『칼 융의 心理學』, 이태동 옮김, 서울, 성문각, 1978, pp.84-85 (Jolande Jacobi, *The Psychology of C.G. Jung : An Introduction with Illustrations*).

에너지는 심리적인 일 - 예컨대 사고, 지각, 기억 등 - 을 한다. 신체적 에너지가 정신적 에너지로 변하고 정신적 에너지가 신체적 에너지로 변하는 것도 가능하다."[38]

가르노가 그처럼 불타는 창작 욕구를 따라 그림들을 그리는 동안, 그의 정서는 그의 "정신(적) 에너지"를 통해 병과 대치할 수 있을 만큼 강력한 자율성을 지니고 있었다. 그러나 그의 이러한 정서적 자율성이 그를 심장병으로부터 완전히 구출하는 근본적인 해결책이 되지는 못한다. 따라서 앞에 소개된 시에서나 그림들에서, 그가 병이 점점 심해지는 상황에 불안과 절망을 느끼고 그의 일상의 삶 앞에 전개되는 현재의 시간과 풍경을 거부한다는 사실에는 변함이 없다.

가르노가 시와 그림들을 통해 눈에 보이는 풍경을 거부한다는 것은 그가 가시적인 것 앞에서 무엇인가 비가시적인 것을 지향하며 이 둘 사이에서 투쟁을 하고 있지 않나 생각하게도 한다.

3. 시와 화폭 위에 거주하는 풍경

3.1. 보이는 것과 보이지 않는 것의 이중 작용

가르노의 시와 그림에 표현되는 풍경은 그의 보이는 몸으로 느낄 수 있는 것과 그의 보이지 않는 영혼으로 느낄 수 있는 것으로 구분된다. 그의 작품들은 풍경을 통해 그의 몸과 그의 영혼으로 느껴지는 가시적인 것과 비가시적인 것 사이에서 투쟁한다.

---

38) 캘빈 S. 홀, 『프로이트 심리학 입문』, 앞의 책, p.49.

다음의 시를 본다.

자연이여, 그대는 내게 노래했지
희미한 목소리로 이중주곡을,
수의 불투명성 저쪽에
형체 없는 흔들림,
같은 물결의 밀물과 썰물, 오 물결의 단일성이여,
기슭 위에까지 빛을
펼치는 임무를 하며
무한히 되살아나는 파도

Nature, tu m'as chanté
Le duo à voix équivoques,
Immatériel balancement
Par delà l'opacité du nombre,
Flux et reflux de la même onde, ô l'onde unité,
Vagues renaissantes infiniment
Et pour rôle de dérouler
La lumière jusque sur le rivage[39]

 40)  41)

위의 시(<Tous et chacun>)는 "같은 물결"이면서도 "밀물"이 되기
도 하고 "썰물"이 되기도 하는 "물결"의 조화, 그리고 먼 "기슭"에

---

39) Saint-Denys Garneau, 'Tous et chacun', *Poésies : œuvres posthumes, op.cit.,* p.28.

40) Saint-Denys Garneau, *La rivière Jacques-Cartier.*

41) Saint-Denys Garneau, *La rivière à l'automne.*

까지 "빛"을 뿌리는 "파도"의 "무한한 재탄생"을 만드는 "물결", 즉, "자연"의 신비를 노래한다. "밀물"은 언제나 "썰물"을, "썰물"은 언제나 "밀물"을 내재화하고 있어 "물결"의 이 이중 작용은 불가피하다. "희미한 목소리로 이중창"을 하는 "밀물"과 "썰물"이 동일한 "물결"로부터 나온다고 하면, 같은 것은 항상 대립하는 이질적인 양면성을 가지고 있다고 할 수 있다.

그런데 "밀물"과 "썰물"의 대립 작용은 양면성을 지니는 "물결"이라는 물질이 순수하고 견고한 본질성을 획득하도록 하는 데 유용하다. 즉, "밀물"과 "썰물"이 서로를 파괴하면서 "밀물"은 "썰물"로, "썰물"은 "밀물"로 완전히 변화하는 과정이 반복될수록, "밀물"과 "썰물"의 모태인 "물결"의 본질이 견고해진다. 현상학 쪽에서 보면, 사물이 지니는 순수한 본질의 견고성은 사물이 완전히 변화되기 위하여 얼마나 많이 파괴되고 손상되는 과정을 겪었는지에 의해 획득된다. "본질의 견고성, 즉, 본질적인 것의 상태는 우리가 가지고 있는 사물을 변화시키는 힘에 따라 바로 측정된다. 사실들에 의해 전혀 오염되지도 않고 흐려지지도 않은 순수한 본질은 오직 완전한 변화의 시도로부터만 기인할 수 있을 것이다."[42] 따라서 가르노의 시에서 "물결"을 구성하는 "밀물"과 "썰물"이 서로 대립하는 것은 완전히 서로 변화하기 위한 것이고, 이 과정은 "물결"이 순수하고 확고한 본질성을 획득하기 위해 꼭 필요하다. 실제로, "형체 없는 흔들림"은 "물결"에 내재한 대립적인 두 양상이 변화과정을 거쳐 결국은 하나로 단일화가 됨으로써 "물결"이 순수하고

---

42) Maurice Merleau-Ponty, *Le Visible et l'Invisible*, suivi de notes de travail, texte établi par Claude Lefort, Paris, Gallimard, 1964, p.149.

확실한 본질성을 획득한 것을 상징한다.

대립하는 "밀물"과 "썰물"의 통합화 또는 단일화로 구성되는 "물결", 즉, "형체 없는 흔들림"을 하는 "물결", 이 "물결"을 정신분석학 측면에서도 볼 수 있다. 정신분석학에서는 사물을 다음과 같이 생각한다. "만약 "있음"이나 "존재 그 자체"가 존재자와 같은 어떤 것이라면, 그것은 다시 다른 어떤 것으로부터 유래될 수 있어, 파생과 복귀가 무한정 계속될 것이다. 만약 우리가 "어떤 것이 있다"라고 말한다면, 이 "있음"은 결코 우리가 바로 관찰한 사물의 다른 특성들 중의 하나로서 이해될 수 없다. 이 "있음"은 예컨대 인형 위의 모자처럼 어떤 것 위에 놓이는 어떤 것이 아니다. 그와는 반대로 "존재 그 자체"는 모든 개개의 존재자들과는 전적으로 다른 것이다. "존재 그 자체"는 모든 개개의 존재자들과는 너무나 근본적으로 다르기 때문에 하이데거는 때때로 "존재 그 자체"를 무(無) Nothingness로 부르고 있다. [...] 그가 말하는 "무"나 "존재 그 자체"는 모든 것을 각각의 존재자로 있게 할 수 있는 무한한 풍부함을 갖고 있다."43)

위의 담론에 따르면, 어떤 사물이 눈에 보이는 그대로 있을 때 존재로서 가치를 갖는다면, 그 사물은 어떤 다른 사물로부터 유래되었을 것이고 그래서 또 어떤 다른 사물을 파생시킬 것이다. 따라서 눈에 보이는 그대로 있는 사물은 그 존재 측면에서 다른 사물들과 다를 바가 없어 진실로 "존재 그 자체"로 존재하는 것이 아니다. 그러한 사물과 달리 그 혼자만의 존재성을 획득한 사물은 하

---

43) 메다드 보스, 『정신분석과 현존재분석』, 이죽내 옮김, 서울, 도서출판 하나의학사, 2003, p.95 (Medard Boss, *Psychoanalyse und Daseinsanalytik*).

이데거가 "무한한 풍부함"이라고 정의하는 "무(無)" 개념을 포함한다. 이 "무" 개념은 무의미, 허무함, 공허함을 뜻하지 않는다. 가르노의 시에 표현된 그 "물결", 즉, 대립 양상이 통합된 단일화된 "물결"은 다른 물결들과 달리 바로 하이데거가 말한 그와 같은 "무" 또는 "존재 그 자체"가 되어 "무형의 흔들림"을 영원히 계속할 것이다. 결국, 다른 어떤 물결들과도 비교될 수 없이 완전히 달라진 단일화된 "물결"은 "물결"이라는 물질의 순수하고 견고한 본질 자체가 됨으로써 눈에 보이는 구체적 개념으로부터 눈에 보이지 않는 추상적 개념으로 통과했다.

가르노의 시에 표현된 풍경의 보이는 것("밀물", "썰물")과 보이지 않는 것(단일화된 "물결", "형체 없는 흔들림)의 이중적인 측면에 관한 것은 그의 그림들에서도 나타난다. 앞에 제시된 두 그림 (<*La rivière Jacques-Cartier*>, <*La rivière à l'automne*>)은 자크 카르티에(Jacques-Cartier)강의 풍경을 보여준다. 이 그림들에서 가르노는 눈에 보이는 강 주변의 풍경에 본인의 생각을 투영시켰다.[44] 그에 의하면, 예술작품의 "아름다움"은 작품에 표현되는 "사실성"에 크게 좌우되지 않고 무엇보다도 잘 구성된 "사고"에 바탕을 두기 때문이다. "과학"은 "사실성"에 바탕을 두지만, 예술은 "미학적인 이해"에 따라 "자유로운 표명"을 지향하는 "생각하는 예술"이라는 뜻에서이다.

예술작품, 즉, 기분전환. 미에 대한 명상. 구속받지 않는 실행.

---

44) 가르노의 그림들에 그의 생각이 투영되어 있다는 점은 그 두 그림 외에 그의 다른 그림들에도 적용될 수 있다. 그러함에도 이 점을 여기에서 말하는 것은 그 두 그림이 강의 풍경을 표현하고 있어 "물결"을 표현한 앞에 소개된 그 시와 연관성이 있기 때문이다.

자기 자신에 대하여 예술의 완벽함. 예술에 관련한 생각. 비록 사실이 아니어도 잘 생각된 것이 아름답다. '생각하는 예술'은 확실히 현실에 그리고 삶에 대한 미학적인 이해에 관련된다. 그래서 그것은 생각하는 과학이 아니다. 과학은 그 대상(사실성)에 의해 조건이 지워진다. 예술 그것은 하나의 표명이고 자유로운 실행이고 놀이이다.

Oeuvre d'art : divertissement. Contemplation de la Beauté. Libre exercice. Perfection de l'art par rapport à soi-même. Pensée par rapport à l'art. Ce qui est bien pensé est beau, même si ce n'est pas vrai. «L'art de penser» correspond certainement à une réalité, et conception esthétique de la vie. Et ce n'est pas la science de penser. La science est conditionnée par son objet (vérité) ; l'art, lui, est une manifestation, un libre exercice, un jeu.[45]

그와 같이 가르노에게서 예술작품은 "사고" 활동의 결과이다. 현상학 쪽에서 보면, 사고(pensée)는 시각(vision)과 밀접한 관계를 갖는다. "사고 없는 시각은 없다. 그러나 보기 위하여 생각하는 것으로는 '충분하지' 않다. 즉, 시각은 조건화된 사고이고, 시각은 몸속에서 일어나는 것을 '계기로' 태어난다. 시각은 몸을 통해서 생각하도록 유도된다."[46] 즉, 시각은 몸을 통해서 생각하도록 한다는 의미에서 조건 지워지는 사고이다. 시각이 몸을 통해서 나오는 생각이라고 말하는 것은 시각을 단순히 보는 작용이 아닌 접촉하는 작용으로 보기 때문이다. 예를 들면, 빛은 몸과 접촉을 하면서만 어떤 기능을 한다. 따라서 본다는 것은 몸이 빛과 접촉하는 것이고, 본다는 것은 이러한 조건 속에 있는 몸 상태를 통해 생각하는 것이다. 이와 같은 관점에서 보면, 빛은 그 두 그림을 그리는 가르노의 눈과 접촉을 하면서 어떤 작용을 하게 되었고, 그 결과 그에게 시각 이미지가 형성되었다. 이 시각 이미지 자체는 그의 몸을

---

45) Saint-Denys Garneau, *Journal, op.cit.,* p.230.
46) Maurice Merleau-Ponty, *L'Oeil et l'Esprit,* Paris, Gallimard, 1964, p.51.

퀘벡 시인과 언어, 예술, 자연

통해 나오는 생각 이미지이다. 가르노의 예술작품은 동시적인 이 두 이미지의 산물이다.

다른 관점에서 보면, 생각 이미지는 '마음속의 이미지'라고 할 수 있고, 이 '마음속의 이미지'는 시각 이미지가 먼저 형성된 후에 나온다. 즉, 일차적으로 가르노의 눈에 투영된 시각 이미지가 이차적으로 그의 마음속에 투영되어 '마음속의 이미지'가 되었다. 가르노가 자신 앞에 펼쳐지는 강의 풍경을 보는 동안 어떤 이미지들이 그 자신도 모르게 생성되고, 이 생성된 시각 이미지들이 그의 시신경을 통해, "사고" 작용이 이루어지는 그의 두뇌 속에 투영되면서 그 두 그림이 탄생을 하게 된 것이다. 이때 그의 그림들에 표현된 강의 풍경은 그가 처음 그 풍경을 보는 순간 그의 망막에 맺혔던 풍경의 이미지와는 다소 다를 수 있다. 풍경에는 원래 정해진 하나의 이미지만이 존재하는 것이 아니고, 풍경은 화가의 시신경에 투사된 후 그의 마음속에 형성되는 이미지에 의해 여러 번 재조직되기 때문이다. 즉, 화가의 망막 위에 맺힌 풍경의 이미지는 그의 '정신적 반응기제'에 따라, 즉, 화가의 "사고" 작용에 따라 여러 방향으로 재조직되어 화폭 위에 나타나기 때문이다. 망막 위에 맺히는 이미지와 '마음속의 이미지' 간의 이러한 관련성은 다음 인용문에서 이렇게 설명이 된다. "실제로 존재했던 것은 그 화가가 자기 앞의 풍경을 세밀하게 쪼개서 보는 동안에 헤아릴 수 없이 많은 이미지들이 끊임없이 연달아서 존재했던 것이며, 이 이미지들이 시신경을 통해서 화가의 뇌에까지 자극의 복합적인 패턴들을 전달한 것이다. 미술가 자신조차 이 같은 사건들에 대해서는 아무것도 모른다."[47]

---

47) 곰브리치, 『예술과 환영; 회화적 재현의 심리학적 연구』, 차미례 옮김, 파주, 열화당, 2003,

가르노의 망막을 스쳐간 이미지들이 그의 마음속에 모여 새롭게 재조직된 것이 그의 두 그림에 나타난 강의 풍경이라고 한다면, 이 풍경은 화폭 위에 나타난 장면과 화폭 위에 나타나기 전까지 그의 시신경을 통과하면서 그의 "사고" 작용에 따라 계속 형성되던, 즉, 화폭 위에 나타나지 않은 장면들을 동시에 지니고 있다고 할 수 있다. 강의 풍경이 동시에 보이는 장면과 보이지 않는 장면으로 구성된다. 이 상황은 앞에 소개된 그의 시에서 "물결"이 "밀물"과 "썰물"의 작용에 따라 눈에 보이는 현상으로부터 눈에 보이지 않는 현상으로 통과하는 것과 일맥상통한다.

가르노의 시와 그림은 그처럼 동시에 보이기도 하고 보이지 않기도 하는 이중적인 면을 지니는 풍경을 표현하거나, 또는 다소 자유로운 구성으로 초현실주의의 흔적과 기하학적 표현의 흔적을 조금 남긴다.

3.2. 초현실주의와 기하학적 표현의 흔적들

가르노는 전통적인 형식주의와 인공미를 거부하며 영혼에 감동을 주는 생명력이 있는 자연의 풍경을 시와 그림으로 표현한다. 이때 그의 시와 그림은 각각 초현실주의 경향과 그리고 기하학에 토대를 두는 추상기법을 다소 상기시킨다.

가르노의 시와 그림들을 본다.

조용한 우아함에, 날렵한
양산들 조용한

pp.87-88 (Ernst Hans Gombrich, *Art and Illusion : a study in the psychology of pictorial representation*, Phaidon Press Limited, 1960). 인용문에서 "그 화가"는 세잔을 가리킨다.

들판에
느릅나무들만이 홀로 또는 작은 그룹으로 있다.
조용한 느릅나무들은 그늘을 만든다
정오에 그들을 에워싸는
소와 말들을 위하여.
그들은 말을 하지 않는다
나는 그들이 노래하는 걸 듣지 못했다.
그들은 순수하다
그들은 살짝 얇은 그늘을 만든다
순진하게
그 짐승들을 위하여.

Dans les champs

Calmes parasols

Sveltes, dans une tranquille élégance

Les ormes sont seuls ou par petites familles.

Les ormes calmes font de l'ombre

Pour les vaches et les chevaux

Qui les entourent à midi.

Ils ne parlent pas

Je ne les ai pas entendus chanter.

Ils sont simples

Ils font de l'ombre légère

Bonnement

Pour les bêtes.[48]

49) 50)

---

48) Saint-Denys Garneau, 'Les ormes', *Regards et jeux dans l'espace et autres poèmes, op.cit.*, p.35.

49) Saint-Denys Garneau, *L'allée.*

50) Saint-Denys Garneau, *Sans titre.*

언어의 의미적인 측면에서 보면, 위의 시(<Les ormes>)는 "느릅나무들"이 "그늘"을 만들어 "소"와 "말"을 쉬게 하는 평화로운 "들판"의 풍경을 표현한다. 시는 서정적이며 소박한 전원의 풍경을 그리는 전형적인 목가풍이다. 그러나 언어의 배치 측면에서 보면, 시는 다소 이탈을 감행하여 평화로운 풍경을 깨뜨리려고 한다.

시를 구성하는 13개 행의 음절들(3/5/10/12/8/8/8/5/10/3/7/2/3)은 불규칙적이어서 언어 리듬도 규칙적이지 못하다. 이 점에서 시는 전형적인 현대시의 형태를 띤다. 언어 리듬의 불규칙성은 특히 1행과 2행, 3행에서 돋보인다. 1행("Dans les champs")과 2행("Calmes parasols"), 그리고 3행("Sveltes, dans une tranquille élégance")에서 명사와 형용사가 분리되는 척치(enjambement)가 일어난 것이 문제다. 3행의 "tranquille élégance"를 제외하고, 1행과 2행, 3행에서 "champs"과 "calmes", 그리고 "parasols"과 "sveltes"가 분리된 것이다. 명사와 형용사는 같이 다녀야 하는 단어들이다. 그런데 두 단어가 각각 다른 시행들에 걸쳐 있게 되면, 두 단어를 갈라놓는 여백이 한편으로는 의미의 분절을 초래하고, 다른 한편으로는 의미가 가져오는 풍경의 이미지를 더 무한하게 넓힌다. 그래서 독자마다 또는 같은 독자라도 그 시를 읽는 순간마다 "느릅나무들"이 늘어서 있는 평화로운 "들판"의 이미지를 조금씩 다르게 느낄 수 있다.

가르노가 보고 느낀 평화로운 "들판"도 독자들이 느끼는 "들판"과 다를 수 있다. 독자와 작가 또는 독자와 작품 간의 이러한 관계는 여백 문제를 떠나 모든 문학작품의 수용에 흔히 나타나는 공통된 현상이기도 하다. 독서의 순간마다 독자들 각자의 무의식 세계가 작품에 관련이 되기 때문이다. "우리는 우리 자신이 세상을 대

하는 특정 방식으로, 즉 우리의 자아동일성으로써 경험을 해석한
다. 문학작품을 경험하는 방식도 예외는 아니다. [...]. 우리가 일단
스스로 수용할 수 있는 방식으로 이야기를 거르고 재창조해 낸 뒤
에는 텍스트에 자신의 독특한 환타지를 투사한다. 이런 환타지는
현실에서는 이룰 수 없는 무의식적인 바람일 경우가 많다. [...]. 무
의식적인 환타지를 통해서 문학작품을 인식한 뒤에 환타지의 내용
을 문자 그대로의 해석으로 전환시킨다.”51) 따라서 가르노의 시에
서 명사와 형용사가 한 시행에 같이 있을 때, 또는 두 단어가 시행
의 여백에 의해 분리되어 있을 때, 단어들은 독자들의 무의식 작용
에 따라 그들 간의 연상관계를 조금씩 다르게 형성한다. 즉, “조용
한 들판”과 “조용한/들판”, 또 “날렵한 양산”과 “날렵한/양산”이라
는 표현들에서 명사와 형용사가 결합하여 생산하는 시적 정취는
다소 다르다. 두 단어는 한 시행에 있을 때보다 다른 시행에 놓여
있을 때 독자들의 해석에 더 많이 좌우되며 의미 생산에 관여한다.
시행의 여백에서 독자들의 무의식 세계가 최대한 작동될 수 있기
때문이다. 독자들은 명사와 형용사를 분리하는 여백의 공간에서,
그리고 시 전체를 읽으며 무의식적으로 다양하게 시의 의미를 추
상화하고 재창조할 수 있다.

독자들이 그 시를 읽는 매 순간, 특히 명사와 형용사를 떼어놓는
여백에 의해 더욱더 다양하고 새로운 “들판”을 느끼게 될 때, 그
시의 언어는 “들판” 자체를 나타내지 못하고 “들판”에 대한 가르노
의 체험은 물론 독자들의 체험도 표현한다. 독자들은 같은 국적을

---

51) 엘렌 위너, 『예술심리학』, 이모영/이재준 옮김, 서울, 학지사, 2004, pp.398-399 (Ellen Winner, *Invented Worlds; The Psychology of the Arts*, Cambridge, Harvard University Press, 1982).

지닐 수도 있고 또는 다른 국적을 지닐 수도 있다. 따라서 "들판"을 이해하는 데 관여하는 독자들의 체험은 그들이 처해 있는 문화와 그들 각자의 개인적인 정서 상태 등에 의해 아주 세분될 것이다. 즉, 그들이 처한 환경이나 그들의 의식과 감성에 따른 개인적 체험, 또는 그들이 사는 공동체의 집단의식에 의해 영향을 받는 집단적 체험에 따라 독자들은 시를 읽는 순간마다 "들판"을 다른 식으로 해석할 것이다. 이처럼 독자들이 평화로운 "들판"을 이해하는 데 있어 시 언어는 제약을 받는다. 실제로, 언어와 인지 관점에서 다음의 논리가 성립된다. "우리는 세계를 통해 언어의 객관적인 동기의 한계에 이른다. 세계는 항상 그 세계를 인지하고 체험하는 화자에 의해 표현된다. 언어가 나타내는 것은 따라서 세계가 아니고 세계에 대한 체험이다. 이러한 체험은 화자가 자라났던 문화에 의존하는 것만큼 개별적인 각 화자에 달려 있다."[52]

이상의 모든 상황은 명사와 형용사를 분리하여 언어 리듬의 불규칙성을 가중하는 1행과 2행, 3행을 중심으로 전개된다. 문장 구성상 이탈의 형태를 보여주는 1행과 2행, 3행을 제외하고, 다른 시행들은 특별한 파격 현상이 없는 평범한 문장구조로 배치되어 있다. 따라서 가르노의 시는 언어 리듬의 불규칙성을 보여주면서도 아주 변칙적인 문장 형태를 취하지 않고 다만 초현실주의의 주요 특징인 자동기술의 흔적을 조금 보여줄 뿐이다. 전통적인 시의 작법과 현대적인 시의 작법 사이에서의 그의 고민이 나타난다.

위에 소개된 가르노의 두 그림(<L'allée>, <Sans titre>)에서도 시

---

52) Claude Vandeloise, 'Motivation par l'expérience individuelle du monde' (pp.35-40), *Langues et cognition*, sous la direction de Claude Vandeloise, Paris, Lavoisier, 2003, p.36.

퀘벡 시인과 언어, 예술, 자연

에서와 유사한 양상이 나타난다. 그림들은 초현실주의의 전위적인 표현법을 상기시키는 다소 기하학적인 방식으로 화폭 위에 자연 경치를 드러낸다. 그림 <무제 *Sans titre*>에서는 화폭의 중앙에 배경으로 자리잡은 논밭이 삼각형 또는 사각형으로 구획이 되어 있어 가르노가 어느 정도 기하학적인 화법을 실행했다고 볼 수 있다. 그리고 그림 <오솔길 *L'allée*>에서는 구부러지거나 똑바로 서 있는 나무 기둥들이 바둑판 형태의 오솔길을 구성하고 있는데, 한 비평가에 따르면, 이 바둑판 모양이 기하학적인 화법을 상기시킨다고 한다. "이 그림은 생기 있는 색깔들로 된 일종의 바둑판 모양의 오솔길들을, 모험적으로 나무 말뚝들을 박은 일종의 바둑판 모양의 오솔길들을 나타낸다. 전망이 비틀어져 있으며, 기하학이 그에게 영향을 주는 표시가 나고 또 '사물들'이, 이 경우에는, 실제 경치가 떠나가 버리는 듯이 보인다."[53]

그러나 가르노의 두 그림은 완전히 추상화에 속하지는 않고 다만 그러한 방향을 조금 예시할 뿐이다. 가르노에 의하면, 풍경화는 몸과 영혼이 결합이 되듯 경치와 시각의 결합으로 태어난다. 그래서 그는 시각 현상을 왜곡하는 아주 정통적인 "추상화"를 좋아하지 않는다. 그는 "추상화"를 철저히 거부하지는 않으나 그 위험을 간과하지도 않는다.

> 추상화가 될 정도로까지 비현실적인 것이 됨으로써, 예술에 관해서는 구체적인 현실과의 관계 상실이 일어났다. 그로 인하여 인간은, 완벽하지 못한 인간은 상당히 위태로운 상황에서 결국 그림의 소재가 되고 있다. 형식은 기호적인 그 가치를 잃기에 이르렀으나 독자적인 가치를 얻었다. 그림 건축물들이 건설되었

---

53) François Hébert, 'Le peintre Saint-Denys Garneau' (pp.4-24), *Liberté*, vol.40, n.4, 1998, pp. 13-14. 인용문에서 "이 그림"은 <오솔길>을 가리킨다.

고, 현실세계의 활기찬 요소들 사이가 아니라 형식들 사이에 질서가 세워졌다.

En se dématérialisant jusqu'à l'abstraction, il advint pour l'art une perte de contact avec la réalité concrète, en quoi l'homme, qui n'est pas ange, est fortement menacé, matière après tout de la peinture. La forme en vint à perdre sa valeur de signe, et acquit une valeur autonome. On construisit des édifices picturaux, on établit un ordre entre les formes et non plus entre les éléments vivants de la réalité.[54]

가르노의 두 그림은 전통적인 형식주의를 따르지 않는 것은 물론 큐비즘(cubisme)과 같은 추상기법도, 응용미술에서 사용되는 장식기법도 철저히 따르지는 않는다. 그는 미적인 감각을 따라 영혼이 숨 쉬는 살아있는 형태의 그림을 그리기 위해 다만 구성을 조금 자유롭게 한 것뿐이다. 학구적인 기법을 철저히 따라가는 손 솜씨에 의한 그림보다는 영혼을 담는 그림이 그에게 중요하기 때문이다.

프로이트의 용어를 빌리면, 가르노의 두 그림은 그의 "지적인 이해력"에 기반을 두지 않고 그의 "정서적인 상태와 정신적인 조화들"에 기반을 둔 그와 같은 그의 "의도"를 표출한다("예술가가 작품 속에서 자신의 의도를 성공적으로 표현하고 자신의 의도를 이해할 수 있도록 하는 데에도 성공했다면, 우리를 강렬한 힘으로 사로잡는 것은 내 생각으로는 바로 예술가의 의도라고 본다. 물론 이때 문제가 되는 것이 순수하게 지적인 이해력이 아님은 나도 알고 있다. 예술가에게 창조의 강력한 동력을 제공하는 정서적인 상태와 정신적인 조화들이 감상을 하는 우리들에게도 재현되어야만 할 것

---

54) 가르노의 표현, François Hébert, 'Le peintre Saint-Denys Garneau' (pp.4-24), *Liberté*, vol.40, *ibid.*, p.8.

이다."55)). 프로이트의 "의도" 개념은 예술가가 무엇인가에 감동을 한 후 그의 정서 상태를 표현한다는 의미이고, 그리고 정신분석학 측면에서 이 정서 상태를 알아내어야 한다는 의미이다. 따라서 흔히 비평가들이 예술작품은 예술가의 의도적인 어떤 목적을 표현해서는 안 된다고 하면서 예술의 효용성을 지적할 때 그때의 "의도" 개념과 그 학자의 "의도" 개념은 다르다. 프로이트 방식으로 생각하면, 가르노의 두 그림은 작품의 효용성과는 관계없이 풍경에 대한 그의 감동을 표현하는 것이므로, 그가 다소 기하학적인 표현법을 쓴 것은 결국 그 나름대로 순수예술을 추구하는 과정이었다고 할 수 있다. 전통적인 회화기법과 현대적인 회화기법 사이에서 성찰하는 그를 본다.

*   *   *

지금까지 살펴보았듯이, 가르노는 자신에게 소외감 등 삶의 좌절을 느끼게 하는 육신의 병을 잊고 무엇인가에 끌린 듯 예민한 감성으로 시와 그림을 그리는 데 전념했다. 그래도 그는 병이 주는 절망과 창작 활동이 주는 희망 사이에서 균형 잡힌 자아를 유지하는 데 어려움을 느꼈다.

가르노의 그러한 정서적 불균형을 보여주듯, 그의 시와 화폭 위에 표현된 풍경들은 그의 감각적인 몸을 통해 볼 수 있는 보이는 요소들과 그의 영혼을 통해서만 볼 수 있는 보이지 않는 요소들 사이의 경계선에서 방황하는 듯 왜곡되고 뒤틀린 모습을 하고 있

---

55) 지그문트 프로이트, 『예술, 문학, 정신분석』, 정장진 옮김, 서울, 열린책들, 1996, p.290.

다. 어쩌면 그의 자아의 하부구조에 자리잡은 이드의 실체로서의 무의식적 환상이 그러한 왜곡되고 반항적인 의미를 화폭 위에 나타나게 한 것일 수 있다. 무의식에 토대를 둔 반항으로 인해 긴장감은 팽배해지고 이에 따라 그의 불안감이 증폭된다. 이 불안감에 싸여 그는 불확실한 자아와 지워지지 않는 자아 사이에서 그의 시와 그림 창작의 원동력을 찾는다.

그의 무의식이 가르노의 창작 활동의 받침돌이다. 실제로, 심리학적 관점에 의하면, 무의식 단계에서 분화된 심층구조는 "창조적 탐구"의 모태가 된다. "의식적인 단계에서는 모호하게 보이고, 여러 가지 의미를 갖게 되며, 끊임없이 확대되는 것이, 무의식적인 단계에서는 명쾌한 경계선을 가진 단 하나의 연속 구조가 된다. 더욱 광범위한 확대로 인해 심층 시각은 아주 많은 수의 선택지가 포함된 확산적(擴散的) 구조를 주사하기 위한, 정밀한 계기의 역할을 하게 된다. 이와 같은 구조는 창조적 탐구에서 규칙적으로 나타난다."56) 즉, 가르노의 무의식은 그가 병에 대해 그저 단순히 반항적으로 반응하게 하는 반사적인 기능을 하지 않고, 그의 시와 그림 창작이 그 자체대로 고유한 활동이 되도록 하는 창조적인 역할을 한 것이다. 이렇게 보면, 그의 창작 활동은 인간의 무의식을 의식의 왜곡된 부분들이 숨어 있는 장소로만 보는 것을 우려한 융의 생각에 확실한 증거를 제시한 셈이다. 인간의 모든 활동의 근본 원인을 의식 부분에서만 찾아서는 안 된다는 융의 주장에 가르노의 작품들은 크게 동조를 하는 것이다.

그처럼 그 자신이 직접 쓴 시와 직접 그린 작품을 접목하는 가

---

56) 안톤 에렌츠바이크, 『예술 창조의 심리학-예술의 숨겨진 질서』, 김재은/김진현 옮김, 서울, 창지사, 2002, pp.55-56 (Anton Ehrenzweig, *The Hidden order of art; a study in the psychology of artistic imagination*, UK, The Orion Publishing Group, 1967).

퀘벡 시인과 언어, 예술, 자연

르노의 창작 활동은 그가 의식의 세계와 무의식의 세계를 넘나드는 과정이 된다. 이 점에 기본 방향을 두고 본 논문은 그의 시와 그림들을 심리학 또는 정신분석학 관점에서 살펴보았다.

가르노는 일찍 세상을 떠났으나 그가 남긴 시와 그림들, 그리고 비평 이론 등은 앞으로 연구해야 할 다양한 주제들을 제시하고 있다. 그는 심장병 때문에 그의 삶의 조건이 결핍 상태에 이른 것을 통감하고 이 결핍을 메꾸기 위해 자신의 존재 자체의 본질을 새롭게 설정하려 했다. 죽음을 가져올 병 때문에 오는 절망과 시와 그림에 대한 창작 활동을 통해 얻게 되는 희망 사이에서, 그는 균형 잡힌 자아를 정립하며 자기 존재의 실체를 밝히고 삶의 진정한 자유를 획득하고자 했다. 절망과 희망이라는 대립 상황들의 경계선에서 그는 아름다운 '사이'의 미학을 실천하고자 했던 것이다. 이런 연유로, 본 논문은 각 항목을 통해 시와 그림에 나타난 '사이'의 미학을 파악하는 것을 목표로 했다. 이 논문은 의식과 무의식 간의 관계를 통해 가르노의 자아 추구가 어떻게 전개되는지 보았고, 그가 행복했던 어린 시절 과거의 시간과 심장병과 대치하는 현재의 시간을, 풍경을 매개로 하여 오고 갈 때 그가 지니는 의식 상태를 살펴보았다. 또한, 본 논문은 그의 시와 회화작품에 나타난 풍경을 통해 보이는 것과 보이지 않는 것 간의 관계를 살펴보았고, 전통적인 표현기법과 현대적인 표현기법 사이를 오가는 시와 그림에 대한 그의 창작 방법을 살펴보았다.

가르노가 제시하는 주제들은 다양할 뿐 아니라 깊은 성찰을 요구한다. 본 논문의 필자는 앞으로도 그의 시와 그림들, 그리고 시와 예술에 관한 그의 비평서들을 살펴보면서 그가 제시하는 심도 있는 주제들에 계속 접근하고자 한다.

맺음말

역사의 시간이 다른 만큼 퀘벡의 시 역사는 프랑스의 시 역사와 다르지만, 퀘벡의 현대 시인들은 그들의 창작 활동 측면에서 프랑스의 현대 시인들과 종종 맥을 같이한다.

예를 들면, 롤랑 지게르는 1948년경부터 프랑스 초현실주의 시인 폴 엘뤼아르(Paul Éluard, 1895-1952)의 작품에 크게 매료되어 엘뤼아르처럼 시에 데생을 직접 하고 또는 인간의 자유를 강조하는 다소 초현실주의적인 시를 썼다. 장 기 필롱은 프랑스 시인 르네 샤르(René Char, 1907-1988)를 문학의 스승으로 삼아 서신을 주고받으며 그의 영향을 많이 받았다. 샤르는 인간에 대한 사랑과 시의 사회 참여 문제를 깊이 생각하며 인간의 보편적인 가치 실현을 추구했고, 필롱은 자연과 함께 사는 인간의 존재 문제를 깊이 탐색했다.

질 에노는 보들레르(Charles Baudelaire, 1821-1867)를 위시하여 이브 본느프와(Yves Bonnefoy, 1923-2016) 등 프랑스의 여러 시인처럼 시 창작과 예술비평을 병행했다. 시를 쓰고 동시에 그림도 그리는 생 드니 가르노는 프랑스 시인이고 화가인 앙리 미쇼(Henri Michaux, 1899-1984)를 생각나게 한다. 미쇼의 시와 그림에는 환상적이고 신비주의적인 면이 가득하고, 가르노의 시와 그림에는 존재의 불확실성이 의식과 무의식의 통로를 거쳐 현실의 자연 위에서 표현되고 있어, 두 시인의 작품세계는 다소 다르다. 그러나 두 시인은 모두 그들이 보고 느낀 것을 직접 시와 그림으로 표현하는 공통점을 갖는다.

이 책에서 언급되지는 않았지만, 퀘벡 작가 로랑 마이요(Laurent Mailhot, 1931-2021)도 프랑스 작가 알베르 카뮈(Albert Camus, 1913-1960)처럼 시, 연극, 평론 등 여러 장르의 문학에 참여했다. 카뮈는 소설을 많이 썼지만 「행복과 부조리 Le bonheur et l'absurde」 등의 시도 썼다. 그래서 마이요는 프랑스 그르노블(Grenoble)대학교에서 1972년에 알베르 카뮈 연구로 박사학위를 취득한 후, 카뮈처럼 시 작품 등 다양한 형태의 문학작품을 썼다.

그렇듯, 현대 퀘벡의 시인들은 프랑스 시인들과 불가분의 관계를 유지하며 프랑스 언어로 구성되는 시문학의 발전에 크게 기여하고 있다. 지역의 위치와 다채로운 역사적 상황에 따라 다양성을 확보하는 프랑스어권 문학으로서 퀘벡의 시 작품들은 유럽의식 일변도의 프랑스의 시 작품들에 새로운 생명력을 불어넣는다.

참고문헌

제1장

1. 질 에노의 작품

Hénault, Gilles, *Signaux pour les voyants; poèmes* 1941-1962, Ottawa, L'Hexagone, 1972.

2. 질 에노에 관한 기사

Biron, Michel, 'Distances du poème ; Gilles Hénault et *Refus global*', *Études françaises*, vol.34, n.2-3, 1998, pp.113-124.

_____, 'Au-delà de la rupture : "Bestiaire" de Gilles Hénault', *Voix et Images*, vol.24, n.2, 1999, pp.310-323.

Bourassa, Lucie, 'Transports du signe : rime et allégorie dans 'Sémaphore'', *Voix et Images*, vol.21, n.1, 1995, pp.74-91.

Mailhot, Laurent, 'La Poésie de Gilles Hénault', *Voix et images du pays*, vol.8, n.1, 1974, pp.149-161.

Spacagna, Antoine, 'Dé-lire les "délires" de *À l'inconnue nue* de Gilles Hénault', *Voix et Images*, vol.21, n.2, 1996, pp.300-311.

3. 일반 저서

Augé, Marc, *Le Sens des autres; actualité de l'anthropologie*, Paris, Fayard, 1994.

Bessière, Jean, *Dire le littéraire; Points de vue théoriques*, Liège et Bruxelles, Éditeur Pierre Mardaga, sans année.

Bilen, Max, *Le Sujet de l'écriture*, Paris, Édition Gréco, 1989.

Boisdeffre, Pierre de, *Les Poètes français d'aujourd'hui*, Paris, Presses Universitaires de France (Que sais-je?), 1973.

Lefebvre, Henri, 'De la littérature et de l'art modernes considérés comme processus de destruction et d'auto-destruction de l'art', dans *Littérature* et Société; Problèmes de méthodologie en sociologie de la littérature, Henri Lefebvre et al., Bruxelles, Editions de l'Institut de Sociologie de l'Université Libre de Bruxelles, 1967, pp.111-126.

Maingueneau, Dominique, Le Contexte de l'œuvre littéraire; Énonciation, écrivain, société, Paris, Dunod, 1993.

Meschonnic, Henri, De la langue française; Essai sur une clarté obscure, Paris, Hachette, 1997.

Rousselot, Jean, Histoire de la poésie française, Paris, Presses Universitaires de France (Que sais-je?), 1976.

Saussure, Ferdinand de, Cours de linguistique générale, Paris, Payot, 1969.

Tamba-mecz, Irène, La Sémantique, Paris, Presses Universitaires de France (Que sais-je?), 1988.

제2장

1. 롤랑 지게르의 작품

Giguère, Roland, L'Âge de la Parole; poèmes 1949-1960, Ottawa, Éditions de l'Hexagone, 1965.

＿＿＿＿＿＿＿＿, La Main au feu, Montréal, Éditions Typo, 1987 (Éditions de l'Hexagone, 1973).

＿＿＿＿＿＿＿＿, Temps et lieux, Montréal, Éditions de l'Hexagone, 1988.

＿＿＿＿＿＿＿＿, 'La poésie est une lampe d'obsidienne', Liberté, vol.14, n.1-2, 1972, pp.32-33.

＿＿＿＿＿＿＿＿, 'Une aventure en typographie : des Arts graphiques aux Éditions Erta', Études françaises, vol.18, n.2, 1982, pp.99-104.

＿＿＿＿＿＿＿＿, 'Plus vert que nature'(illustration), Brèves littéraires, n.66, 2004, pp.11-12.

2. 롤랑 지게르 작품에 관한 기사

Chamberland, Roger, 'L'écriture iconique. Sur deux 'Mirors' de Roland Giguère', Voix et Images, vol.9, n.2, 1984, pp.47-58.

Duciaume, Jean-Marcel, 'Encre et poème, entrevue avec Roland Giguère', Voix et Images, vol.9, n.2, 1984, pp.7-17.

Gagnon, François-Marc, 'Roland Giguère', *Vie des Arts*, vol.31, n.125, 1986, pp.49-49.

Lachapelle, Édouard, 'Roland Giguère; entretien', *Espace Sculpture*, vol.7, n.1, 1990, pp.44-45.

Lajoie, Yvan, 'Roland Giguère, à la recherche de l'essentiel', *Études littéraires*, vol.5, n.3, 1972, pp.411-428.

Lemaire, Michel, 'Multiple Giguère', *Lettres québécoises : la revue de l'actualité littéraire*, n.13, 1979, pp.17-18.

Marcotte, Gilles, 'Préface', *La Main au feu* de Roland Giguère, Montréal, Éditions Typo, 1987 (Éditions de l'Hexagone, 1973), pp.7-15.

Marteau Robert, Grand Mildred, Fortier-Rolland Marie-Sylvie, 'L'atelier de Roland Giguère', *Vie des Arts*, vol.19, n.75, 1974, pp.51-54.

Robert, Guy, 'Parcours et célébration de Roland Giguère d'Erta', *Vie des Arts*, vol.33, n.132, 1988, pp.36-39.

Vie des Arts, 'Roland Giguère : profil d'une démarche surréaliste', vol.20, n.80, 1975, pp.42-46.

3. 일반 저서

Benveniste, Émile, *Problèmes de linguistique général*, II, Paris, Gallimard, 1974.

Butor, Michel, *Les Mots dans la peinture*, Paris, Flammarion (Genève, Skira), 1969.

Causse, Rolande, *La Langue française fait signe(s); lettres, accents, ponctuation*, Paris, Seuil, 1998.

Diderot, Denis, *Essais sur la peinture*, texte présenté par Gita May, suivi de *Salons de 1759, 1761, 1763*, textes présentés par Jacques Chouillet, Paris, Hermann, 1984.

Duve, Thierry de, *Au nom de l'art (pour une archéologie de la modernité)*, Paris, Minuit, 1989.

Goodman, Nelson, *Langage de l'art; une approche de la théorie des symboles*, traduit de l'anglais par Jacques Morizot, Nîmes, Éditions Jacqueline Chambon, 1990.

Hegel, G.W.F., *Esthétique*, textes choisis par Claude Khodoss, Paris, Presses Universitaires de France, 1953.

Jakobson, Roman, *Questions de poétique*, Paris, Seuil, 1973.

퀘벡 시인과 언어, 예술, 자연

Jeandillou, Jean-François, *Esthétique de la mystification; tactique et stratégie littéraires*, Paris, Minuit, 1994.

Matisse, Henri, *Ecrits et propos sur l'art*, Paris, Hermann, 1992.

Merleau-Ponty, Maurice, *Phénoménologie de la perception*, Paris, Gallimard, 1945.

Meschonnic, Henri, *Célébration de la poésie*, Paris, Verdier, 2001.

Popin, Jacques, *La Ponctuation*, Paris, Éditions Nathan, 1998.

Ropars-Wuilleumier, Marie-Claire, *Écrire l'espace*, Saint-Denis, Presses Universitaires de Vincennes, 2002.

Tàpies, Antoni, *La Pratique de l'art*, Paris, Gallimard, 1994.

Van Gogh, Vincent, *Correspondance générale*, I, traduit du néerlandais et de l'anglais par Maurice Beerblock et Louis Roëlandt, Paris, Gallimard, 1990.

Vetter, Anna, 'De l'image au texte (À partir du «Partage des eaux» d'Alejo Carpentier)', *Peinture et écriture*, sous la direction de Montserrat Prudon, Paris, Éditions de La Différence, 1996, pp.207-215.

데이비드 댑너, 쉬너 칼버트, 아노키 케이시, 『그래픽 디자인 스쿨; 그래픽 디자인의 이론과 실제』, 김난령 옮김, 서울, 디자인 하우스, 2010 (David Dabner, Sheena Calvert, Anoki Casey, *Graphic Design School*).

루이스 멈포드, 「인쇄기술의 발명」(Lewis Mumford, pp.203-211), 『인간 커뮤니케이션의 역사; 기술·문화·사회』, 데이비드 크라울리/폴 헤이어 엮음, 김지운 옮김, 서울, 커뮤니케이션북스, 2012 (Crowley David/Heyer Paul, *Communication in History; Technology, Culture, Society*, Pearson Education, Inc., 2003).

리처드 홀리스, 『그래픽 디자인의 역사』, 문철 옮김, 서울, 시공사, 2000 (Richard Hollis, *Graphic Design : A Concise History*, London, 1994).

릭 포이너, 『디자인의 모험; 포스트모더니즘과 새로운 그래픽 디자인』, 민수홍 옮김, 서울, 홍디자인, 2010 (Rick Poynor, *No More Rules; Graphic Design and Postmodernism*, London, Laurence King Publishing Ltd., 2003).

박경미, 『편집 디자이너를 완성하는 인쇄 실무 가이드』, 서울, 영진닷컴, 2004.

박암종, 『(세상을 디자인한 디자이너 60인의) 디자인 생각』, 파주, 안그라픽스, 2008.

박지용, 『디자인의 시작, 비주얼 커뮤니케이션 디자인』, 서울, 영진닷컴, 2007.

앨런 페콜릭, 『허브 루발린; 아트디렉터, 그래픽 디자이너, 타이포그래퍼』, 김성학 옮김, 서울, 비즈앤비즈, 2010 (Alan Peckolick, *Herb Lubalin*, 1985).

얀 치홀트, 「신 타이포그래피」(1928, pp.35-39), 『그래픽 디자인 이론; 그 사상의 흐름』, 헬렌 암스트롱 지음, 이지원 옮김, 서울, 비즈앤비즈, 2009.

조용국, 『인쇄의 생명력; 인쇄 5.0 세대』, 파주, 한국학술정보(주), 2012.

허버트 바이어, 「타이포그래피에 대해서」(1967, pp.44-49), 『그래픽 디자인 이론; 그 사상의 흐름』, 헬렌 암스트롱 지음, 이지원 옮김, 서울, 비즈앤비즈, 2009.

헬렌 암스트롱, 『그래픽 디자인 이론; 그 사상의 흐름』, 이지원 옮김, 서울, 비즈앤비즈, 2009. (Helen Armstrong, *Graphic Design Theory; readings from the field*, Princeton Architectural Press).

4. 그림

Van Gogh, Vincent, *Champ de blé avec Cyprès*.
_____, *Champ de blé avec alouette*.
_____, *Tournesol*.

제3장

1. 질 에노의 작품

Hénault, Gilles, *Signaux pour les voyants; poèmes 1941-1962*, Ottawa, L'Hexagone, 1972.
_____, *Graffiti et proses diverses*, Montréal, Les Éditions Sémaphore, 2007.
_____, *Interventions critiques*, Montréal, Les Éditions Sémaphore, 2008.
_____, 'L'art en mouvement et le mouvement dans l'art', *Vie des Arts*, n.49, 1967-1968, pp.22-27.
_____, 'Le Musée d'art contemporain', *Vie des Arts*, n.63, 1971, pp.

34-39.

_____, 'Vasarely : vibration et irradiation', *Vie des Arts*, vol.17, n.70, 1973, pp.34-37.

_____, 'Charles Daudelin : profession sculpteur', *Vie des Arts*, vol. 34, n.135, 1989, pp.44-47.

2. 질 에노의 작품에 관한 평론 기사

Biron, Michel, 'Distances du poème : Gilles Hénault et Refus global', *Études françaises*, vol.34, n.2-3, 1998, pp.113-124.

_____, 'Au-delà de la rupture : "Bestiaire" de Gilles Hénault', *Voix et Images*, vol.24, n.2, 1999, pp.310-323.

Connolly, Jocelyne, 'Gilles Hénault, poète, et le champ artistique québécois', *Voix et Images*, vol.21, n.1, 1995, pp.63-73.

Maugey, Axel, 'Poésie et peinture', *Vie des Arts*, vol.22, n.88, 1977, pp.60-60.

Royer, Jean, 'Gilles Hénault, l'un des fondateurs de la modernité québécoise', *Lettres québécoises : la revue de l'actualité littéraire*, n.85, 1997, pp.8-9.

3. 일반 저서

Benveniste, Émile, *Problèmes de linguistique générale*, tome I, Paris, Gallimard, 1966.

Bergez, Daniel, *L'Explication de texte littéraire*, Paris, Dunod, 1996 (Paris, Bordas, 1989).

Bilen, Max, *Le Sujet de l'écriture*, Paris, Édition Gréco, 1989.

Borella, Jean, *Le Mystère du signe; Histoire et théorie du symbole*, Paris, Éditions Maisonneuve et Larose, 1989.

Butor, Michel, *Les Mots dans la peinture*, Paris, Flammarion / Genève, Albert Skira S.A., 1969.

Cassou, Jean, *La Création des mondes; Essais sur l'Art*, Paris, Les Éditions Ouvrières, 1971.

Hegel, G.W.F., *Esthétique*, textes choisis par Claude Khodoss, Paris, Presses Universitaires de France, 1953.

Kandinsky, Wassily, *Du spirituel dans l'art et dans la peinture en particulier*, édition établie par Philippe Sers, Paris, Éditions Denoël, 1989 (N. Kandinsky, 1954).

Klee, Paul, *Théorie de l'art moderne*, traduit par Pierre-Henri Gonthier, Genève, Éditions Gonthier, 1969.

Laude, Jean, 'Lecture ethnologique de l'art', *Les Sciences humaines et l'œuvre d'art*, Témoins et témoignages/Actualité, Bruxelles, La Connaissance S.A., 1969, pp.177-208.

Matisse, Henri, *Écrits et propos sur l'art*, texte établi par Dominique Fourcade, Paris, Hermann, 1972.

Read, Herbert, *La Philosophie de l'art moderne*, traduit de l'anglais par Simone Manceau, Paris, Éditions Sylvie Messinger, 1988 (Herbert Read Discretionary Trust, 1964).

Saussure, Ferdinand de, *Cours de linguistique générale*, Paris, Payot, 1969.

김형미, 「로스 블레크너; 포스트모던 추상회화」, 『추상미술 읽기』, 윤난지 엮음, 파주, 한길아트, 2012, pp.417-436.

데이빗 매든, 「대중예술의 미학의 필요성」, 『대중예술의 이론들; 대중예술 비평을 위하여』, 박성봉 편역, 서울, 도서출판 동연, 1994, pp.57-78.

박신의, 『문화예술경영; 복합학문으로서의 전망』, 서울, (주)이음스토리, 2013.

박정배, 『예술경영학 개론』, 서울, 커뮤니케이션북스, 2013.

용호성, 『예술경영; 현대예술의 매개자, 예술경영인을 위한 종합 입문서』, 파주, 김영사, 2002.

조명계, 『문화 붐 시대를 위한 문화예술경영』, 서울, 도서출판 띠앗, 2006.

片山泰輔, 「예술경영으로의 경제학적 접근」, 『예술경영과 문화정책』, 이토오 야스오 외, 이흥재 옮김, 서울, 도서출판 역사넷, 2002, pp.92-131.

제4장

1. 장 기 필롱의 작품

Pilon, Jean-Guy, *Comme eau retenue; poèmes 1954-1963*, Ottawa, Éditions de L'Hexagone, 1968 / Montréal, Bibliothèque Nationale du Québec, 1968, comprenant *Les Cloîtres de l'été* (1954), *L'Homme et le Jour* (1957), *La Mouette et le Large* (1960), *Recours au pays* (1961) et *Pour saluer une ville* (1963).

————————, 'Éloge de l'été' (pp.113-114), *Liberté*, vol.8, n.4, 1966.

_____, 'Adresse aux jeunes du Québec' (pp.3-4), *Liberté*, vol.21, n.3, 1979.

2. 장 기 필롱의 작품에 대한 비평잡지

Bonenfant, Joseph, 'Lumière et violence dans la poésie de Jean-Guy Pilon' (pp.79-90), *Études françaises*, vol.6, n.1, 1970.

Dorion, Henri, 'Écrire l'amour, ce paysage de l'âme : discours inaugural' (pp. 9-23), *Liberté*, vol.39, n.4, 1997.

Marcotte, Gilles, 'Jean-Guy Pilon, poète' (pp.54-55), *Liberté*, vol.16, n.5-6, 1974.

3. 일반 저서

공명수, 『생태학적 상상력과 사회적 선택』, 서울, 도서출판 동인, 2010.

그레고리 베이트슨, 『마음의 생태학』, 박대식 옮김, 서울, 책세상, 2006 (Gregory Bateson, *Steps to an ecology of mind*, Chicago, Univ. of Chicago Press, 2000).

김성도, 『도시 인간학; 도시 공간의 통합 기호학적 연구』, 파주, ㈜안그라픽 스, 2014.

마이클 코헨, 『자연에 말 걸기; 우리 내면의 53가지 감각적 끌림을 일깨우는 생태심리학』, 이원규/박진희 옮김, 서울, 도서출판 히어나우, 2007 (Michael J. Cohen, *Reconnecting with Nature*, 1997).

마틴 셰퍼, 『급변의 과학; 자연과 인간 사회의 아주 사소한 움직임에서 미래 의 거대한 변화를 예측하다』, 사회급변현상연구소 옮김, 서울, 궁리출 판, 2012 (Marten Scheffer, *Critical Transitions in Nature and Society*, Princeton University Press, 2009).

미셸 퀴젱, 『生態學이란 무엇인가?』, 이병훈 역, 서울, 천파과학사, 1975 (Michel Cuisin, *Qu'est-ce que l'écologie?*, Paris, Bordas, 1971).

박준건, 「생태적 세계관, 생명의 철학」(pp.61-83), 『인문학과 생태학; 생태학 의 윤리적이고 미학적인 모색』, 경상대학교 인문학연구소 엮음, 서울, 도서출판 백의, 2001.

이상헌, 『생태주의』, 서울, 책세상, 2011.

콜링우드, 『자연이라는 개념』, 유원기 옮김, 서울, 이제이북스, 2004 (Robin George Collingwood, *The Idea of Nature*, United Kingdom, Clarendon Press, 1945).

Debord, Guy Ernest, 'Internationale situationniste' (pp.164-175), *Le Grand jeu à venir; textes situationnistes sur la ville*, Libero Andreotti, Paris, Villette, 2007.

Martins Bresciani, Maria Stella, 'Améliorer la ville : interventions et projets esthétiques. São Paulo 1850-1950' (pp.169-192), *Parler en ville, parler de la ville; Essais sur les registres urbains*, sous la direction de Paul Wald & François Leimdorfer, Paris, UNESCO, 2004.

Meschonnic, Henri, 'Le langage comme défi' (pp.9-15), *Le Langage comme défi*, à l'initiative de Henri Meschonnic, Saint-Denis, Presses Universitaires de Vincennes, 1991.

Næss, Arne, *Écologie, communauté et style de vie*, traduction de l'américain, Paris, Éditions MF, 2008 (*Ecology, community and lifestyle*, Cambridge University Press, 1989).

Saint Marc, Philippe, 'De «l'économie barbare» à la crise de l'homme' (pp. 173-182), *L'Écologie au secours de la vie; Une médecine pour demain*, l'ensemble d'articles coordonnés par Philippe Saint Marc et Jacques Janet, Paris, Éditions Frison-Roche, 2004.

Sénécal, Gilles, 'Les lieux sensibles du quartier ethnique : Montréal' (pp. 177-190), *Penser la ville de demain; Qu'est-ce qui institue la ville?*, sous la direction de Cynthia Ghorra-Gobin, Paris, Éditions L'Harmattan, 1994.

Walter, François, *Les Figures paysagères de la nation; territoire et paysage en Europe (16e-20e siècle)*, Paris, Éditions de l'École des hautes études en sciences sociales, 2004.

제5장

1. 가시엥 라포엥트의 작품과 기타 문헌

Lapointe, Gatien, *Ode au Saint-Laurent*, Québec, Écrits des Forges, 2007 (Montréal, Éditions du Jour, 1963).

_____, *Le Premier mot*, texte précédé de *Le Pari de ne pas mourir*, Montréal, Éditions du Jour, 1970.

_____, *Corps et Graphies*, Québec, Écrits des Forges, 1999 (Sextant,

1981).

_____, 'À ras de souvenir à ras d'avenir', *Liberté*, vol.13, n.1, 1971, pp.43-48.

_____, 'Nelligan vers tel qu'en lui-même : dispersant mon rêve en noires étincelles', *Lettres québécoises : la revue de l'actualité littéraire*, n.28, 1982-1983, pp.65-69.

2. 가시엥 라포엥트의 작품에 관한 평론 잡지

Bayard, Caroline, 'Gatien Lapointe : le sens, le paradoxe pragmatique et le visiteur du soir', *Lettres québécoises : la revue de l'actualité littéraire*, n.27, 1982, pp.44-45.

Beaulieu, Michel, 'Gatien Lapointe : *Ode au Saint-Laurent*', *Nuit blanche, le magazine du livre*, n.14, 1984, pp.48-48.

Bonenfant, Joseph, 'Gatien Lapointe, l'enfance-radar', *Lettres québécoises : la revue de l'actualité littéraire*, n.33, 1984, pp.23-24.

Gaulin, André et al., 'Dossier : Gatien Lapointe', *Québec français*, n.58, 1985, pp.32-39.

Paquin, Jacques, 'La rétine, la parole, le sensible (Gatien Lapointe)', *Lettres québécoises : la revue de l'actualité littéraire*, n.98, 2000, pp.49-50.

3. 일반 저서

Benveniste, Émile, *Problèmes de linguistique générale*, II, Paris, Gallimard, 1974.

Kerbrat-Orecchioni, Catherine, *L'Énonciation; De la subjectivité dans le langage*, Paris, Armand Colin, 1980.

Kibédi-Varga, Aron, 'Le visuel et le verbal : le cas du surréalisme', *Espace et poésie*, textes présentés par Michel Collot et Jean-Claude Mathieu, Paris, Presses de l'École normale supérieure, 1987, pp.159-170.

Lacroi.x, Xavier, *Le Corps et l'esprit*, Paris, Vie Chrétienne, 1995.

Lengellé, Martial, *Le Spatialisme (selon l'itinéraire de Pierre Garnier)*, Paris, Éditions André Silvaire, 1979.

Meschonnic, Henri, *Les États de la poétique*, Paris, PUF, 1985.

Saussure, Ferdinand de, *Cours de linguistique générale*, Paris, Payot, 1969.

Tesnière, Lucien, *Éléments de syntaxe structurale*, Paris, Éditions Klincksieck, 1969.

Valéry, Paul, 'Philosophie de la danse', *Œvres,* I, édition établie et annotée par Jean Hytier, Paris, Gallimard, 1957, pp.1390-1403.

Zumthor, Paul, *Introduction à la poésie orale,* Paris, Seuil, 1983.

김말복, 『무용예술코드』, 파주, 한길아트, 2011.

김채현, 『춤, 새로 말한다 새로 만든다』, 서울, (주)사회평론, 2008.

나경아, 『무용의 원리; 춤추는 몸에 대한 이해』, 서울, 도서출판 보고사, 2007.

＿＿＿, 『무용심리학』, 서울, 도서출판 보고사, 2011.

민성희, 『춤 기호학』, 파주, 한국학술정보(주), 2009.

백승영, 『니체, 디오니소스적 긍정의 철학』, 서울, 책세상, 2005.

이혜자, 「몸과 함께 춤추는 공간; 몸으로 그려지고 지워지는 공간」, 『공간과 도시의 의미들』, 철학아카데미 지음, 서울, 소명출판, 2004, pp. 119-162.

조광제, 「몸과 몸 소통」, 『몸과 몸짓 문화의 리얼리티』, 성광수/조광제/류분순 외 지음, 서울, 소명출판, 2003, pp.483-509.

황인주, 『무용비평의 이해와 접근』, 파주, 한국학술정보(주), 2012.

제6장

1. 생 드니 가르노의 작품

Garneau, Saint-Denys Hector de, *Journal,* Montréal, Editeur Beauchemin, 1963.

＿＿＿＿＿＿, *Regards et jeux dans l'espace et autres poèmes.* Montréal, Éditions TYPO, 1999 (première édition, *Regards et jeux dans l'espace,* 1937).

＿＿＿＿＿＿, *Poésies : œuvres posthumes,* La Bibliothèque électronique du Québec, vol.71, 2001.

2. 생 드니 가르노의 그림

Garneau, Saint-Denys Hector de, *La chambre au soulier.*

＿＿＿＿＿＿, *Arbre solitaire.*

＿＿＿＿＿＿, *Cimes.*

＿＿＿＿＿＿, *L'île aux deux arbres.*

＿＿＿＿＿＿, *Sans titre.*

＿＿＿＿＿＿, *Les pommiers, l'hiver.*

_____, *Arbres au vent.*

_____, *Sans titre.*

_____, *Paysage d'hiver (église).*

_____, *La rivière Jacques-Cartier.*

_____, *La rivière à l'automne.*

_____, *L'allée.*

_____, *Sans titre.*

3. 생 드니 가르노의 작품에 관한 기사

Dorion, Hélène, 'Saint-Denys Garneau : les métamorphoses du visible' (pp.42-44), *Vie des Arts,* vol.44, n.178, 2000.

Hébert, François, 'Le peintre Saint-Denys Garneau' (pp.4-24), *Liberté,* vol.40, n.4, 1998.

Laverdière, Yvon, 'Saint-Denys Garneau : portrait de l'artiste en coureur des bois' (pp.40-43), *Nuit blanche, magazine littéraire,* n.55, 1994.

4. 일반 저서

Althusser, Louis, *Écrits sur la psychanalyse; Freud et Lacan,* textes réunis par Olivier Corpet et François Matheron, Paris, STOCK/IMEC, 1993.

Cosnier, Jacques, *Clefs pour la psychologie,* Paris, Éditions Seghers, 1971.

Desprats-Péquignot, Catherine, *La Psychanalyse,* Paris, Éditions La Découverte, 1995.

Dor, Joël, *Introduction à la lecture de Lacan,* Paris, Denoël, 1985.

Heidegger, Martin, *Chemins qui ne mènent nulle part,* traduit de l'allemand par Wolfgang Brokmeier, Paris, Gallimard, 1962.

Jung, Carl Gustav, *Dialectique du Moi et de l'Inconscient,* traduit de l'allemand, préface et annoté par Roland Cahen, Paris, Gallimard, 1964.

Lacan, Jacques, *Écrits,* II, texte intégral, Paris, Éditions du Seuil, 1966.

_____, *Les Quatre concepts fondamentaux de la psychanalyse (1964),* texte établi par Jacques-Alain Miller, Paris, Éditions du Seuil, 1973.

Merleau-Ponty, Maurice, *L'Oeil et l'Esprit,* Paris, Gallimard, 1964.

_____, *Le Visible et l'Invisible,* suivi de notes de travail, texte établi par Claude Lefort, Paris, Gallimard, 1964.

Naville, Pierre, *La Psychologie du comportement; Le behaviorisme de Watson,* Paris, Gallimard, 1963.

Vandeloise, Claude, 'Motivation par l'expérience individuelle du monde' (pp.35-40), *Langues et cognition,* sous la direction de Claude Vandeloise, Paris, Lavoisier, 2003.

곰브리치, 『예술과 환영; 회화적 재현의 심리학적 연구』, 차미례 옮김, 파주, 열화당, 2003 (Ernst Hans Gombrich, *Art and Illusion : a study in the psychology of pictorial representation,* Phaidon Press Limited, 1960).

메다드 보스, 『정신분석과 현존재분석』, 이죽내 옮김, 서울, 도서출판 하나의학사, 2003 (Medard Boss, *Psychoanalyse und Daseinsanalytik*).

베르트랑 오질비, 『라캉, 주체 개념의 형성(1932-1949)』, 김석 옮김, 서울, 동문선, 2002 (Bertrand Ogilvie, *Lacan, La formation du concept de sujet (1932-1949),* Paris, Presses Universitiaires de France, 1987).

아니엘라 야페, 「미술에 있어서의 상징성」(pp.137-216), 『C.G. 융 심리학 해설』, 야코비 외, 권오석 옮김, 서울, 홍신문화사, 1990.

안톤 에렌츠바이크, 『예술 창조의 심리학-예술의 숨겨진 질서』, 김재은/김진현 옮김, 서울, 창지사, 2002 (Anton Ehrenzweig, *The Hidden order of art; a study in the psychology of artistic imagination,* UK, The Orion Publishing Group, 1967).

엘렌 위너, 『예술심리학』, 이모영/이재준 옮김, 서울, 학지사, 2004 (Ellen Winner, *Invented Worlds; The Psychology of the Arts,* Cambridge, Harvard University Press, 1982).

욜란디 야코비, 『칼 융의 心理學』, 이태동 옮김, 서울, 성문각, 1978 (Jolande Jacobi, *The Psychology of C.G. Jung : An Introduction with Illustrations*).

지그문트 프로이트, 『예술, 문학, 정신분석』, 정장진 옮김, 서울, 열린책들, 1996.

질 들뢰즈, 『주름, 라이프니츠와 바로크』, 이찬웅 옮김, 서울, 문학과지성사, 2004 (Gilles Deleuze, *Le Pli, Leibniz et baroque,* Paris, Les Éditions de Minuit, 1988).

캘빈 S. 홀, 『프로이트 심리학 입문』, 황문수 옮김, 서울, 범우사, 1977 (Calvin Springer Hall, *Psychology*).

테오도르 압트, 『융 심리학적 그림해석』, 이유경 옮김, 서울, 분석심리학연구소, 2008 (Theodor Abt, *Introduction to Picture Interpretation According to C.G. Jung,* Zurich, Living Human Heritag Publications Munsterhof, 2005).

이신자 ————————

성균관대학교 프랑스어문학과를 졸업하고, 프랑스 시에 관한 논문으로 프랑스 리모즈 (Limoges)대학교에서 석사학위를, 파리8대학교에서 박사학위를 취득했다 (이브 본느 프와Yves Bonnefoy의 시학과 예술의 관계 연구). 대학교에서 강의를 하며 프랑스 시, 퀘벡의 시와 예술의 관계에 관하여 연구를 했다.

주요 저서로 『프랑스 시 43 작가와의 만남 ; 중세에서 21세기 초까지』(2012), 『이브 본 느프와의 시학』(2010) 등이 있고, 주요 논문으로 「보들레르의 미학 개념을 통해 본 19 세기 프랑스 회화 살롱전의 실체」(『프랑스문화연구』, 2020.03), 「아프리카와 유럽 문 화 - 응구기 와 시옹오의 관점을 중심으로」(『인문과학연구』, 2017.08) 등이 있다.

퀘벡 시인과 언어, 예술, 자연

초판인쇄 2022년 9월 16일
초판발행 2022년 9월 16일

지은이 이신자
펴낸이 채종준
펴낸곳 한국학술정보㈜
주 소 경기도 파주시 회동길 230(문발동)
전 화 031) 908-3181(대표)
팩 스 031) 908-3189
홈페이지 http://ebook.kstudy.com
E-mail 출판사업부 publish@kstudy.com
출판신고 2003년 9월25일 제406-2003-000012호

ISBN 979-11-6801-662-0 93800